novum pro

Danielle Marguerite Chanteux

Des chemins

« Mais c'est long le chemin »

novum pro

© 2023 novum maison d'édition

ISBN 978-3-99107-870-8
Relecture: Kathleen Moreira
Photographie de couverture:
Danielle Marguerite Chanteux
Création de la jaquette:
novum maison d'édition
Illustration: Alain Heurtel

www.novumpublishing.fr

AVANT-PROPOS

Fin du printemps. Il a fait beau cette année-là au Pays basque, chaud même.

Fin d'après-midi. La baie scintille aux couleurs du couchant.

A la terrasse du Bar basque, les glaçons fondent dans la sangria parfumée. Ils la font si bien. Je n'en bois qu'ici, suçotant les tranches de l'orange. Ma tête est vide. Juste la sensation de bien-être procurée par l'alcool acidulé.

Je les vois soudain. Je les ai rencontrés déjà. Ils sont trois.

Ils marchent en se donnant le bras.

Les passants sur la promenade de la digue s'écartent, les laissent passer de front : ils semblent si unis. L'âge aussi les rend fragiles.

Elle est au milieu, impeccable chignon banane d'hôtesse de l'air ; cheveux délicatement blondis méchés de gris ; fine silhouette soignée, peau duveteuse, poudre légère. Sa distinction attire le regard. Elle a revêtu un tailleur Chanel intemporel, pied de coq aux nuances blanc-cassé beige et taupe dont le revers est orné d'une broche à motif camée. Elle marche avec précaution sur ses chaussures d'été aux talons mi-hauts, retenues par une fine lanière qui encercle ses chevilles graciles tels deux bracelets de cuir beige. Coquetterie inhabituelle mais non-négociable quand elle sort.

A sa gauche, un homme en costume grège de coupe un peu ancienne, comme assorti à son tailleur. Il est encore grand malgré son port voûté ; aujourd'hui poivre et sel, ses cheveux ont dû être bruns. Avant.

L'autre, plus petit, paraît plus âgé, ou ses traits sont plus fatigués ; un peu négligé dans sa mise, quelques rondeurs. Ses cheveux clairsemés sont tout blancs. Ils ne sont plus jeunes ; un peu plus âgés qu'elle. Cependant, ils la soutiennent et veillent : elle a du mal à marcher.

Un jour, peut-être, après.

*« Il est si bref l'amour
Et l'oubli est si long »*

Pablo Neruda

A Alain, à nos Picsous : à mes uniques certitudes.

*« Le seul sujet pour un écrivain, c'est ce qui se passe
dans la tête et dans le cœur des gens. »*

Françoise Sagan

Je reviendrai à Valparaiso

*« Pablo, Pablo je meurs peu à peu, inéluctablement
Tout de suite c'était hier ! Je n'ai plus le temps.
Je ne suis pas heureux ! »*

Chapitre 1

Roissy Charles de Gaulle, 2 juillet 1991 ; c'est la fin de l'après-midi.

Cécile descend du train qui l'a ramenée du Pays basque ; elle a conduit les enfants à Ciboure pour les vacances avec Mendy, leur chien. En principe, elle reste avec eux chez ses parents, un mois entier.

Cette fois, elle est partie embrassant chacun un peu plus fort peut-être. Éric n'appellera pas avant deux ou trois jours. Elle le connaît : il déteste téléphoner ; il n'appelle que si nécessaire.

A ses parents, elle a dit que des travaux exigeaient sa présence à Versailles. Dès qu'ils seront achevés, elle reviendra passer le mois près d'eux. Peut-être étonnés, ils n'ont rien dit.

Eux non plus ne téléphoneront pas à Éric : la relation est parfois tendue ; résolument conflictuelle même entre père et gendre.

Dès le lendemain, elle a repris tôt le train pour Paris, sans s'autoriser le bain tant attendu d'ordinaire, dans la baie de Saint-Jean dont elle aperçoit un bout de la jetée depuis sa chambre.

Au-delà du môle, jamais la côte d'Argent n'a mieux mérité son nom : des nuages élevés et légers tamisent la lumière d'un soleil filtré irisant l'océan.

Elle n'est pas repassée par la maison ; dans un gros sac-valise, elle a de quoi tenir un mois, comme d'habitude quand elle part seule avec les enfants dans ce pays basque au climat fantasque.

La fatigue marque ses traits. Au creux des reins, une douleur sourde récurrente depuis des semaines.

Sur le panneau des vols en partance, elle vérifie l'heure du prochain départ pour Buenos Aires. En soirée, elle le sait, car Éric prend parfois ce vol. Elle se dirige vers le comptoir d'Air France, demande un billet aller-retour en classe économique.

– Vous aviez effectué une réservation ?

– NON.

– Je suis désolée, Madame, c'est complet en classe économique ; en revanche, en classe affaire.

Elle pense : *bien sûr, je peux me le permettre !*

Sans réfléchir, elle s'entend dire :

– Le prochain vol pour Santiago ? Est-il complet aussi ?

L'hôtesse qui l'avait avant à peine regardée, la fixe cette fois, sourcilleuse.

– Une place vient de se libérer ; une annulation de dernière minute.

– Je la prends.

En un éclair, elle pense : *le destin l'a voulu.*

La destination, c'est celle qu'elle aurait dû choisir d'emblée ! N'est-ce pas à cause de Pablo Neruda, de poèmes lus récemment, qu'elle part ce soir ?

Intuition ? Destin ? Elle avait aussi fait refaire six mois auparavant son passeport, sans projet précis ; sans préméditation ? Acte manqué ? Il ne fallait pas de visa.

Comme une automate, elle enchaîne les formalités, programme le retour, puis c'est l'attente pendant laquelle elle feuillette, consulte, achète à la librairie des guides touristiques. L'embarquement, le décollage.

Elle rêve aux maisons de Pablo conçues comme des navires prêts à appareiller : celle de Santiago où il est mort, la Sebastiana de Valparaiso ; et la plus belle selon le guide, celle d'Isla Negra, plus au sud.

Elle se promet de les visiter, ces villas. C'est là qu'elle veut aller : l'océan ! Comment se passer de l'océan !

Elle comprend la passion de Neruda pour la mer, elle comprend sa crainte de l'océan. Elle a peu pratiqué la voile et jamais assez pour maîtriser le geste ni dominer sa peur dans ce golfe de Gascogne tumultueux ; un regret.

Éric ne supporte pas qu'elle en exprime.

– On ne peut tout faire, disait-il, nous avons fait un choix, il faut s'y tenir.

Clap de fin !

Il a toujours raison !

Dans l'avion, elle médite ce hasard ; une question la tenaille, comme au creux de ses reins la douleur à peine calmée par le repos. Une question aussi : pourquoi avant a-t-elle pensé Buenos Aires ? On y parle espagnol, oui. L'Atlantique ? Rester au bord de son océan ?

Peut-être ! Pas seulement. Elle se fustige ; encore cette dépendance qui depuis toutes ces années, la fait penser, agir sous l'influence d'Éric ! Il aime Buenos Aires, son travail l'y conduit parfois, il en parle avec véhémence, comme il le fait pour tout ce qui le mobilise, pour convaincre.

Ce sera Santiago, grâce au hasard, à Neruda.

Une fois là-bas, elle verra. Elle a toujours aimé l'imprévu, l'aventure ; trait hérité de son père, mis en sourdine depuis son mariage : Éric organise tout, prévoit tout, déteste l'imprévu. Les valises sont faites trois jours à l'avance, ce qui ne l'empêche pas de trépigner d'énervement au moment du départ, pendant le trajet, générant conflits et nervosité.

Les enfants sont en sécurité, ils feront les activités auxquelles elle les a inscrits : équitation pour Caroline ; pelote basque pour les garçons qui ont voulu essayer cette année. Ils seront aimés. Elle peut aussi faire confiance à sa grande Caro : elle veillera sur ses frères.

Toute petite déjà, la fillette étonnamment raisonnable pour son âge, témoignait d'un sens aigu des responsabilités ; elle pouvait laisser les petits endormis, faire une course rapide, Caro veillait, aurait su agir ou prévenir. Tout de même, elle a pris les précautions nécessaires, au cas où Éric prendrait mal cette fugue. Imprévisible, il pourrait se montrer redoutable.

Elle n'abandonne pas sa famille, les lettres écrites aux parrains des enfants l'affirment ; ils ne seront pas surpris en la recevant. Depuis des mois, le malaise est palpable.

A ses parents aussi elle a écrit, atténuant le problème deviné par son père. Ayant les conflits en horreur, sa mère a construit autour d'elle un univers idéal où tout le monde s'aime. Elle ne voit rien ou ne veut pas voir.

A Caroline, aux petits, elle a donné l'explication adaptée à leur âge ; la promesse d'un rapide retour, les mots d'amour qu'ils aiment.

Surtout la lettre pour Éric. Cette fois il ne pourra s'y soustraire, comme pour d'autres lettres, il lira. La nuit précédente, dans sa chambre là-bas, elle les a terminées, ces lettres, les a postées à l'aéroport comme on jette à la mer une bouteille. Détermination. Elle a tout prévu.

Elle reviendra de Valparaiso.

Le bruit des réacteurs qui la perturbe d'ordinaire, cette fois, la tranquillise : elle apprend le Chili en accéléré. L'hôtesse propose un apéritif. Elle s'autorise un whisky et entend la voix d'Éric lui dire :

– Ça détend pendant le vol !

Avec le repas servi à bord, elle avale un somnifère puis elle met des boules Quies. Au mieux, ces précautions lui procureront des moments d'oubli.

La nuit, c'est la nuit, agitée comme toutes celles vécues depuis… Depuis ? Elle ne sait plus, mais cela fait longtemps. Sans être insomniaque, elle dort peu. Est-ce depuis la naissance des enfants, les nuits blanches obligées ?

Ou depuis ces dialogues avortés pour tenter de résoudre leurs problèmes tôt apparus et qui se terminent très vite, invariablement par la sanction :

– Il est tard et demain je travaille. A 23 h on n'entame pas de discussion !

Des mois de dérobade.

– Tard ? Vingt-trois heures. Mais quand alors ?

Lui : la journée il est au travail. Retour après vingt heures.

Elle : le matin elle prépare les enfants pour l'école ainsi que sa propre journée. En soirée, elle enchaîne les devoirs à surveiller, les copies à corriger, le dîner à préparer. Ensuite vient le coucher des enfants et l'histoire à lire.

Faire lire Tom qui, à huit ans lisait encore mal, après un CP fulgurant où deux mois lui avait suffi pour apprendre. Elle avait son explication : en CE1, il n'avait pas supporté l'alternance de deux maîtres qui partageaient la journée ; on ne partage pas quand on aime, c'était un enfant tendre. Elle n'avait pas compris tout de suite sa difficulté, la mettant sur le compte de la relation difficile de l'enfant avec son père à qui il tenait tête. Il n'y avait pas que cela. Sensible, intuitif, dirait-elle aujourd'hui, sous des aspects rugueux, batailleur, frondeur mais fragile, sans doute avait-il souffert d'être l'enfant du milieu.

Ce cliché, elle l'avait longtemps évacué. Il adorait son petit frère, son cadet de treize mois, mais il aurait voulu être l'aîné. Il l'exprimait un peu mieux aujourd'hui. Surtout en se bagarrant avec Caro. Investie de son statut d'aînée, sa sœur l'excédait ; peu habile encore à résoudre les conflits par des mots, il s'exprimait avec violence. Le ton montait, à court d'arguments, sans aisance dans l'expression, les portes isoplanes – la précision venait d'Éric ! –portaient les stigmates de ses coups de poings.

Un jour de fête au cours duquel une dispute avait opposé père et fils, seul le tact d'une vieille amie avait su le faire descendre du grand chêne où il s'était réfugié, petit baron perché.

Pourtant, Thomas, dit Tom, n'était pas un enfant difficile ; il avait des copains et ses professeurs l'aimaient. Il savait se rendre sympathique, il compensait son manque de travail personnel par son écoute, sa participation sincère. Évidemment, ce comportement ne suffisait pas dans les matières nécessitant des efforts, aussi sa scolarité se poursuivait-elle cahin-caha. Elle le savait plus heureux, plus épanoui à l'extérieur. A la maison, il ressentait les tensions, sans pouvoir les analyser, il réagissait comme il pouvait, en explosant.

Le scoutisme lui avait procuré l'oxygène nécessaire. Jérémy, dit Jim, lui avait emboîté le pas. Les dimanches, quand les deux garçons partaient, le cercle de famille se rétrécissait et c'était alors qu'elle ressentait sa solitude, le sentiment de ne plus exister.

Il y avait Éric, il y avait Caro.

Caro blottie contre son père devant la télé.

Caro lui donnant la main dans la rue.

Il y eut cette balade au bois de Boulogne qui l'avait peinée : ils ignoraient le monde autour d'eux. Elle marchait derrière. Invisible. Elle n'en voulait pas à l'adolescente. Jalouse de sa fille ? Non. Mais cet excès d'intérêt d'un côté, cet éloignement de l'autre, était-ce naturel ?

Il y eut la réflexion de son père, venu passer seul quelques jours et servir de main d'œuvre.

— Tu ne devrais pas laisser faire, on dirait deux amoureux !

— Ne t'inquiète pas. Je regardais bien la télé serrée contre toi, maman dans son fauteuil. Tu trouvais ça normal. Caro est adolescente, son père est son premier amour. Tu étais le mien.

— Ce n'était pas la même chose. Toi, tu n'existes plus !

Il était partial.

Il y eut la réflexion de Michèle, son amie d'enfance ; elle aussi vivait en région parisienne. Ils allaient dîner chez elle parfois.

André et Michèle avaient trois filles. Très proches de leur maman, c'était lui qui se sentait exclu du cercle, mais il se taisait. Excellent père, il n'avait envers aucune ni préférence ni attitude possessive, se montrait très attentif à sa femme, lui témoignait ouvertement son affection par de petits mots tendres.

— Tu vas bien ? Tu es heureuse ? avait interrogé Michèle. Je trouve que Éric exagère avec Caro : elle seule compte. Et les garçons ? Et toi ? Tu es transparente !

Tellement discrète et réservée d'ordinaire, cette sortie abrupte ne lui ressemblait guère. Elle l'avait rassurée : tout allait bien.

Vers deux heures du matin, heure française, elle s'est enfin un peu assoupie. Répit de courte durée interrompu par la douleur dans les reins, elle sait être fébrile : son cœur bat, désordonné, comme chaque fois qu'elle a de la fièvre, si fort que ses voisins vont l'entendre, pense-t-elle.

Placée près du hublot, elle se lève, s'excuse auprès des passagers qu'elle dérange, va demander aux hôtesses boisson et comprimé puis marche un peu dans l'allée. Elle regagne son siège, tente de se réinstaller plus confortablement pour assoupir la douleur. Elle se sent mieux, soulagée par le cachet.

Un moment, elle suit la course du Boeing 747 sur l'écran. Le long courrier vole maintenant au-dessus de l'Atlantique. Parti de Roissy à 23 h 30 dans la nuit, il entrera dans le jour peu à peu. Au hublot, elle guette un temps cette aurore, puis se lasse. Elle s'assoupit, mais les secousses de l'avion qui entre dans une zone de turbulences ainsi que l'annonce de l'hôtesse de l'air la réveillent.

Et s'ils disparaissaient en mer ?

Si elle ne revenait pas, comme l'épouse de Marc morte en Terre Sainte ?

Elle pense à Jim son bébé de dix ans. Un garçonnet heureux. Des problèmes ? Il n'en connaît pas. Est-ce parce qu'il est né en dormant, flanquant à tous une belle frayeur, avant de recevoir la première fessée d'une existence qui en connut peu. Il manifeste une joyeuse aptitude au bonheur.

Séduisant, drôle, farceur, il draine tous les cœurs. Jamais, à l'exception d'une grosse bêtise commise avec son frère – justice oblige – elle ne lui a administré de correction ! Ni Éric qui a peur de le blesser se sachant la taloche facile.

Tom, en revanche, expérimente plus qu'à son tour l'impulsi-vité mal contrôlée de son père et la nervosité de sa mère.

De constitution frêle, Jim avance à son rythme, à l'opposé de ses ainés, il ne prend pas facilement du poids, toujours en-des-sous des courbes. Un temps, son grand-père l'a surnommé le Biafrais, tellement il parait maigre, allusion aux famines vécues par les enfants africains.

Son autre surnom, depuis les guerres du Golfe : Radio-Bagdad ! Il parle sans arrêt ; il a une opinion tranchée sur tout, un com-mentaire à faire et de sa voix haut-perchée, s'impose incontesta-blement comme le boute en train de la famille. Il est même ca-pable de faire à tous avaler des couleuvres !

A six ans, pris en flagrant délit d'erreur, il avait déclaré : « Tout le monde peut se tromper, même moi ! »

Peu impressionnable, il semble surfer sur son enfance.

Quel choc serait pour lui sa disparition !

Elle balaie ce mauvais scénario. L'avion sort des turbulences.

Elle pense à la lettre qu'Éric recevra dans quelques heures.

A celles qu'elle lui a écrites avant, tant il lui est difficile de s'expri-mer face à lui, de contrer son débit, de s'opposer à son flux rhétorique.

Son autorité, l'aisance de son argumentation la font bafouil-ler, elle perd le fil de ses idées, ses propos ne disent pas l'essentiel de ce qu'elle voulait dire. Elle ne peut résister. Les avait-il même lues, ces lettres ?

En tout état de cause, aucune n'avait provoqué la discussion souhaitée, il n'avait rien dit d'autre que son habituelle réplique :

– Ne me prends pas la tête ! Il est onze heures ! On dort.

Pas de week-end en amoureux comme faisaient les autres. La vie reprenait, comme avant. Routinière.

Il s'en accommodait très bien ; rassuré par l'ordre, les habitudes.

L'enchaînement des jours, des semaines, des mois, rien n'entamait son inaltérable énergie au travail, qu'elle admirait d'ailleurs car après ses journées, il savait toujours consacrer une heure ou deux à des aménagements intérieurs. Ce qui justifiait aussi la sédentarité. Ils partaient en vacances, mais leurs vacances n'étaient pas propices aux retrouvailles des corps : activités, fatigue, activités. Ils skiaient, randonnaient en montagne et leurs sorties s'apparentaient à des défis physiques auxquels les enfants adhéraient plus ou moins, mais leur donnait le sens de l'effort, affirmait-t-il.

– Plaisir ?

Mot banni du vocabulaire.

Sortie exceptionnelle mise à part, les week-ends se passaient pour lui dans la maison qu'il aménageait courageusement, avec opiniâtreté.

Cette tâche pour laquelle il n'avait pas pris de professionnels avait fini par devenir anthropophage pour leur couple, car elle l'aidait de son mieux, négligeant enfants, parents, parfois même les nécessaires préparations de cours. Les copies, elle s'arrangeait souvent pour les corriger au collège, sautant les repas qui permettaient aux collègues d'échanger les nouvelles de leurs vies personnelles ; aimable avec tous, elle n'appartenait à aucun groupe : ils étaient peu souvent reçus. S'excluant ainsi des confidences, elle tombait toujours des nues en apprenant tels ou tels faits divers internes !

Les voyant peu disponibles, des relations nouées s'étaient défaites. Des couples invités n'étaient plus revenus, des cousins avaient mal pris l'impatience à peine masquée d'Éric de les voir déguerpir après le déjeuner car il avait un chantier en cours, un seul dimanche par semaine. Eux aussi s'étaient durablement éloignés.

Elle ne lui connaissait pas d'amis d'enfance, de lycée, de prépa.

Ils étaient partis à l'étranger, ils avaient leur vie ailleurs, du passé, disait-il. C'était si différent des liens qu'elle avait su garder avec ses amies, les sœurs qu'elle n'avait pas eues !

Comme elle s'étonnait que jamais il n'invite de collègues de travail, il éludait, comme d'habitude, répondait qu'on ne confondait pas les genres. Ses parents ne recevant jamais personne, il n'en avait pas eu l'habitude. L'unique exception s'était soldée par une brouille larvée : Luc, un collègue avec lequel il avait échangé quelques travaux dans l'une et l'autre maison, fut vite jugé « sans intérêt ! » Ils ne s'étaient plus vus.

Il y eut Paul, un camarade du lycée Fermat, époux d'une charmante eurasienne qui lui donnait garçon sur garçon ; ils se reçurent un temps puis les relations cessèrent : les deux hommes n'étant pas suffisamment liés pour secouer la lourdeur du quotidien. Ni elle pour provoquer plus de rencontres avec des gens qu'elle connaissait si peu. Il y avait la fatigue des jours.

Il fit deux ou trois sorties en vélo dans la vallée de Chevreuse avec Henri, mais une fois encore la relation amicale se dénoua bien avant la mort supposée accidentelle de ce dernier. Le couple divorçait, il ne chercha pas à l'aider n'abordant jamais les difficultés de son ami. Pudeur ?

Éric ne cultivait pas l'amitié. Ni le temps, ni le goût ? Personnel, il se suffisait à lui-même.

Pas de frères. Pas de cousins, ni oncle, ni proches. Il n'y avait personne pour l'amener à réfléchir, lui reprocher de négliger sa vie sociale, de penser si peu à celle des siens.

Ses parents ?

Son père parlait de lui, sa mère formulait les anathèmes de son mari.

Elle et eux ? Elle avait essayé.

– Vous n'êtes pas ma fille ! avait conclu la belle-mère lors d'une tentative de discussion.

Elle avait renoncé.

Banal conflit de générations, s'ils n'avaient été aussi injustes.

Tourné sur le but fixé, Éric n'entendait pas, ou faisait semblant. Son comportement soupe au lait – expression inventée pour lui – secoué de sautes d'humeur quand il était contrarié, la déstabilisait durablement. Lui oubliait aussi vite, tandis qu'elle plongeait dans la déprime des heures durant.

L'avion poursuit sa route. Imperturbable comme un gros bourdon. Il sait où il va. Elle écoute le bruit régulier des réacteurs puis elle finit par ne plus entendre. Dans sa tête, elle revoit les mots qu'elle a écrits. Elle a dit le poids du quotidien, sa solitude, son besoin de distance. Son départ pour provoquer sa réaction, puisqu'on ne peut discuter. Elle a dit qu'une cohabitation ne peut lui suffire, qu'elle veut plus qu'une amitié fraternelle, qu'elle est encore jeune, qu'elle souffre.

Ne pas s'apitoyer sur soi ! Résister.

Mais le texte revient entre deux turbulences, il s'impose. Elle n'entend plus les moteurs de l'avion.

Elle a dit les maladresses injustes de ses parents à lui, qui le laisse muet, sans réaction, pas même un encouragement pour l'apaiser, elle.

Et Caroline ! Elle a dit les amis qui s'étonnent de son comportement possessif ! Peut-être ambigu pour eux.

Elle lui a dit qu'il n'en est rien, qu'elle le sait, qu'elle n'aurait pas laissé faire ! Mais d'un côté, cette pression, de l'autre, cette indifférence ! Elle n'en peut plus ! Elle ne veut plus d'échanges qui ne parlent que de problèmes concrets, des difficultés en maths de Caro, de la paresse de Tom, des mimiques du chien, de la qualité des matériaux et des vertus comparées des centres de bricolage.

Elle ne veut plus entendre la litanie des problèmes de son travail à lui, sans réciprocité. Elle ne veut plus entendre son interminable discours sur ses travaux, ses trouvailles géniales qui monopolisent toutes les conversations. Elle n'est pas jalouse, elle est gommée !

Elle ne veut plus des silences comme si ensuite, en face d'elle, il n'avait plus rien à dire.

Elle ne veut plus enfouir les sentiments et les ressentiments.

Elle lui a dit.

Elle a essayé de parler, il le sait, mais en vain. Ce n'est jamais le bon moment, ou bien il hausse le ton avec des arguments imparables, son assurance, sa rhétorique balaient ses tentatives, ses objections.

Elle sait que sans ses reproches, sans remise en question, sa vie à lui serait confortable : ne gérer que le concret ! Quel rêve, hein ! Quand on est assez fort pour le dompter comme lui ! Le reste n'est que balivernes.

Elle lui a dit que c'est facile de renvoyer la faute à l'autre, de l'accuser d'insatisfaction, sans lui demander pourquoi c'est ainsi.

Elle ne peut plus se taire, accepter qu'il esquive.

Elle ne peut plus se satisfaire du seul confort matériel.

On le lui envie ce mari-qui-sait tout faire ! Et le dit !

Qui reste muet sur tout le reste !

Qui ne témoigne jamais ses sentiments.

Qui ignore ses blessures.

Qui lui dit, « soigne-toi » refusant l'idée de le faire à deux.

Qui ne croit ni aux thérapeutes ni aux thérapies.

Elle a dit qu'elle avait peur.

Peur du statu quo. Peur de continuer sans l'amour.

Qu'elle est fatiguée de ne rien dire. Qu'il doit savoir.

Fatiguée de faire semblant d'être heureuse !

C'est tellement simple, tellement confortable, ne rien voir, ne rien entendre. Tout va bien dans le meilleur des mondes !

Elle s'entend dire ce qu'elle n'a jamais dit :

– Je ne vois plus que tes mauvais côtés. Ton égocentrisme.

– Je n'espère plus que ce que tu ne fais pas !

– Je n'entends que ce que tu n'as pas dit ! Tes silences.

– Le chemin avec toi est tracé, repéré, l'imprévu banni.

– Cette routine m'étouffe, elle tue en moi toute énergie.

– Je m'ennuie.

– Je pars pour me sentir vivante.

« Le vase où meurt cette verveine
D'un coup d'éventail fut fêlé ;
Le coup dut l'effleurer à peine ;
Aucun bruit ne l'a révélé. »
Le vase fêlé, Théophile Gautier

Avant, on faisait apprendre ce poème aux jeunes-filles bien nées qui allaient en pension ! Avant.

Il fait nuit. Dans l'avion, les lumières sont éteintes. Le somnifère va faire effet, elle attend. Elle n'est plus inquiète, elle a tout géré. Dormir. Elle veut juste dormir. Mais elle flotte entre ses obsessions.

Caro, sa Caro, si elle savait qu'elle est partie aussi à cause d'elle, de la place qu'elle prend, alors qu'elle n'est plus la femme de son mari.

– Mais tu n'es pas en cause, Caro ! Tu as seize ans. Que comprendrais-tu ? Ce n'est pas toi, l'adulte. Tu n'es pas responsable, tu te sentirais coupable, lui non. Il se justifierait !

– Elle me comprend, dirait-il. Elle me donne de la tendresse, pas comme toi qui me reproche ce que je fais pour vous !

Sa tactique préférée : renvoyer la balle.

Il pouvait aussi, selon son humeur, tomber des nues. Il disait :

– Cela glisse sur mon indifférence.

Sa phrase fétiche.

Il était si habile à ce jeu qu'elle s'était parfois demandée s'il comprenait vraiment : sa subtilité, elle l'avait prise en défaut, parfois. Il était peu empathique.

Il avait de la sensibilité pourtant, mais elle avait fini par croire qu'elle était de surface, immédiate, épidermique. Elle ne l'entamait pas durablement, ne l'amenant jamais à se mettre à la place de l'autre. L'altérité n'était pas un mot à la mode dans les années 80. Encore moins avant dans leurs milieux.

Mais il pouvait pleurer sur un chien inconnu abandonné, ou s'acharner à prolonger la vie d'un animal en phase terminale de cancer ! C'était lui qu'il sauvait de la peine future de l'absence. C'était cruel aussi car il avait privé l'animal d'une fin sereine et paisible.

Il transférait son inaptitude à comprendre les hommes sur son amour des animaux. Encore cet amour ne lui était-il venu qu'avec les années ; il s'était montré bien injuste avec le chiot offert par son beau-père.

– Ce n'était pas ma faute !

Il avait expliqué qu'il réagissait à l'ingérence de l'autre famille en se vengeant sur le chien qu'elle leur avait donné. Les bêtes sont simples. Elles ne regardent pas en arrière, ne reprochent rien. Mendy qu'il maltraitait, l'aimait !

Sa capacité d'oubli l'étonnait. Des faits marquants, vécus ensemble, il les avait oubliés. Il avançait sans voir les dommages causés, ou il faisait semblant.

Jamais elle ne l'avait entendu dire : « Je suis désolé ! » aussi s'irritait-il doublement des reproches adressés, les ressentant injustes. Jamais il ne se sentait fautif.

Elle ne dort plus du tout maintenant, la douleur sourde rôde, vaguement présente. Elle la ressent depuis longtemps, elle s'y est presque habituée : un fantôme de souffrance, est-ce que ça existe ?

L'avion survole l'Amérique du sud. Elle suit sur la carte sa trajectoire.

La nuit a laissé place au jour.

Les treize heures de vol paraissent plus brèves qu'elle ne l'aurait cru ; elle a peut-être dormi, finalement.

Le 747 survole les grands volcans chiliens, un moment qu'elle attend. Elle bénit le désistement qui lui a donné une place près du hublot. Par chance, le ciel est limpide.

Elle réalise que c'est l'hiver ici dans l'hémisphère sud.

Les Andes étincellent au soleil.

Elle a toujours aimé plus que tout, les paysages de neige.

Quand des cotonnades blanches se suspendent aux branches des bouleaux élégants, que les buissons givrés percent les champs de neige veloutée, que les frênes souples s'arquent en révérences.

Hivers après hivers, ces spectacles la ravissent sans lassitude. Les bruits lui paraissent plus doux. Les sensations feutrées des neiges tombées l'apaisent. L'atmosphère soyeuse, les sons assourdis comme dans une plongée en apnée, la grisaille ouatée, lui procurent un bien être indicible qui atténuent en elle les ressentiments. Le paradis blanc.

Après, elle se sent meilleure. C'était pour jouir de ces moments uniques qu'elle s'était mise au ski de fond. Elle musardait, elle admirait les spectacles éphémères des cristaux de neige aux géométries inattendues, inventives à l'infini.

Elle pratiquait seule. Éric, expérience faite ayant vite abandonné. Il n'était pas contemplatif. Il ne disposait d'ailleurs que d'une semaine annuelle pour les accompagner. Dix jours au mieux en arrivant le vendredi et repartant dimanche, c'était peu. Elle avait de la chance. Il le lui faisait remarquer.

Quand il faisait gris, neigeux, les enfants montaient aux cours. Ils avaient vite atteint le niveau des stages de compétitions, on n'y plaisantait pas : qu'il pleuve, qu'il vente, ils montaient. Elle s'évadait alors et glissait jusqu'à la chapelle au fond de la vallée. Les chemins n'allaient pas plus loin. Le silence et la solitude l'apaisaient.

Ici, vues d'en haut, les neiges dans la lumière crue alternent avec les vallées profondes et ocres des terres andines. Elles paraissent étrangères, brutales, elles ne lui renvoient pas l'image de l'univers feutré qu'elle aime.

De l'avion, deux sommets enneigés, réguliers comme sur les estampes du mont Fuji sont visibles maintenant, des sommets de 5 000 mètres ou davantage. Elle se demande si l'un est l'Ojos del Salado. Dans le guide, elle a lu qu'il côtoie les 7 000 mètres, le plus haut volcan du monde dans le désert d'Atacama. En classe, la géographie, sa matière préférée, lui avait procuré des voyages. C'était peut-être l'Aconcagua. Elle rêve, se bricole sa propre géographie car l'avion ne survole pas forcément encore le Chili. Il amorce à peine sa descente vers l'aéroport international Arturo Merino Benitez, loin encore, après avoir décrit une impressionnante courbe.

« Une femme ne peut pas aimer d'amour longtemps un homme qu'elle sent inférieur à elle en courage. » George Sand.

Elle pense aux lectures qui enchantaient son enfance rêveuse, son adolescence solitaire, idéaliste.

Elle pense aux expéditions de l'Aéropostale, à Henri Guillaumet perdu dans les Andes, à ses propos rapportés par Saint-Exupéry dans Terre des hommes : « ce que j'ai fait, aucune bête ne l'aurait fait. »

Aux paysans éberlués des hautes vallées qui après cinq jours et quatre nuits harassantes l'ont retrouvé : « Es imposible ! »★ s'étaient-ils écriés.

Henri Guillaumet était sorti vivant des Andes : l'amour pour sa femme l'avait porté.

Le temps à tuer.

Elle pense qu'Éric ne prononce jamais le mot « amour ». Il se défend quand elle l'attaque.

S'il les néglige, mais c'est pour eux, pour elle !

Paradoxe ! C'était sa manière de montrer son amour. Elle ne le comprenait pas, disait-il. Il en était blessé.

Il se trompait. Ce qu'il construisait, ses efforts pour leur confort, elle les voyait, cependant elle aurait aimé plus d'attentions… Ces petits gestes tendres « qui font que l'amour ne peut pas mourir » comme disait la chanson de Sylvie Vartan, et aussi surtout maintenant qu'elle n'en avait plus, des caresses.

Allusive, elle lui glissait des citations de littérature : « En fait d'amour, vois-tu, trop n'est pas même assez. »

Ni elle ni Beaumarchais ne rencontraient d'écho.

Elle pense aux débuts de leur union. Éric savait se montrer romantique dans les lettres qu'il lui avait adressées. Lui à Paris, elle en Province, ils ne s'étaient pas longuement fréquentés avant de décider leur mariage. Quelques mois à peine après leur rencontre en allant chez le primeur de la rue Didot dans le XIVème où elle avait des cousins.

Quel toupet inédit lui fit dire à la jeune étourdie en pantalon qui avançait vers lui dans la rue :

– La fermeture éclair de votre pantalon est ouverte !

Cette audace ne lui ressemblait guère. Il le lui dit après.

Elle sourit à ce souvenir cocasse qui enflamma ses joues sur le moment ! Confuse elle fit :

– Oh ! Merci !

Puis le rire fusa. Ils achetèrent des cerises, c'était en mai, ils n'habitaient pas loin l'un de l'autre. Ils firent ensemble un bout de chemin. Un soir, il l'invita dans un restaurant rue Lecourbe, près de chez lui. Au retour, elle resta.

Elle finissait une année de mise à niveau à la Sorbonne avant de s'inscrire aux concours. Elle regagna la Province pour bûcher au calme tout en travaillant.

Comme il ne faisait pas de confidence à ses parents, ils dirent qu'ils s'étaient rencontrés au parc Montsoury et revus par hasard sur le pont des Arts. La ritournelle était connue, leur curiosité n'alla pas plus loin.

Un jour, elle les avait entendu dire : « la vie des autres ne nous intéresse pas ».

Leur rencontre avait-elle été un coup de foudre ? A nouveau, elle ne sait plus. Ils s'étaient trouvés en phase raisonnablement sur des désirs communs : fonder une famille, avoir une maison, après une jeunesse studieuse, sans excès.

Elle les avait relues, ces lettres, quand les interrogations de ses nuits blanches rendaient le réveil plus apaisant que le sommeil.

Son éducation, un ou deux échecs l'avaient-il rendu prudent ? Il disait se méfier de la passion.

Il était sérieux, avait réintégré au retour l'entreprise qui l'avait embauché avant son départ en tant que coopérant. Une mission au Brésil avait créé la rupture souhaitable avec des parents repliés sur eux-mêmes, une mère dépressive que le départ de son fils unique avait achevée, mais Éric avait ignoré les conséquences de son mal de vivre. Ses deux tentatives de suicide avaient été cachées, comme un mal honteux, nul ne savait, et surtout pas au village.

En apparence remise, elle ne fut jamais soignée et laissa ses souffrances sommeiller.

Au Brésil, il avait connu Jeanne-Marie qui l'avait aimé. Les infirmières n'étaient pas farouches, disait-il avec détachement comme en se dédouanant, cela rendait plus faciles les relations, plus encore les ruptures. Mépris ?

Pourtant, elle lui avait écrit longtemps après son retour en France.

Ces lettres, il les avait gardées, puis oubliées. Cécile les avait retrouvées avec les siennes dans un carton, un soir ! Il ne jetait rien. Longtemps, elle s'était interdite de les lire.

Puis, pour comprendre Éric, pour cerner ses difficultés, réticente elle l'avait fait, avec le remords de s'aventurer en terrain privé, en se cachant. Elles étaient tendres, ces lettres. Jeanne-Marie l'avait aimé, pourtant c'est elle qui avait rompu, par peur de s'enliser dans une routine qu'elle décrivait, craignant son « caractère taciturne, son humeur de plus en plus désagréable, ses relations difficiles avec autrui ».

La jeune femme y faisait des remarques sur leur couple qu'elle avait fini par percevoir comme un enfermement, déplorant le rétrécissement de leur cercle d'amis. Ils ne voyageaient pas, ou si peu dans ce nouveau pays qu'ils avaient pourtant voulu découvrir. Elle avait peur d'étouffer, parlait de claustration physique et morale. Elle avait besoin d'amis, d'ouverture sur la vie, de mouvement. Le monde replié qu'elle voyait arriver avec lui, lui faisait peur.

Son temps de coopérant finissant, au départ d'Éric, elle avait choisi de rester au Brésil, de renouveler son contrat alors qu'ils avaient envisagé un retour commun. Il avait ressenti une blessure d'amour-propre, « plus que d'amour » comme elle l'écrivait, peinée de trouver dans les lettres reçues en retour de sa décision, reproches et détachement. Elle lui souhaitait de trouver l'âme sœur, disant qu'elle ne pouvait être celle-là, que sa vie passée, son âge – elle était plus âgée – l'écartaient d'un projet commun et que seul l'éloignement de leurs milieux habituels, le caractère factice et trompeur de leurs vies d'expat, avaient créé les conditions de leur rapprochement. On sentait qu'elle n'osait plus dire « amour ». En même temps, elle aurait voulu avoir un enfant avec lui !

Des années étaient passées depuis ces lettres, mais Cécile avait été surprise de trouver une analyse semblable à la sienne. La maturité, ses fonctions n'avaient pas changé Éric, au contraire : il pouvait vivre replié sur lui, satisfait de pouvoir se passer des autres ; agoraphobe, misanthrope même selon les circonstances. Était-ce par orgueil ? Par manque de confiance en lui ? Les deux ? Elle ne savait pas. Était-elle arrivée au moment psychologique où après des échecs, il avait ressenti un besoin de stabilité, l'appel d'une descendance ?

Aux reproches adressés par Jeanne-Marie, échos des siens, elle avait conclu qu'il n'avait jamais su se détendre, lâcher prise ni exprimer l'amour et le préserver.

Elle s'efforçait d'en trouver les vraies raisons. Il était son mari. Elle voulait bâtir un couple. Elle voulait comprendre. Histoire banale. Il y avait une explication. Laquelle ?

Son quotidien l'absorbait trop pour qu'elle étudie les pistes fugitives de ses pensées.

Le temps est long dans l'avion. Nuit à la surface de la conscience. Flou et lucidité. « Sans la connaissance du passé, on ne peut comprendre le présent. »

Combien de fois a-t-elle ressassé dans son esprit la vie d'Éric, de ses parents, pour tenter de comprendre ?

Enfant unique, mère de trente-trois ans. La guerre, la séparation. Elle aurait dû le concevoir des années avant pour qu'il soit l'enfant de leur amour.

Au contraire, né du devoir, il avait été élevé avec un sens aigu de la culpabilité, des responsabilités et du travail. Il devait d'être premier en classe, second à la rigueur ! Quand elle eût mieux connu ses beaux-parents, elle sut que la spontanéité n'était pas leur fort. La guerre avait éloigné les amants qu'ils avaient été. Les jeunes mariés de 1938 furent séparés plus de cinq ans. Au retour, ils avaient changé, inévitablement.

Lui ne s'était pas privé, prisonnier en Poméranie, confidences faites par le veuf, peut-être vantard qu'il était devenu.

Elle pense à cette génération sacrifiée. Celle des jeunes mariés de 1914 qui laissa de jeunes veuves, des fiancées qui ne connurent jamais l'amour, comme Odette, ou encore Antoinette qui furent ses professeurs.

Les hommes étaient morts, les autres déjà mariés, s'ils revenaient. Celle de la seconde guerre, moins meurtrière, eut aussi ses orphelines du cœur.

Après le retour de son mari et la naissance de leur fils, Berthe se consacra – c'est le mot – à cet enfant qu'elle voulut unique, pour mieux s'en occuper.

Elle transféra sur lui le sentiment ressenti naguère pour Arsène Cazeban, qui n'obtint pas le deuxième enfant qu'il souhaitait. Elle donna au fils l'amour qu'elle aurait dû restituer à son père. Habitée par le sens du devoir plus que par la tendresse, elle ne le rendit pas démonstratif.

C'était une femme grande pour sa génération. D'après les photos, elle avait eu dans sa jeunesse la fraîcheur joufflue des filles de la campagne, sans être vraiment jolie. On l'avait courtisée, mais un peu lourde et commune, elle manquait de charme, de distinction. Ni cajoleuse, ni tactile. Il ne le fut pas.

Cerné de toute son attention, il ne respira plus. Grandissant dans une atmosphère exiguë, peu gâté mais conforté d'être le centre du monde cela lui donna une forte estime de soi : il supportait mal frustration et contradiction. Comment s'y prit-elle ? Un fils unique à une époque privée de contraception ? Cécile se l'était parfois demandé. La trentaine dépassée, usa-t-elle avec succès des procédés empiriques de l'époque ?

Sa belle-fille attendant son troisième enfant, elle laissa entendre qu'elle au moins savait se débrouiller pour ne plus concevoir.

– Seuls des romanichels font autant d'enfants ! avait proféré son beau-père.

Elle se sentit si blessée qu'elle ne trouva aucune réplique. Quant à son tour, sa femme lui conseilla de se faire ligaturer les trompes, le point de non-retour était franchi. Le fils fit la sourde oreille pour ne pas contrarier sa mère en défendant sa jeune femme. Il n'eut jamais le mot de réconfort, le geste tendre pour compenser les maladresses qu'elle encaissait séjour après séjour. Ces silences qu'elle trouva lâches peu à peu, furent douloureux.

Le vers s'infiltrait dans le fruit.

Dénués de tact, ils eurent d'autres mots blessants et des reproches. Elle les détesta.

Cécile, en se mariant, esquivait deux problèmes : un soupi-
rant très empressé qu'elle n'aimait pas, mais qui dansait si bien et
dont la mère téléphonait à la sienne sans cesse.

– Mon fils l'aime, c'est un bon garçon ! voulant tout de bon
« arranger » leur mariage.

Sans trop de générosité, mère et fille en riaient ensemble.
Arranger un mariage ! Cela se faisait encore manifestement chez
certains. Dans une lettre délicate, elle ne lui laissa aucun espoir et
partit pour Paris à la rentrée universitaire suivante. Il y avait aussi
le mari d'une amie qui lui plaisait un peu trop. Elle était loyale,
naïve aussi ayant surpris plus tard la prétendue amie lors d'une
tentative de séduction non déguisée envers Éric, imperturbable.

Jeu ?

Pas si sûr ! Elle ne saurait jamais. Plus tard, elle pensa qu'elle
aimait l'idée d'aimer, qu'elle n'avait pas su attendre. Précipitation ?

Éric était un beau jeune homme, différent des garçons rustres
ou falots côtoyés sur les bancs de sa fac pyrénéenne.

Elle était sortie quelques temps avec l'un d'eux. Élégant, sans
être beau, assez fin d'allure, mieux élevé que les autres, elle avait
cru l'aimer. Elle s'était vite rendue compte du pleutre médiocre
qu'il était.

Lorsqu'elle l'avait rencontré, Éric rentrait du Brésil. Un peu
plus grand qu'elle, sa minceur allongeait sa silhouette. Ses cheveux, entre le brun et le châtain, qu'il portait un peu longs dans
le cou – mai 68 étant passé par là – encadraient son visage énergique : un nez droit et fin, des yeux marron, petits mais expressifs
éclairaient un teint clair, pâle sans être celui d'un blond, quelques
taches de rousseur comme pour elle, mouchetaient son visage à
l'expression grave, parfois sévère. Il dégageait autorité et énergie.
Oui ! Elle avait éprouvé pour Éric un coup de foudre. Il était beau.

Après leur mariage, la période romantique s'était close assez
vite. Quelques mois après, un peu déçue de son pragmatisme,
elle s'était avouée qu'elle aurait dû prendre le temps de mieux le
connaître. Il n'était pas facile à vivre. Elle le découvrait solide,

travailleur mais irritable, s'emportant pour des riens, vite agacé par ce qu'il ne maîtrisait pas, impatient voire capricieux. Sortir dîner chez des amis lui pesait, surtout lorsqu'il s'agissait de milieux professionnels éloignés du sien. Il supportait mal les repas arrosés. Le lendemain, des maux de tête gâchaient le dimanche, alors il refusa vite ces contraintes prenant prétexte de ses malaises, attitude qui finit par exaspérer Cécile : elle appréciait ces soirées désinvoltes auprès de gens charmants.

Elle était spontanée, impulsive, plus imaginative que méthodique.

C'était un volontaire, réfléchi et curieusement anxieux. Si sérieux qu'il en devînt ennuyeux pour elle.

Elle ne mesurait pas alors combien cette anxiété rencontrant la sienne que masquait la force de sa jeunesse serait un jour destructrice.

Pourtant, il savait faire rire, racontant avec drôlerie des anecdotes de sa vie quand ils recevaient ou étaient invités. Il lui arrivait même de monopoliser la conversation, mais amoureuse, elle ne s'en était pas aperçu alors. Au retour de ses journées de travail, il racontait ses difficultés, ses contrariétés, les difficiles conflits à gérer. Elle écoutait cet épanchement, tentait de l'apaiser. Elle comprenait : il ressentait le besoin de purger les pressions subies, celles qu'il s'imposait aussi car, opiniâtre et perfectionniste, il se donnait à fond se dominant au travail, libérant chez lui le stress qu'il y subissait.

Être généreuse : elle écoutait BALAVOINE : « Aimer est plus fort que d'être aimé. » En revanche, il ne posait jamais de questions sur ses problèmes à elle, non qu'il fût indifférent, mais elle eut assez vite le sentiment que son emploi de professeur la maintenait à ses yeux dans un univers infantile, donc protégé. Son milieu professionnel témoignait un brin de condescendance à l'égard des enseignants, d'ailleurs, il l'avait dit : son épouse travaillait pour payer leurs impôts !

Chapitre 2

L'avion atterrissait. Elle touchait le sol natal de Pablo Neruda. C'était le matin, compte-tenu du décalage horaire.

Dans le guide, elle avait lu que la meilleure façon de se rendre à Santiago depuis l'aéroport, et la moins onéreuse, était d'utiliser des taxis collectifs.

Elle aime l'idée de ne rien décider, de laisser faire le hasard. C'est si différent de ce qu'elle vit depuis bientôt dix-huit ans.

Elle demande à son voisin, un étudiant chilien d'une vingtaine d'années, ce qu'il ferait pour gagner la capitale. Il propose son aide et une fois les bagages récupérés – ce fut long – ils se joignent à quelques passagers du vol.

Le trajet est bref. Vingt kilomètres à peine. Circonvolution Amerigo Vespucci, boulevard Alameda. Elle se fait déposer à la gare routière pour bien la repérer. Une architecture métallique du début du vingtième siècle, importée de France, comme d'autres. C'est le milieu de la matinée, pas trop tard pour gagner Valparaiso, distant de 170 kms, mais si les liaisons sont fréquentes, elle ne se sent pas assez bien pour accomplir deux heures de route. Elle arriverait en fin d'après-midi. L'étudiant y a de la famille, il lui a indiqué l'adresse d'un hôtel modeste mais bien tenu. Elle renonce à cette idée, épuisée par la tension des dernières heures et le manque de sommeil. Une angoisse sourde accompagne la sournoise douleur physique. Elle balaie ses craintes. Le corps noué, douloureux. Fatigue de fin d'année scolaire. Douleurs somatiques ?

Elle roule sa valise, plutôt mal car les trottoirs mal entretenus et bosselés offrent peu de surfaces planes. Elle remonte l'avenue. Elle comprend vite qu'elle ne pourra aller loin : des gens la dévisagent, quelques mendiants la sollicitent. Elle quitte l'avenue trop fréquentée, bifurque au hasard d'une rue aux immeubles vieillots mais coquets, entre dans un hôtel non loin de la gare routière qu'elle sait retrouver sans peine.

Située dans une ruelle tranquille, sans commerce, la façade vert et rose de cette petite pension lui parait apaisante, comme l'accueil de deux dames au charme désuet, heureuses de recevoir une cliente en cette période creuse. L'une parle un peu Français et son Espagnol lui permet un échange élémentaire, mais suffisant. La chambre qu'on lui donne, un peu kitsch, l'amuse. Dans la salle de bains attenante, la baignoire en fonte, à l'ancienne, repose sur le sol carrelé sur des pieds léonins : elle lui paraît immense. Elle ouvre en grand les deux robinets à ailettes, finit par obtenir la chaleur de l'eau qu'elle aime. Elle a du mal à la remplir. Enfin, elle se coule dans un bain chaud, apaisée.

Plus tard, elle commande un repas léger : un bouillon à l'aïl avec du vermicelle, dans lequel elle casse l'œuf qu'elle a demandé.

Un nouveau comprimé tombe la fièvre qui rôde. Épuisée par les deux journées précédentes, elle dort jusqu'à vingt heures. Elle qui pensait aller au centre historique !

La nuit est une longue, insomnie aggravée par le décalage horaire, le sommeil décalé de l'après-midi. Nuit occupée de retours en arrière qu'elle tente de chasser. Grâce aux livres achetés, les lectures de l'histoire du pays lui permettent l'évasion.

Elle connaissait par la télévision, et quelques articles lus à l'époque, les troubles qui avaient précédé et suivi le suicide du président Allende retranché dans le palais de la Moneda, bombardé par l'armée de l'air et incendié… L'arrivée au pouvoir de la junte militaire aux ordres d'Augusto Pinochet, président autoproclamé ! Les interrogatoires, les tortures, les exécutions.

Plus de vingt ans après, malgré sa présence, on sentait le pays sur la voie de la démocratie. Il s'ouvrait de plus en plus au tourisme ce qui lui avait permis d'être là facilement malgré des troubles récents encore.

Elle n'avait pas bien réalisé jusque alors le lien entre la politique, Pablo Neruda et sa mort. On l'avait dit mort de tristesse quelques jours après le coup d'état du 11 septembre 1973, quand l'armée avec le soutien de la CIA s'empara du pouvoir sans passer par les urnes ! Cette version romanesque la séduisait, mais non !

« Le cygne chante quand il meurt de tristesse » c'était une blague et Neruda l'avait écrit !

Elle savait le cancer et la chimiothérapie qui avaient contraint le poète à quitter sa maison préférée d'Isla Negra, isolée, battue par les flots du Pacifique à quatre-vingts kilomètres de Valparaiso. Malade, il subissait les brimades et les insultes des militaires au pouvoir.

Elle avait si peu de connaissances sur l'histoire du monde. Elle comprenait que sa vie personnelle lui maintenait à peine la tête hors de l'eau. Coupée des événements, elle avait négligé la vie autour d'elle. Son intérêt pour les autres s'était éloigné, au profit du quotidien à gérer, elle s'était rétrécie. Elle s'en voulait.

L'idée de ressembler à ses beaux-parents la pétrissait d'angoisse.

Ce n'était pas elle, ce désintérêt, cette indifférence à l'histoire récente et contemporaine, ses actualités, ses faits divers, et son music-hall ! Elle, fan de musique, d'actualités et de variétés diverses !

Sans être très instruits, ses parents lui en avaient communiqué le goût, vite devenus adeptes du petit écran, ils suivaient les actualités, la politique passionnait son père. Militaire, il avait des idées d'ordre et de discipline mais démocrate, elle se souvenait de ses réactions hostiles à ce pouvoir totalitaire.

Il avait insisté pour que sa femme et sa fille bénéficient de l'ouverture au monde que permettait la télévision. Grâce à elle, ses dernières missions leur avaient paru plus légères à vivre.

En revanche, ni Irène ni Cécile n'avaient pu lui faire regarder une fiction, encore moins l'amener voir un film dans une salle. Il haïssait la fiction au point d'avoir refusé de figurer dans un film sur les débarquements des troupes en Normandie après le 6 juin 1944, au prétexte que ce n'était plus du réel ! La réalité, il l'avait vécue fin juin 1944 à Ouistreham.

Au retour de son dernier séjour africain, ils suivaient les journaux télévisés ensemble ainsi que les grands reportages. Éclectiques, le catch leur arrachait des hurlements de rire ! Elle s'émouvait toujours à ce souvenir. Aucune des variétés de Maritie et Gilbert Carpentier ne leur échappaient. Elle regardait avec ses parents les concours de l'Eurovision, mais après son mariage, les succès des Pink Floyds, des Doors et du groupe ABBA lui avaient échappé !

On ne regardait pas les variétés chez Éric ?

Pas vital ! Disait la voix.

Évidemment !

Tout de même, elle s'était enfoncée la tête sous l'eau bien des années.

Plus sérieusement, les années 80, Mitterrand président, l'abolition de la peine de mort. Sadate assassiné en Egypte, Indira Ghandi en Inde, le terrorisme s'intensifiant partout, elle savait, mais en surface, les détails n'étaient pas imprimés. Elle se jugeait incapable d'en comprendre les enchaînements. Tous ces blancs l'irritèrent. Son animosité contre la vie qu'elle avait vécue ressurgit. Une vie confortable ! Elle vivait dans des charentaises !

Cécile se promit de redevenir elle-même. Ce voyage serait le point de départ. Elle renouerait avec ses cousins, ses amis que la boulimie d'occupations d'Éric avaient fait fuir.

Elle comblerait ses lacunes. Elle visiterait le Maroc que son père avait aimé malgré les dangers courus lors des troubles de l'Indépendance.

Elle retournerait au Sénégal, où elle était née, elle retrouverait Nounou Maguette. Sa mère lui avait dit la tristesse de cette femme qui n'avait pu donner d'enfant à son mari. Comme tous les sénégalais, musulman, il en avait quatre de ses deux autres unions. Maguette qui l'aimait, souffrait.

Elle irait au Vietnam, visiterait des lieux que son père n'avait pu voir en raison des événements d'Indochine. Elle savait que par souci d'économie, il s'était privé d'aller admirer la baie d'Along.

Elle apprendrait l'histoire de ces pays dont elle n'avait que des échos partiels, peut-être erronés.

Elle ne manquerait pas à ses engagements vis à vis d'Éric, de leurs enfants.

Elle reviendrait.

Elle obligerait Éric à l'écouter, à lui parler. Elle revivrait.

Et s'il n'écoutait pas, si rien ne changeait, s'ils ne s'aimaient plus pour toujours ? Alors parfois, la voix disait : *tu es jeune encore ! Et tu n'es pas « de celles qui meurent de chagrin ! »*

D'autres fois, elle entendait Louis dire :

– Aucune hésitation. Seul, ça ne va pas : on s'en va ! Avec des enfants, c'est autre chose !

Elle s'était demandée s'il parlait en connaissance de cause.

Le petit déjeuner lui redonne des forces, le café noir chaud et odorant lui fait oublier la nuit blanche. Elle se sent mieux, elle règle l'addition.

Avant de rentrer en France, elle visitera Santiago, logera à nouveau au Mery hôtel, promet-elle, les remerciant de leur accueil.

Elle souhaite d'abord se rendre à Valparaiso.

– Vous avez certainement une bonne raison, dit son hôtesse avec malice.

– En effet, il se nomme Pablo ! *

Elle part à pied par l'avenue Libertador Bernardo O' Higgins que les Chiliens nomment simplement l'Alameda, en direction de la gare.

La gare routière d'où partent les bus des lignes desservant tout le pays, n'a rien d'exotique. Malodorante, bruyante, animée bien qu'on soit en hiver, des papiers gras jonchent le sol au carrelage endommagé. Des hommes bruns, trapus aux traits marqués, des femmes au corps lourd, fatigué, accompagnées de gamins geignards partent vers les villages d'Atacama, ou de Patagonie. Toutes les destinations sont desservies, tout un peuple se déplace du Sud au Nord, du Nord au Sud. Le pays se libère, mais la dictature a laissé ses stigmates : mutisme. Pinochet battu par Patricio Aylwin aux élections de 1989 restera chef des armées jusqu'en 1997, en vertu de la constitution de 1980 approuvée par un référendum truqué. S'il n'y a plus de disparitions ni d'exécutions sommaires, pour la moitié de la population c'est la pauvreté, malgré l'activité économique du pays, la plus intense d'Amérique latine.

Au terminal des bus l'attend un spectacle que jamais elle n'aurait pensé voir : scène de cour des miracles décrites par Victor Hugo ou Eugène Sue. On lui saisit la cheville, elle sursaute et baisse la tête. Un cul de jatte miséreux se déplace sur une planche à roulettes implorant la générosité des voyageurs, un sourire édenté, grimaçant sur un cou distendu la fixe. Quasimodo ! De tels

malheurs existent donc ! Sa chair se rétracte. Se détourner, vite !
Mais elle fouille dans sa poche, cherche quelques pesos.

Elle s'imagine épiée, en danger. La foule, le bruit, s'ajoutant
au malaise, la font vulnérable. Son corps est à nouveau douloureux, la douleur réveillée dans ses reins. Délire de l'imagination.
De bonne qualité, sa valise la trahit sans doute. Seule, hésitante.
L'angoisse revient. Elle se reprend, s'efforce de paraître décidée,
joue la vieille habituée quand elle s'approche du guichet pour
prendre son billet.

Elle demande un aller-retour pour Valparaiso. Le guichetier
la dévisage avec grossièreté, lui semble-t-elle. Dans l'épanouisse-
ment de la quarantaine, elle est restée svelte malgré ses maternités.

Elle tâtonne, cherche ses mots. Son espagnol ibérique ne laisse
aucun doute, il sonne faux ici où l'intonation moins articulée est
douce, moins gutturale, alors qu'elle s'efforce de rouler les R. Elle
entend la ritournelle de son prof d'Espagnol au lycée : « El perro de
San Roque no tiene rabo porque Jamon Ramirez se lo ha cortado ».
Il leur apprenait à rouler les R. Elle a oublié les autres trabalinguas.

Une femme plutôt âgée, maigre, remarquée quelques instants
auparavant, s'approche.

Elle est vêtue d'un manteau bleu-roi vieilli mais de bonne
coupe, vêtement aux nuances passées sorti d'une bonne maison,
bien éloignée des fripes informes de basse qualité. Il couvre un
corps amaigri comme si la faim composait depuis longtemps son
lot quotidien. La faim ou l'absence d'appétit.

Son imagination galope…

Dans le hall, à la recherche du guichet, elle a croisée la femme
en bleu. Teint pâle, profil anguleux, son regard surtout l'a peinée : un regard interrogatif, douloureux.

Les yeux de la femme dans des orbites à la peau brunie aug-
mentent la maigreur de son visage émacié. Toute espérance en
elle parait s'être enfuie.

Mais quelque chose dans le maintien lui parait familier. Elle
comprend pourquoi.

– Vous êtes française ? demande-t-elle dans un français tein-
té d'accent parisien.

– Oui ! Vous aussi ? J'habite Versailles.

– Je suis… J'étais parisienne.

Dans le car, elle s'assied près de Cécile après avoir quitté le manteau qu'elle a plié soigneusement sur ses genoux, elle a lissé machinalement les plis d'une robe grise cintrée en maille fine. Elle lui conseille la prudence, éviter de sortir l'argent ainsi qu'elle l'a fait. A Valparaiso sévissent des pickpockets, la ville compte le taux de criminalité le plus fort du pays.

– J'y vis depuis quarante ans.

– Vous retournez en France quelquefois ?

– J'y suis allée voici longtemps. Le voyage est cher. La vie est dure ici.

Comme si elle regrettait d'en avoir tant dit, elle se tourne vers la vitre pour regarder au loin, la ville. Cécile comprend que sa compagne de voyage ne sera guère loquace, mais qu'elle est heureuse de rencontrer une compatriote. Le silence s'installe.

L'autocar quitte Santiago. Il traverse d'abord des banlieues aux constructions bourgeoises, coquettes, encadrées de jardinets soignés. Alors qu'en face, jouxtant la route bruyante s'entassent des bidonvilles zingués aux tôles parfois peintes, tableaux abstraits aux lignes cassées. Un peu plus loin, on croise des vignobles, c'est l'hiver, les vignes dénudées aux ceps taillés noircis et tourmentés rappellent les Corbières, où vivent les parents d'Éric. Un bel endroit, ceint de collines dont pourtant elle renie le charme pour y avoir vécu ennui et humiliations. Les enfants y passent de bons moments, surtout Caroline, la préférée.

Angoisse au creux de ses reins, la douleur par vagues, revient. Elle se réfugie dans ses rêveries qui écartent d'elle la déprime quand elle pense aux enfants. Toute nouvelle rencontre est une nouvelle aventure. Elle aimerait connaître ceux qu'elle croise, les comprendre, raconter leurs déchirures. Un jour peut-être, quand elle aurait du temps, elle écrirait. Un jour. Après.

Elle se concentre sur sa voisine : son expression l'intrigue. Jamais elle ne sourit, un rictus de tristesse semble avoir figé ses traits. A l'évidence, elle avait été belle, cette femme, aisée, élégante comme le suggère son port de danseuse, ses vêtements de bonne coupe, même fanés. Quelle vie a-t-elle menée ? Qui a-t-elle suivi ? Pourquoi finir échouée dans ce port naguère florissant, vanté par les marins du monde entier, que l'ouverture du canal de Panama a progressivement ruiné ? 1913. Quel amour perdu, quelles peines inconsolables a-t-elle vécues pour noyer dans son regard autant de désespoir ? Tout était possible, même le plus attristant scénario : une prostituée que l'âge peu à peu avait déclassée, puis rejetée comme une poupée cassée. Elle délire, laissant divaguer son imagination, comme elle le fait quand elle veut fuir ses problèmes, chasser au loin l'image obsédante des enfants.

Trois jours maintenant qu'elle a quitté Paris. Ses lettres, ils les ont reçues. Tous savent son départ.

L'autocar poursuit sa route. On descend vers le Pacifique en traversant des faubourgs. Un amphithéâtre se dessine au milieu de collines, au nombre de quarante-cinq, les Cerros à l'assaut desquels montent des quartiers habités percés çà et là de constructions plus hautes sans esthétique ni style défini. On arrive à Valparaiso.

Une douleur intense survient. Elle ne peut retenir un gémissement qui alerte sa voisine. Elle la voit livide, le visage couvert de sueur alors que dans le car, il fait presque froid.

La douleur passe, pour ne pas l'inquiéter davantage :

– Ce ne sera rien.

Mais la dame en bleu n'en croit pas un mot.

Le car s'arrête sur la chaussée de la gare routière.

Les voyageurs s'agitent pour gagner la sortie du terminal Rodoviario. Quand son tour vient de se lever et de descendre, c'est impossible : la douleur est à son paroxysme, dos, corps douloureux… Incapable d'accomplir le moindre mouvement. Sa compagne de route l'observe. Efficace sans un mot, elle l'aide. Quelques paroles en espagnol, elle demande qu'on appelle un numéro. Un homme s'éloigne pour téléphoner. Cécile se retrouve à l'extérieur, assise sur un banc, cernée d'inconnus qu'elle aperçoit à peine.

– Ne vous inquiétez pas, je connais quelqu'un, un docteur. Je l'appelle, il fera le nécessaire c'est un saint ! Vous devez me faire confiance, je me nomme Maria-Luisa, Marie-Louise Cardinal. ★

– Cécile Cazeban. Cécile Cazeban-Delaval.

Elle dit cela dans un souffle ayant pris le pli de porter aussi son nom de jeune fille. Le temps, les griffures aidant, elle trouvait injuste qu'on abandonne son nom de naissance en se mariant. Injuste et anormal.

L'heure à l'économie, les présentations sont sommaires. Elle se sent soulagée. Faire confiance, elle n'a pas le choix. Elle est au pied de cette échéance qui arrive depuis des mois. Elle entend la sirène d'une ambulance. Un grand calme suit quand la foudre est tombée.

L'hôpital Van Buren de Valparaiso, une vaste bâtisse blanchâtre construite en léger promontoire sur l'Avenida San Ignacio se trouve non loin du terminal de bus Rodoviario, sur la route de Vina Del Mar et Santiago. Le trajet qu'elle vient d'effectuer en car. Elle aurait pu y aller directement !

A peine le temps de confier à Maria-Luisa papiers et documents, on arrive. Mais le « Saint » que Maria-Louisa a fait prévenir ne se montre pas.

Elle est dirigée vers le cabinet de radiologie, auscultée, interrogée. C'est plus difficile car l'interne ne parle pas français et son espagnol trop techniquement limité pour bien décrire ses symptômes.

Manifestement, les signes sont ceux d'une appendicite, mais on ne peut exclure un autre problème. Il faut opérer. Celui qu'on appelle ici El profesor le fera le lendemain.

Maria-Luisa attendait dans la chambre où fut conduite Cécile. D'un geste, elle balaie ses excuses confuses.

– Vous êtes dans de bonnes mains, rassurez-vous, j'ai mes entrées ici. Je n'habite pas loin. Je vous laisse vous reposer. Je dois téléphoner en France ?

– Je préfère attendre, je vous expliquerai, c'est un peu compliqué, dit Cécile.

– Je l'avais compris. J'ai ouvert votre valise, j'ai mis le nécessaire dans ce placard, le reste je le garde. Je vais passer au secrétariat, ne vous faites pas de souci. Ayez confiance. Reposez-vous.

Elle s'en va vite comme pour fuir les remerciements ou éviter d'autres paroles.

Le calmant donné à Cécile agit déjà. Plus tard dans la soirée, elle somnole.

La porte de la chambre s'ouvre. Un homme grand, très mince, cheveux bruns en bataille, revêtu d'une blouse blanche à moitié boutonnée s'approche du lit, prend sa main, la garde dans la sienne.

– Manuel Moana, dit-il avec simplicité.

Toute sa vie, elle se souviendrait de cette rencontre, de l'humanité compréhensive qui émane de sa personne, de la profondeur perspicace de son regard. En un instant, il paraît avoir tout compris d'elle. Sans qu'elle ait à prononcer un mot, elle se sait considérée, devinée. Il l'appelle Cécile, parle français, pose sur son front fiévreux une main fraîche, apaisante, comme sur une patiente bien connue. Aucun souvenir ne lui resta de ce qu'il dit alors, fascinée par son regard noir, pénétrant mais doux, par les mains posées sur le drap qui la couvre, des grandes mains nerveuses, aux doigts fins et allongés, aux ongles nets et courts parfaitement manucurés, des mains de pianiste ou de chirurgien ! En l'auscultant, il réveille la douleur qui s'est nettement déplacée maintenant, passant du dos au côté droit du ventre. Apparemment satisfait, il s'excuse de lui faire mal. Lui donnant rendez-vous au lendemain, aussi vite qu'il est entré pressé, il ressort en coup de vent.

– Vous n'avez rien à craindre, juste à oublier vos problèmes. Comment savait-il qu'elle avait des problèmes ?

La visite a duré quelques minutes. Elle occupe son esprit la nuit suivante. Elle revoit la silhouette longue et distinguée, la bouche finement dessinée, le nez aquilin et proportionné. Il est beau, ses lunettes aux verres sans monture habillent la courbe des sourcils laissant aux yeux la priorité tout en soulignant sa distinction naturelle. Elle comprend aussi pourquoi Maria-Luisa lui a dit que c'était un Saint ; outre sa lucidité, il parait porter sur lui le poids d'un monde à sauver avec l'assurance sereine qu'il saura le faire.

Chapitre 3

On vient chercher Cécile à 7 heures.

Elle est conduite dans une pièce silencieuse où la lumière tamisée laisse deviner des murs d'une nuance douce. Des placards très hauts montent presque jusqu'au plafond de la pièce, de courtes échelles sur roulettes permettent d'accéder aux étagères les plus élevées. L'ensemble dégage une ambiance un peu ancienne, mais lumineuse et tranquille.

Elle se sent calme. Pour le rester, elle pense à ses balades solitaires en ski de fond quand la vallée semble endormie, les arbres au bois dormant, elle sait les animaux invisibles qui hibernent sous la neige tombée, laissant d'imperceptibles indices de vie. Elle suit le torrent qui continue sa course plus silencieuse qu'en été entre les pierres agrandies par le gel, couvertes de coussinets glacés, immaculés, parfois ils partent au fil de l'eau, s'amenuisent, fondent et disparaissent.

Deux infirmières en cornette blanche, des religieuses paraissant marcher sans toucher terre, comme si elles patinaient, l'entourent, lui expliquant ce qui va suivre. D'une voix feutrée dans ce castillan chilien qui aspire les S, l'une explique qu'elle va la piquer, une prémédication légère car elle sent une imperceptible piqûre au creux du bras. Elles la préparent pour l'opération. Quand c'est achevé, parait une silhouette bleue comme la pièce, en chaussons, pantalon et blouse cintrée à col Mao, la bouche recouverte d'un masque remontant en une sorte de coiffe quadrangulaire sur la tête de sorte qu'aucun cheveu ne dépasse. Elle se penche sur elle.

Elle voit des yeux la fixer, des yeux noirs et profonds qu'elle connaît.

Mais ce regard qui la veille l'avait bouleversée, semble cette fois s'être intériorisé, comme si toute affectivité, tout sentiment en avaient été ôtés pour laisser place à une concentration mécanique et glacée.

Elle se sent fermement poussée sur une table roulante sous la lumière éblouissante et crue d'un soleil nucléaire.

Elle reprend conscience en salle de réveil. Elle grelotte, cela dure longtemps. La même sensation l'avait saisie à la naissance des enfants. Le choc opératoire s'estompe enfin. Bien enveloppée de couvertures, la conscience revient. Elle se réchauffe, pense à ces moments intenses de douleur et de joie.

Caroline avait surpris tout le monde en arrivant quinze jours avant la date prévue. La veille, des élèves venues la voir avaient trouvé Cécile en train de planter des cyprès autour du jardin ! Le lendemain, on leur apprenait que leur professeur avait eu son bébé dans la nuit. Émotions des jeunes filles !

Quand un mal aux reins l'avait prise vers la fin de l'après-midi, elle s'était dit que les cyprès étaient responsables. Vers deux heures du matin, elle comprit qu'elle était sur le point d'accoucher ! Elle souffrait. Le gynécologue, vieux grincheux réveillé dans son premier sommeil, fut détestable.

Depuis, elle redoutait les hospitalisations.

Une petite fille rondelette aux cheveux bruns vint au monde moins de deux heures après son arrivée à la maternité. Il était temps ! Il lui avait reproché d'être arrivée si tard !

Elle avait répliqué : « C'est la première fois ! Désolée de vous avoir réveillé ! »

Commençait-elle à savoir se défendre ? Elle était si peu méchante, c'était nouveau.

On apprend.

Trois ans plus tard, Tom ne se fit pas plus attendre, mais la peur rétrospective de savoir que le cordon ombilical était noué autour du cou lui donnait encore des angoisses treize ans plus tard… Heureusement, le bébé ne pouvait plus faire le looping supplémentaire qui l'aurait étranglé, mais cela ne l'empêcha nullement de s'époumoner en cris de réprobation en venant au monde.

Quant à Jim, treize mois plus tard, il dormait ! Un moment d'inquiétude plus tard, il poussa son premier cri : l'accoucheur avait dû le claquer pour le réveiller !

Comme elle se remémorait ses accouchements, le professeur Manuel Moana, entra. De blanc vêtu.

– Il était temps, jeune dame, vous alliez droit vers la péritonite. Je n'ai pu refermer, j'ai dû placer un drain, cela retardera un peu votre sortie. Nous veillerons sur vous. Vous faisiez une appendicite rétro-saecale, ce qui explique les symptômes atypiques que vous décriviez. Voici quelque temps que je n'avais pratiqué cette opération ! Maria-Luisa a insisté et je ne lui refuse rien !

Sur ces paroles énigmatiques, dans un français parfait un peu chantant – ils parlaient donc tous le français, ici ! – il s'en alla, promettant de suivre personnellement son état et de la faire installer à un étage élevé d'où elle aurait une vue sur la baie au loin.

– Ainsi vous n'aurez pas tout perdu de Valparaiso ! dit-il avec un sourire amusé où elle retrouve la douce humanité de la veille.

Avant qu'elle eût le temps de lui répondre, comme la première fois, il disparut en courant d'air.

Sa promesse fut tenue. La chambre où on la transféra était déjà occupée par deux patientes quand elle y arriva.

De son lit près de la fenêtre, elle aperçoit vers l'Ouest, l'amphithéâtre de collines loties remarqué à son arrivée. Son regard descendant des Cerros vers l'océan, elle découvre le port, où des dizaines de chalutiers, tout petits vus d'ici, dessinent sur les vagues un ballet nautique coloré. Il lui semble même entendre le bruit de leurs moteurs.

Peu après, comme elle échange quelques propos en espagnol avec ses compagnes de chambre, Maria-Luisa entre, des fleurs à la main.

– De mon jardin, précise-t-elle.

Elle tient aussi le classeur où Cécile avait réuni avant le départ, documents, adresses et numéros de téléphone.

Cécile est réconfortée par la chaleur de son étreinte. Elle porte son manteau bleu-roi.

Mais cette fois, elle sourit.

– Maintenant, vous allez me dire pourquoi vous vous trouvez seule, si loin des vôtres !

Ne pouvant refouler les larmes qu'elle s'interdit depuis des mois, le choc opératoire, la compassion tranquille de sa visiteuse, elle s'effondre et lui raconte ce qu'elle renferme depuis des mois pour éviter de s'attendrir sur elle-même.

Éric se montrait peu attentif et compatissant avec ses proches, non qu'il n'éprouvât de peine. Il agissait ainsi, se persuadait-elle, pour stimuler en eux – peut-être en lui – courage et résistance...

Pas d'apitoiement !

S'il était ému, il s'en sortait vite par l'ironie, pirouettes lui permettant de rester maître de ses émotions de sorte qu'elle n'éprouvait ni consolation ni réconfort quand elle parvenait à lui faire part de ses inquiétudes. Elle avait fini par tout garder en elle, n'ayant pas ces confidences tendres sur une épaule attentive, ou les discussions franches dont elle avait rêvé. Le ciment des couples.

Ensemble, elles décident de l'avertir par téléphone.

Les chambres n'en disposent pas individuellement, il faut sortir, se rendre à la cabine. L'infirmière encourage même Cécile à se lever, malgré le drain, et la potence qui la rattache à une perfusion.

Une nouvelle fois, la patience efficace de son ange-gardien fait merveille. Elle décide de la nommer, Maria-Luisa, ce prénom, celui d'une correspondante espagnole lui avait été cher. Elles avaient passé des séjours ensemble, chez l'une en France, chez l'autre en Espagne. Le temps avait passé, les études, les premières amours : Maria-Luisa Silio était une beauté ! Elles s'étaient perdues de vue, écrit, puis les lettres de Cécile n'avaient plus reçu de réponse. Déception.

Maria-Luisa l'aide à se lever, à se déplacer. Cela prend du temps avec la perfusion et la plaie douloureuse.

Elles réfléchissent au décalage horaire. En France, il est 21 heures.

Hésitante, elle appelle la maison, décidée à parler sans laisser à Éric le temps de s'emporter. Le téléphone sonne... longtemps. Il doit somnoler devant la télé, comme à l'accoutumé. Il décroche enfin.

– Allo ! Cazeban ! J'écoute !

Au ton de sa voix, elle le sent contrarié, déjà ! Contrarié ou inquiet ? Le ton est le même chez lui, donc elle ne sait jamais. Éric ne manquait pas de lui reprocher son manque de discernement en soulignant qu'il était anxieux, anxiété jamais comprise par son entourage ! Naturellement. D'une voix qu'elle veut assurée, lentement, elle répond, explique, ignorant les interrogations et les objections de l'autre côté du récepteur

— Cécile !

— Bonsoir Éric, écoute-moi. Tu as reçu ma lettre ? Je suis à Valparaiso.

Elle ignore la question cinglante, il s'étranglait :

— Qu'est-ce que tu fous à Valparaiso ? Tu es folle !

— Un problème de santé, il a fallu m'opérer. Une appendicite aiguë. Tout va bien, je suis en de bonnes mains. Mais le chirurgien a dû placer un drain.

Il n'écoutait rien. Le dialogue de sourd redouté emplissant l'écouteur, elle doit recommencer : il n'avait rien compris, elle devait se calmer.

Quand elle s'expliquait, il ne comprenait jamais rien, lui coupait la parole, s'exprimait à sa place. C'était aux autres de se calmer ! Jamais à lui ! Elle s'y attendait. Elle respire pour contrôler les battements de son cœur. Elle recommence, sur le même ton, s'obligeant à contraindre son débit, à parler d'une voix qu'elle essaie de rendre ferme malgré son émotion, comme elle sait le faire en classe, changeant intuitivement sa voix de soprano pour adopter un alto moins épuisant pour elle et ceux qui l'écoutent.

— Je ne comprends rien ! Je ne peux venir ! Je travaille ! s'énerve Éric à l'autre bout du fil.

A bout d'explications, elle interrompt la communication en lui donnant l'adresse de l'hôpital Van Buren. Ce détail concret arrête les mots. Il la note, non sans la lui avoir fait répéter plusieurs fois.

— Écris-moi, Éric ! Réponds à ma lettre !

Elle raccroche, à bout. Elle appelle ses parents.

A la lecture de sa lettre, ils avaient compris qu'elle était loin. Mais où ? Prudente, Cécile ne l'avait pas mentionné.

Son père pratiquant l'humour caustique lui dit qu'elle aurait pu choisir un endroit moins lointain pour son appendicite ! Rire ! Douleur !

– Je vois que tu n'es pas mourante ! Pour le reste, tu es grande, tu géreras !

Et pour s'éviter des mots inutiles après cette conclusion sans appel :

– Je te passe Maman.

Il n'aimait pas le téléphone. Un instrument utile, pas fait pour les bavardages.

Ce fut une tonalité différente, elle pleurait, imaginant Cécile seule dans cet hôpital du bout du monde.

– Enfin, Cécile ! Tu nous as fait une de ces peurs ! Tu as pensé à tes enfants ! Qu'est-ce que je vais leur dire, moi ? Ça ne se fait pas !

– Nous y voilà, pense Cécile. Les grands principes ! Cela ne se fait pas ! Bien oui, Maman, ça se fait !

Elle va lui faire réviser le refrain, réveiller sa culpabilité. Elle coupe court d'un ton qu'elle aurait voulu tendre.

– Mais tu es là, Maman ! Tu sauras quoi leur dire. Moi je ne suis pas perdue, j'ai Maria-Luisa près de moi.

– Comment ? Maria-Luisa ! Maria-Luisa ? Tu as retrouvé Maria-Luisa ? Tu entends ! Louis ! Cécile a retrouvé Maria-Luisa ! C'est inouï ! Ah ! Mais alors, ça change tout ! Tout ! Tout ! Je suis plus tranquille. C'est une fille sensée ! Comment va-t-elle depuis tout ce temps ? Elle est mariée, je suppose ?

Cécile n'avait pas songé à ce quiproquo, elle éclate d'un rire qui réveille son ventre douloureux !

A l'autre bout du monde, Irène refaisait l'histoire à son idée, renouant à sa guise les liens oubliés. Elle l'énervait vite sa maman fragile ! Toujours anxieuse pour les siens. Mais une chanson au bout des lèvres, mais sa finesse, sa douceur, sa volonté de voir des choses du bon côté, celui qui l'arrangeait dans son univers idéal où tous s'aimaient, et pour toujours, tout cela faisait qu'on la pardonnait toujours. Elle la plaignait aussi un peu, se reprochant son manque de compréhension.

Elle avait vite compris qu'à ses questions, sa mère n'aurait à lui proposer que des réponses de catéchisme qui ne lui seraient d'aucun secours. Pour cela, elle lui en voulait aussi. Sa santé n'était pas bonne. Un premier bébé perdu, un séjour en Afrique où Cécile était née, elle n'avait pu suivre ensuite, lors des affectations de son mari : Irène et sa fille étaient restées en France. Louis continuait sa carrière militaire. Voulant lui éviter de la peine, sachant qu'elle ne saurait pas conseiller, elle lui avait caché ses problèmes de couple, jouant la partition du bonheur parfait que la naissance des enfants confirmait à ses yeux. Elle décide de ne pas la contredire, de lui laisser imaginer à sa guise le scénario des retrouvailles. De là à ce qu'elle croie sa fille en Espagne de l'autre côté des Pyrénées, la porte à côté ! Fontarabie, Irun, Pampelune ?

– Et elle rit ! Tu as perdu la tête, ma chérie ! Tu nous fais une peur bleue et tu ris ! Louis ! Ta fille est folle !

Elle entend son père bougonner :

– Peut pas lui faire de mal, si elle rit ! Si tu veux mon avis, ça fait trop de temps qu'elle ne rit plus assez avec Éric ! dit Louis qui n'en manquait pas une pour tacler son gendre.

De fait, son dernier fou-rire remontait à… des années-lumière !

Les enfants dormaient après une journée bien occupée.

La conversation avec ses parents lui a fait du bien, en riant rétrospectivement, elle raconte à son amie le quiproquo qui ravit sa mère.

Chapitre 4

Cécile resta huit jours à l'hôpital Van Burren. Parfois, des accès de fièvre surgissaient, la laissant abattue. Au fil des jours, drain et antibiotiques agissant, elle se rétablissait. De son lit, près de la fenêtre, même éloignée, elle suivait la ronde des bateaux de pêche qui entraient et sortaient du port. Au-début, ils étaient encore pavoisés de petits fanions leur donnant un air de fête. Elle pensa à ceux de Socoa et de Saint-Jean de Luz, les jours d'été.

La fête de la mer avait eu lieu le 29 juin. Les marins de Valparaiso, en procession dans la baie célébraient San Pablo et San Pedro, leurs saints patrons, des fêtes suivies de festins arrosés !

Maria-Luisa venait la voir souvent, elle lui apportait des livres. Elle adressait toujours un mot de réconfort aux autres patientes. L'une d'elles, une toute jeune fille portait un masque comprimant son visage, ne laissant apparaître que ses yeux noirs, ses lèvres adolescentes et pulpeuses. Elle se nommait Maria-Asuncion, on disait Asun. La voiture dans laquelle elle se trouvait, s'était retournée dans un virage, non loin de Valparaiso. Sérieusement blessée au visage, nez fracturé, elle pleurait souvent malgré l'assurance reçue du professeur qu'elle serait aussi jolie qu'avant. C'est toujours en français que Maria-Luisa conversait avec Cécile. Par bribes, à mesure qu'elles s'apprivoisaient, Cécile apprenait ce qu'elle voulait bien dire de sa vie. Elles parlaient de Paris, de Versailles qu'elle avait connu autrefois. La trame de sa vie se dessinait un peu, mais Cécile ne parvenait pas à comprendre le mystère de sa tristesse, de ses absences soudaines à peine perceptibles, brefs accès de catalepsie vite écartés d'un geste compatissant aux misères des autres.

Les visites du professeur Moana étaient journalières, il pouvait passer à tous moments. Toujours vêtu d'une blouse blanche mal attachée, ses cheveux noirs en bataille, traduisant le peu de cas qu'il attachait à son apparence, son énergie d'hyperactif donnait l'impression qu'à lui seul, il faisait le travail de tout un hôpital. Avec son allure dégingandée, sa silhouette longue, elle le trouvait beau. Elle se surprit à attendre ses visites. Quand il ne vint pas, le jeudi suivant, son absence la peina.

– Il donne à Santiago des cours de chirurgie réparatrice*, dit l'infirmière.

Maria-Luisa est la belle-sœur de son père, pauvre petite ! pobrecita ! * Ces mots furent dits d'un ton si triste que Cécile en fut peinée et sa curiosité aiguisée. Comme si l'infirmière regrettait d'avoir dépassé ses prérogatives, ce fut tout ce qu'elle lâcha.

Elle vivait dans l'attente des visites de Manuel Moana. Il lui semblait l'avoir toujours connu. Pour la première fois depuis longtemps, elle laissait des heures s'écouler en rêvant. Revivant la visite qu'elle venait de vivre, attendant la suivante. Toujours pressé, il ne s'attardait pas, mais au fil des visites, matin et soir, tout en suivant l'état de sa patiente, ils échangèrent un dialogue plus personnel. Cependant, elle se méfiait de son imagination qui lui jouait des tours. Ce n'était pas celle de Pablo Neruda, si créative !

Lui, faisait un poème d'un morceau de bois recueilli sur la plage.

Elle repensa aux sentiments ressentis naguère pour un voisin. Une histoire triste, il était resté veuf avec deux garçons et une fillette, encore jeunes.

Douloureux, il s'exprimait peu sur son drame. Au fil de confidences pudiques, éparpillées dont elle avait reconstitué la trame : croyante, Carole avait souhaité se rendre en Terre Sainte, un voyage sans cesse remis, faute de temps.

Une année pour Pâques, son dernier né débrouillé, elle s'était jointe à un groupe de leur paroisse. Sur place, ils avaient visité les lieux saints, effectué des excursions dans le Sinaï et ailleurs. C'est lors de la dernière qu'un glissement de terrain faisant suite à de violents orages les avait emportés, ensevelissant plusieurs pèlerins du groupe.

Sur une carte envoyée à des proches, elle avait écrit : « C'est ici que je comprends le mieux la bonté de Dieu ».

Marc était un homme discret, mesuré, peu démonstratif. Pas très grand, proportionné, il bougeait avec une élégance naturelle, un peu féminine. La coupe de sa chevelure cendrée dégageant sa nuque frêle à la manière des éphèbes grecs, il avait cette habitude de rejeter ses cheveux fournis et lisses portés en raie sur le côté, d'un coup de tête nerveux, un tic. Elle pensait qu'il balayait ainsi ses soucis. Peu à peu, fortifié par ses enfants, il avait remonté la pente. Il souffrait visiblement mais il souriait, revivait et quand ils se parlaient parfois, elle croyait lire dans ses yeux qu'à nouveau le bonheur peut-être était proche.

Ils se recevaient quelquefois. Les enfants sensiblement du même âge, on fêtait leurs anniversaires. Goûters, orangeade, coca et ballons. Lui se battait au quotidien pour tout concilier ; sa carrière en pâtissait, mais il tenait bon, additionnant ses deux métiers, comme le font bien des femmes sans plaintes. Et parce qu'il était bon et attentif à elle, quand ils se voyaient par-dessus la haie, parce que sa vie sentimentale était peu satisfaisante, que dix ans d'un mariage imparfait l'avaient rendue dans sa tête disponible, qu'elle le voyait fragile, tellement amaigri, elle avait eu envie de le serrer entre ses bras, de l'aimer en secret. Dans ses insomnies, elle imaginait une rencontre fortuite, des sentiments partagés. Au matin, la réalité la saisissait, pas le droit de flancher, de rêver, encore moins de jouer à Emma Bovary ! On savait où cela l'avait menée, celle-là !

Plutôt Princesse de Clèves, la Cécile !

– *Sois modeste ! Imbécile*, disait la voix.

Tout de même, il lui plaisait cet homme !

Théorème de Giraudoux : son mari, elle le trahissait en pensant à un autre !

Éric l'avait-il senti ? Elle ne savait pas dissimuler. Il prétextait un empêchement quand Marc les invitait. Confusément coupable, elle n'avait rien dit. Leur quotidien chargé avait créé la distance.

Ce théorème de Giraudoux, comme elle l'appelait, elle l'avait trouvé tout formulé dans une pièce de cet auteur. Les propos d'Agathe étaient revenus dans sa mémoire : « Nous vous trompons avec tout. Quand ma main glisse au réveil et machinalement tâte le bois du lit, c'est mon premier adultère (…) Et mon second adultère, c'est quand mes yeux s'ouvrent et voient le jour à travers les persiennes ; mon troisième, c'est quand mon pied touche l'eau du bain ; quand je t'écoute, quand je feins de t'admirer, je te trompe ! »

Ce théâtre découvert à la fac, trop intellectuel, elle ne l'avait pas aimé ; mais ce texte, elle le comprenait maintenant.

– *Tu n'es plus loyale envers Éric*, disait la voix.

Inconfortable pour qui exalte l'honnêteté intellectuelle !

Un soir au téléphone, Marc avait annoncé qu'il se remariait. Émue quand elle entendait sa voix, elle avait retenu son souffle.

Et devinez quel est son prénom ? Elle s'appelle Cécile.

Ce qu'elle avait ressenti alors, des années plus tard, elle le sentait encore.

Quelle imaginative stupide elle était !

Qui donc appelait l'imagination, « la folle du logis », déjà ?

Neruda lui, il créait, tandis que toi, tu ne fais que rêver ! Pauvre sotte !

Ils étaient allés à ce mariage. Puis le nouveau couple avait déménagé pour une maison plus vaste à la campagne, car la jeune femme avait aussi des enfants et la maison de Versailles ne pouvait accueillir tant de monde, c'était mieux. Quelques fois encore ils s'étaient revus. Elle avait sans trop d'indulgence jugé cette Cécile là…

Gestionnaire dans un cabinet d'assurance, sans être vraiment belle, elle possédait un charme dont elle savait user. Elle n'avait eu aucun mal à séduire Marc par son intelligence, sa fantaisie et son audace aussi. Elle savait masquer ses défauts, et quand il le fallait, son côté provocateur. Calculatrice, elle cherchait un papa pour ses enfants qu'elle négligeait pour s'adonner à ses passions : également peintre et portraitiste, elle maîtrisait parfaitement le glacis. Elle pensait en vivre un jour, ses toiles se vendant bien aux américains fortunés dont elle recherchait la proximité. Leur coté quickly friendly lui allait bien. Elle se présentait comme peintre, avait pris l'habitude de déjeuner dans une brasserie fréquentée par les américains des Yvelines. Apprendre le golf fit aussi partie de sa stratégie. Tenace, elle y excella vite.

Marc prit conscience de son égocentrisme un peu tard, il s'était attaché aux enfants dont le père était inexistant. Il les élevait comme les siens ayant su habilement souder cette fratrie recomposée. Il tira un trait sur sa carrière.

« Je ne l'aime plus, mais je l'aime » écrivait Neruda.

Ce fut assez vite comme cela, il s'en contenta.

Longtemps elle avait pensé à lui. Puis le temps bienveillant, consolatif avait tourné la page. Elle voulait s'en persuader : ses sentiments pour Manuel Moana était un leurre. Comme pour Marc quelques années auparavant, conséquence du manque de tendresse de son mari. Ce qu'elle vivait depuis des mois, le malaise, l'éloignement d'Éric, ses silences, l'absence des enfants et l'hospitalisation, la rendaient vulnérable.

Elle avait lu quelque chose à ce sujet, un transfert dont se méfient les soignants. L'un d'eux, médecin, ex d'une amie d'enfance, portait toujours une alliance ; elle l'avait interrogé, c'était sciemment : il avoua se sentir ainsi à l'abri des avances des patientes. A l'époque, elle n'avait pas compris.

Les livres qu'elle lisait ne lui procuraient aucune concentration. Cinquante pages plus loin, elle se demandait ce qu'elle avait lu. Sa pensée revenait sans cesse sur le Professeur Moana ! Jamais elle n'avait rencontré un être d'une aussi profonde humanité. Il gâtait comme un père sa petite patiente défigurée, lui portant un jour un minuscule ours en peluche, une autre fois un foulard soyeux car elle s'était plainte la veille de maux de gorge.

A Cécile, c'était des informations venues de France qu'il rapportait :

— Il fait beau sur la côte basque, car elle avait parlé de Saint-Jean, un dauphin est entré dans la baie !

— Comment va Francesca aujourd'hui ?

Il l'avait surnommée ainsi, ce qui l'amusait.

— Des nouvelles des enfants ?

Parfois distant ou soucieux, parfois chaleureux sa pente naturelle, toujours pressé à de rares exceptions. Elle guettait l'expression de ses yeux noirs, plus encore que les mots qu'il disait dont elle se souvenait après qu'il fût parti.

Aujourd'hui, elle redoutait de quitter l'hôpital, se disant qu'elle ne le verrait plus. Elle comprenait les patientes amoureuses !

Habitée d'un sentiment contradictoire alimenté par Maria-Luisa, elle attendait aussi impatiemment le jour de sa sortie, car Valparaiso grâce à elle, lui devenait familière. Le soir, elle suivait les lumières vacillantes enluminant peu à peu les Cerros qui ressemblaient à autant de crèches de Noël qu'il y avait de quartiers suspendus dans la nuit.

« Valparaiso scintillait dans la nuit de l'univers » avait écrit Neruda. Elle comprenait. Elle avait hâte d'arpenter les ruelles abruptes des collines comme Maria-Luisa le lui promettait. Elle redoutait aussi de quitter l'hôpital.

– Vous viendrez chez moi, vous êtes encore fragile. Pas question de vous lâcher en pleine nature.

C'était bon de se laisser vivre.

Elle lui avait dit ses liens avec Manuel, son neveu, le fils de son beau-frère et de son amie pianiste.

– Je l'ai presque élevé. Il était si jeune à la mort de sa mère en 49. Puis il a fait ses études de médecine en France. Il s'y est marié avec une française, une enfant gâtée, leur mariage n'a pas tenu. Ils ont une fille qui fait ses études, en France. Sa vie est compliquée, je vous expliquerai. Il travaille tellement ! Moi, personne ne m'attend plus là-bas. J'étais mariée à un chilien, j'ai la maison où nous vivions.

Ses yeux se chargèrent de cette expression indéfinissable qu'elle avait eue à Santiago lorsque Cécile l'avait croisée, ce regard bouleversant, mêlé de tristesse, de crainte, de détresse à fendre une âme.

Car elle avait mis un nom sur les sentiments qu'elle avait lus dans ses yeux la première fois.

Comme si elle s'en voulait d'en avoir tant dit, Maria-Luisa se tut, la quitta rapidement prétextant une obligation.

Quand arriva le jour où Cécile devait quitter l'hôpital, Éric n'avait toujours pas répondu à sa lettre. Elle l'avait eu au téléphone à nouveau, lui avait dit qu'elle rentrerait à la fin de juillet pour ses vacances. Il avait paru soulagé de pouvoir emmener sa famille à Saint-Laurent comme d'habitude sans avoir à fournir d'explication à ses parents, cela l'arrangeait. Pas de vagues !

Plus aimable au téléphone que devant elle, mais :

– Je serai en Chine en fin de semaine. Ne cherche pas à me joindre, Chérie.

Le « Chérie » n'y changeait rien. Simple ponctuation. Il ne répondrait pas.

Maria-Luisa vint la chercher le vendredi en début d'après-midi.

Le matin, Manuel Moana était passé. Il avait signé sa fiche de sortie en lui disant « A bientôt ! »

– Des vagues aujourd'hui dans le golfe de Gascogne ! Et le dauphin est sorti de la rade.

Il souriait.

Elle avait plaisanté, rebondissant sur l'épisode du dauphin dont les enfants très excités lui avaient parlé au téléphone. Jim était sûr de l'avoir vu !

– N'importe quoi ! avait dit Tom.

Le professeur l'avait embrassée en lui disant qu'elle était brave, qu'il aimait ça. Tout un viatique, pensa-t-elle attristée.

Elle ne le verrait plus!

Elle avait promis à Asun de venir la voir avant de quitter le Chili. La cicatrisation de l'opération esthétique qu'elle avait subie, entre autres, était en bonne voie.

Bientôt « El Profesor » dévoilerait à l'adolescente son visage retrouvé. Elle avait eu de la chance.

Chapitre 5

Pour gagner le quartier où habitait Maria-Luisa, elles empruntèrent les transports en commun. Cécile se rendit compte des trajets quotidiens qu'elle s'était imposée pour venir la voir chaque jour, ce n'était pas si près, contrairement à son affirmation, ni confortable ni rassurant.

Installées toutes deux au-devant du bus, elle suivait la circulation avec effroi, non qu'elle fût très dense mais effet de son hospitalisation sans doute, elle n'en supportait pas le rythme, sursautant à chaque accélération, coup de frein ou de klaxon dont abusaient les conducteurs. Un moment, elle s'accrocha au bras de Maria-Luisa, en étouffant un cri.

– Il faudra vous y faire ! Les Portenos sont agressifs, suspicieux. La dictature, comme vous savez. Il n'y a pas longtemps. Alwin est président maintenant, mais Pinochet toujours commandant en chef des armées, il a ses partisans. Le climat reste tendu.

Elle avait baissé la voix. Le regard soupçonneux avait ressurgi soudain balayant de droite à gauche l'espace restreint du véhicule comme si une menace sournoise se tenait tapie dans l'ombre.

On quittait maintenant l'Avenida Independencia. Le bus de ville un peu bringuebalant se dirigeait vers le sud, vers le port, pensa Cécile, joyeuse de voir de près le Pacifique. Mais dans la partie basse de la ville, au bout de l'Avenida Francia, on changea de ligne pour accéder au Cerro San Juan de Dios où se trouvait la maison des Cardinal. On s'élevait vers les hauts. Avenida Alemania.

– L'avenue fait le tour des collines, nous la parcourrons à pied. La vue de là-haut est splendide.

Cécile découvrait la baie de Valparaiso, une des plus célèbres au monde dans la lumière un peu opaque de ce jour d'hiver austral.

On descendit de quelques pas une ruelle en pente raide de béton grossier amalgamé, bordée d'un escalier aux grandes marches inégales où dormaient des chats efflanqués. Ils levèrent à leur passage un œil indifférent. – Les chats de Valparaiso, dit Maria-Luisa, mi-exaspérée mi-amusée, la vie est dure aussi pour eux ! On fait ce qu'on peut.

Des bicoques aux toits de tôle, cocasses par leur disparité s'étageaient le long d'un escalier irrégulier. Nulle règle d'urbanisme n'avait contraint leur édification. Les unes s'étendaient tout en longueur, d'autres cubiques et en largeur, chapeautées de toitures hétéroclites ; certaines ne possédaient qu'un étage, d'autres à côté en offraient trois, une de plain-pied faisait trait d'union. Toute une gamme d'habitats et de styles allant du soigné au très négligé.

Maria-Luisa s'arrêta devant l'une d'elles, un peu plus isolée.

L'alliance de sa façade au crépi orange lumineux et de sa toiture étonnamment pentue aux tôles grises lui donnait un air pimpant et chaleureux. Étroite, toute en hauteur, on ne voyait sur la rue que deux fenêtres à impostes protégées de barreaux rectangulaires peints en blanc, surmontées à l'étage d'une autre en œil-de-bœuf. Un petit passage fermé par une grille solide que Maria-Louisa ouvrit avec une clef à l'ancienne digne des sœurs tourières d'antan s'enfonçait vers l'arrière par où l'on pénétrait. On découvrait que la maison, toute en profondeur, était plus importante qu'elle ne le laissait supposer et qu'une autre maison identique, édifiée en décalé, l'accolait en contre-bas de la colline. Le côté opposé à la ruelle donnait sur un jardin en éventail dont les restanques ressemblaient à un escalier de géant d'où le regard plongeait vers l'océan. Elle ouvrit les volets de la terrasse en bois qui prolongeait un séjour meublé avec soin.

Cécile n'était pas au bout de sa surprise.

Par un escalier aux barreaux chantournés, aux marches recouvertes de moquette cramoisie, son hôtesse la conduisit à l'étage dans une chambre claire où deux petites fenêtres en chien assis à la française, surplombaient le toit de la maison siamoise permettant la vue vers la ville. Une porte-fenêtre au-dessus de la terrasse s'ouvrait sur un petit balcon en encorbellement inondé de clarté.

Sa valise avait été posée sur le lit.

– Vous serez bien.

Elle lui montra la petite salle de bains qu'une alcôve cintrée habillée d'un rideau léger dissimulait aux regards. Une baignoire ancienne galbée posée sur pattes comme celle de l'hôtel Merri remontait le temps vers les années quarante ; touche kitsch. Cécile cachait mal son étonnement.

– A la belle saison et pendant les fêtes, je loue les deux chambres de l'étage. Les Chiliens aiment venir à Valparaiso à Noël, ce n'est pas le quartier historique, mais la vue d'ici est superbe. Je vis dans l'autre maison. Vous y viendrez dîner. Vous êtes chez vous, il ne fait pas froid l'hiver, humide seulement. Aujourd'hui, il fait doux.

Sur la terrasse une chaise-longue en bois sur laquelle un plaid était posé. Cécile s'y lova peu après, enveloppée dans le lainage. Elle laissa le temps s'écouler en somnolant, protégée de la fraîcheur par l'angle formé par la maison voisine dont une porte-fenêtre s'ouvrait sur la terrasse commune. Maria-Luisa était rentrée chez elle par là. Elle descendait des marches pour accéder à son rez-de-chaussée.

– Je vous montrerai, avait-elle dit. Partout des escaliers ici, quelques ascenseurs aussi. Certains fonctionnent encore dans les Cerros. Nous irons.

Cécile reprit ses rêveries, occupation préférée des heures longues passées à l'hôpital. Depuis des années, elle ne s'était sentie aussi apaisée, se laissant porter, elle flottait.

Maria-Luisa restait un mystère. Cécile s'avouait sa chance de l'avoir rencontrée. Elle le devinait, sa maison lui procurait quelques revenus. C'était son havre : la ville et la foule l'oppressaient créant cette panique qui voilait son regard d'angoisse. Elle se sentait en sûreté chez elle ou à l'hôpital.

Que faisaient les enfants en ce moment ? Sans doute, ils dormaient.

La pelote basque, ils adoraient et Caroline passait des heures au club hippique. Éric était en Chine.

Manuel ? Où vivait-il ?

Elle pensa aux derniers mots du matin.

Comme elle avait froid, elle rentra, trouva un goûter servi sur la table. Un gâteau et un verre de lait, cela l'amusa.

Fantômes du passé : elle repensa aux goûters servis par la mère de Maria-Luisa dans leur maison des champs, à Valderas, un village groggy, alangui sous le soleil plombant dans la province de Leon.

Une porte intérieure qu'elle n'avait pas remarquée faisait communiquer les deux maisons.

Elle entra dans la pièce principale gênée, mais curieuse, évitant de faire craquer le parquet comme une des femmes de Barbebleue. Sur un vieux meuble en bois sculpté, les photos de trois hommes. Ils ressemblaient un peu à Manuel : mêmes yeux sombres, mêmes cheveux bruns. Le plus âgé tenait la barre d'une embarcation, les plus jeunes avaient dans les vingt ans. Aux murs des pêlemêle accrochés montraient des enfants en barboteuse, des garçonnets jouant avec un chat tigré rouquin. Qui étaient-ils ? Maria-Luisa avait parlé de son mari, elle n'avait pas mentionné d'enfants, disant seulement qu'elle avait élevé Manuel. Cécile parcourait les photos des yeux caressant les meubles de la pièce comme un aveugle cherchant des repères, avançant à tâtons dans cette histoire que le destin lui offrait. En même temps, elle flottait entre rêves et souvenirs. Ressac.

Chez eux, elle avait posé partout des photos : les premiers pas, l'entrée à l'école, les skieurs débutants, les jours de fêtes. Contrairement à Éric qui n'aimait ni se voir en photo ni revenir sur le passé, elle feuilletait souvent les albums retraçant leur parcours, les noëls dans le sud avec les grands-parents, les animaux qu'ils aimaient, ou ceux déjà partis.

Photo d'un chat roux nommé Sacha qu'une élève lui avait donné.

Empoisonné par des produits de jardinage ou par la malveillance, elle l'avait sauvé à deux reprises. Il avait gardé des séquelles : des problèmes neurologiques qui lui donnaient une démarche chaloupée imprécise et attendrissante, mais il courait se jeter dans ses bras dès qu'il l'apercevait. Un dimanche, alors qu'ils se pressaient pour partir déjeuner chez une amie, Sacha avait demandé à rentrer, mais Éric avait refusé de sortir de la voiture, de rouvrir la porte pour l'enfermer à l'intérieur. Jamais ils ne l'avaient revu, ignorant son sort. Cécile lui avait reproché sa disparition la mettant au compte de son intransigeance.

— Ce n'est qu'un chat

— Un chat, oui ! Un chat que j'aimais !

« Mais la légère meurtrissure
Mordant le cristal chaque jour
D'une marche invisible et sûre… »

Elle remonta dans sa chambre, mit de l'ordre dans ses affaires, rangea ses deux robes, les pantalons et les pulls qu'elle avait apportés, ils n'avaient pas servi. Pour faire honneur à son amie, offrir d'elle une image plus soignée que celle de l'hôpital même si très vite après l'opération elle ait eu à cœur de ne pas se négliger, elle se doucha, coiffa avec soin ses cheveux dorés qu'elle portait mi-longs, choisit la robe en lin marron qu'elle aimait bien, l'assortissant d'un court tricot beige en lainage léger.

Elle souligna ses yeux d'un mascara léger et mit un peu de blush sur ses joues, désolée de se voir si pâle !

Elle frappa à la porte intérieure. Une cuisine aux bois chaleureux faisait office de salle à manger. Une salle carrelée assez vaste, meublée d'une grande table d'hôte flanquée de deux bancs solides, un buffet à corps du haut rappelait le style Henri II, en France. Au fond, sous la fenêtre à imposte identique à celles que Cécile avait remarquées en arrivant, un évier en pierre. A côté d'une desserte, une cuisinière à bois devant laquelle Maria-Luisa drapée dans un tablier noir maniait une cuillère dans un faitout d'émail rouge. Elle rappela à Cécile sa grand-mère béarnaise Marguerite, qu'elle avait trop peu connue. Elle aussi ramenait ses cheveux gris en chignon sur sa nuque gracile. Souvent à la cuisine, elle se souvenait de son tablier aux impressions mouchetées, de l'arôme et du goût inégalé des sablés qu'elle confectionnait dès que la tasse était rase de la riche crème du lait matinal recueillie chaque jour.

– J'ai cuisiné une Païla marina. C'est un bouillon de fruits de mer : du poisson, des moules, des crevettes et des palourdes. On mange léger le soir ici, mais le goûter est une institution ! *Tomar once.* Voyez, la cuisine est commune, elle donne sur le séjour de la maison d'hôtes. C'est pratique pour moi, ma chambre est au bout.

Comme dans l'autre corps du bâtiment où Cécile logeait, un escalier moins ouvragé menait à d'autres pièces à l'étage inférieur.

– Un logement indépendant, précisa-t-elle. C'est plus tard que nous avons ajouté cette extension.

Cécile écoutait, assise à la grande table où trois couverts étaient dressés sans oser les questions trottant dans sa tête. Nous ? Qui était-ce ?

– *Que t'imagines-tu ? Gare à la « folle du logis ! »* disait la voix.

Dans le jardin, elle avait descendu les restanques étroites, soutenues de murets où chutaient des cascades de plantes de rocaille.

La rénovation de la maison avait été pensée, son agrandissement réussi sauvegardait une unité peu commune ici. Le revêtement orange, les huisseries blanches des fenêtres fraîchement peintes traduisaient moyens et recherche. De l'ensemble émanait un charme fou.

Cela contrastait tellement avec les revenus manifestement modestes de Maria-Luisa. Et son mari était mort.

Elle allait servir quand des pas se firent entendre. On montait.

Manuel parut en haut de l'escalier.

– Nous t'attendions.

Cécile s'était levée, sans voix. Maria comprit, il ne lui avait rien dit.

Il les embrassa. Il semblait épuisé, mais trouva les mots pour plaisanter.

– J'aime faire des surprises, mon côté gamin. J'espère que Francesca n'est pas déçue de te partager avec moi.

– Quand il était petit, il n'arrêtait pas. Il est encore un peu farceur. J'étais sûre qu'il vous l'avait dit. Je suis sa gouvernante maintenant, en quelque sorte.

– Très chic ! ajouta Manuel.

En dînant, il raconta sa journée.

Il parlait assez lentement pour un chilien et le phrasé de son élocution, son intonation très douce sans le R rocailleux donnaient à son récit des accents de conte. Pourtant, ce qu'il racontait n'était pas féerique.

– Les accidents de la circulation ne sont pas rares dans les Cerros, expliqua-t-il pour Cécile. Les accidents domestiques plus encore. De nombreuses habitations sont des bidonvilles, les conditions sanitaires sont désastreuses. Les enfants surtout en font les frais. C'est insupportable. Pour qu'ils ne soient pas à vie trop lourdement handicapées, il fallait cautériser, suturer, avant que d'autres soins n'interviennent pendant des jours et des jours…

Il se donnait sans compter, formant à des méthodes novatrices les internes qui l'entouraient. Elle le savait par les infirmières de l'hôpital.

Un fruit avalé, il se leva, leur souhaita une bonne nuit : sa journée commençait tôt le lendemain.

Lui parti, Maria-Luisa devint loquace. Cécile fut presque soulagée tant elle avait ressenti de trouble en le voyant, s'efforçant de n'en rien laisser paraître. Elle l'aida à ranger, l'écoutant parler de Manuel.

– Sa mère est morte, il n'avait pas six ans.

– Vous viviez en famille ? demanda Cécile.

– Tous ici, oui. Il est devenu notre aîné. Très jeune, il a manifesté un intérêt aigu pour les sciences. Vous l'auriez vu, avec leurs petits jouets, il les mécanisait, il les rendait magiques.

Cécile avait noté qu'elle avait dit « notre aîné, leurs jouets » mais elle n'osait pas l'interroger.

– Plus tard c'est la biologie qui l'attira. Il brûlait les étapes, il voulait tout savoir. Nous avons compris qu'il lui fallait le meilleur. Mes parents habitaient Paris, ils étaient âgés, mais ils l'ont accueilli à son entrée en seconde. Ils l'ont aimé, il a toujours été si gentil. Moi, j'étais heureuse de cet arrangement ; nous avions été en froid longtemps, ils n'avaient jamais admis mon départ, ni la vie que je menais. Il a terminé ses études en France. Après son bac, il a choisi médecine. Des professeurs l'ont remarqué. L'un surtout a été son mentor, il a fait partie de son équipe. Il a épousé sa fille ! Une erreur de jeunesse. A l'époque, il a été le plus jeune à obtenir le titre de professeur.

Très fière de son neveu, Maria-Luisa n'avait jamais autant parlé. Mais de sa vie, elle ne disait rien. La brouille avec ses parents était une information nouvelle.

Elles avaient terminé. Le service de table lavé, essuyé, avait retrouvé sa place dans le buffet de bois sculpté. Elles se dirent à demain en s'embrassant. Cécile regagna sa chambre. Demain le puzzle se compléterait.

Elle écrivit à Éric, aux enfants et à ses parents. Ils seraient soulagés de la savoir dans cet endroit paisible, pittoresque, inédit. Demain, elle prendrait des photos, elle achèterait de jolis timbres, des cartes postales. Le B.A.-BA du touriste.

Elle dormait si bien depuis quelques jours, comme elle l'écrivit à ses parents, croyant entendre la réflexion de son père qui ne manquerait pas de désigner un coupable. C'était aussi pourquoi, elle ne faisait pas de confidences, pour ne pas ajouter d'huile sur le feu.

Louis n'était pas le must des diplomates.

Le lendemain, le 14 juillet, fête nationale en France, elles avaient fait quelques pas sur le boulevard Alemania pour admirer la vue.

Cécile manquait de dynamisme : pour refermer la plaie, une fois le drain enlevé, des agrafes avaient été posées.

Convalescente, elle flottait, dormait, rêvait. Le temps fondait. La réalité la rattrapa.

Elle rentrerait pour les congés d'Éric avant le premier août.

Devant effectuer sa réservation à Air France Calle Ecuador, elles descendirent dans la ville basse, empruntant un taxi collectif.

Au dehors, son amie était mal à l'aise. Sa voix devenait plus grave, rauque même, son regard se troublait, il perdait l'aménité qu'elle réservait à l'intimité. Cécile retrouvait la femme rencontrée à Santiago, rongée d'une angoisse intérieure et qu'elle oubliait peu à peu à mesure qu'elles devenaient proches. Pour regagner les Hauts, elles prirent l'un des vieux funiculaires l'Esperito Santo.

— Los ascensores. Ils datent du siècle dernier, quand on appelait Valparaiso « la perle du Pacifique ». La ville était riche et animée alors. Quelques-uns fonctionnent encore. La maison de Neruda n'est pas loin.

Cécile buvait ses paroles.

— Ses maisons, les militaires les ont confisquées. Elles sont en mauvais état, mais depuis peu, on les restaure. Chacune porte un nom : à Santiago, c'est la Chascona, ce qui signifie l'ébouriffée, il pensait à sa femme parait-il.

Elle raconta la Sebastiana acquise en 1959 édifiée comme des ponts de navire. Sa situation dans les collines, sa vue saisissante sur la ville, la baie et le pacifique. Plus que tout, Neruda aimait l'océan. Au dernier des cinq étages, il avait son bureau. Il naviguait en restant à terre, laissant venir les idées comme des vagues irrégulières.

L'architecte de la maison, Sebastian Collado voulait faire un héliport pour l'atterrissage des extra-terrestres !

— La maison porte son nom peut-être… Nous irons la voir. Et Manuel vous amènera à Isla Negra.

Tout en cheminant avec lenteur, Cécile s'étonnait du réseau électrique et téléphonique. Elle n'avait jamais vu autant de nœuds entrelacés, de câbles enchevêtrés que maintenaient des poteaux de bois au-dessus des rues. Aux carrefours, c'était pire encore : d'énormes blocs de fils en réseaux inextricables surmontaient les croisements des rues.

— Les tremblements de terre, los terremotos, ne sont pas rares ici, c'est plus simple à réparer ainsi, expliqua-t-elle.

On arrivait aux abords de la maison Cardinal comme Cécile la nommait.

En arrivant par le bas de la Calle Esmeralda, c'est le pignon de la construction récente qu'on découvrait d'abord. Il était également doté d'un fenestrou rond. Au-dessous une porte-fenêtre identique aux autres donnait sur une terrasse en L ceinturée d'une balustrade peinte en blanc sous laquelle étaient le garage et le « laboratoire » de Manuel. Le toit à pente unique prolongeait celui de la maison principale où s'ouvraient les fenêtres à chiens assis des chambres. La perspective était différente d'ici : la maison, plutôt les trois maisons, s'étageait sur quatre niveaux en suivant la pente abrupte de la colline.

Un jacaranda, le flamboyant du Chili, occupait l'espace de ce côté-là.

– Une merveille à la floraison : une tonnelle naturelle bleu-violet.

Des grilles protégeaient l'accès donnant sur la sente et ceinturaient le terrain tout autour.

Valparaiso n'était pas une ville tranquille. Tout en parcourant le jardin, elle parla encore de Manuel.

– Il lui fallait appliquer tout ce qu'il apprenait en classe, en biologie, en sciences expérimentales, en chimie. Il pouvait démonter un moteur de mobylette dans le salon ou disséquer des souris dans la cuisine. Lui aménager son espace personnel, c'était mieux pour tous. Je vous montrerai son laboratoire. Il y poursuit ses expériences. Quand il n'est pas à l'hôpital, il cherche, il invente des techniques, il s'exerce, il fait ses gammes comme il dit, comme un débutant. Après, il opère, il soigne, il sauve des vies, il transmet son savoir, il forme des étudiants, c'est ce qu'il aime, c'est la vie qu'il a choisie, il ne s'est pas trompé.

Cécile la sentait heureuse de parler de Manuel. Elle voguait, elle, sur un petit nuage, mais se demandait ce que cachait le silence de Maria-Luisa concernant sa famille.

– Quand il est rentré, Camille, sa femme, l'a accompagné avec leur fillette, mais elle n'a pas supporté longtemps. Ni la ville ici, ni les gens, ni son hyperactivité, ni ses absences. Elle le voulait pour elle, elle s'était trompée de vie, elle est repartie avec la petite. Au début, pendant les vacances, le juge avait ordonné que la fillette le rejoigne ici, mais la distance, l'avion, le décalage horaire la perturbaient. Sa mère ne faisait rien pour que leur lien soit serein, c'était une enfant hostile, boudeuse qui arrivait. Pourquoi la faire venir de force ? Elle n'était pas heureuse, lui non plus. Avec le temps, l'amitié très forte de son beau-père, le calme est revenu, l'affection aussi, sa fille fait médecine. Elle admire beaucoup son père.

Maria parlait, inépuisable. Un verrou avait sauté avec la présence de Cécile comme le font les personnes seules devant un auditoire attentif.

On alla sur les restanques où Maria-Luisa aimait jardiner, faisant la chasse aux mauvaises herbes dans les massifs.

Elles rentrèrent pour le goûter, une institution comme elle aimait à le redire : allons goûter, vamos a tomar once★, trace de l'immigration anglaise déjà ancienne. Puis elle lui fit voir le laboratoire.

Une odeur acide saisit Cécile à la gorge. Elle l'avait sentie cette odeur, voici longtemps dans son enfance en visitant le zoo de Vincennes puis lorsqu'elle avait amené ses enfants sur ses pas.

Dans des cages, des rats blancs de laboratoire tendirent avec curiosité leur fin museau moustachu, vingt paires de petits yeux scrutateurs les dévisagèrent. De gros adultes et des petits nés récemment. Comme Cécile s'étonnait, elle expliqua en saisissant énergiquement un balai espagnol trempé dans un seau ou flottait un parfum javellisé.

– Il s'exerce à greffer, ils sont anesthésiés bien sûr. Ensuite, quand ils vont bien, on les relâche au bas des restanques, la nuit. Les petits prennent la place des parents. C'est d'ailleurs toute une histoire pour éviter d'en avoir trop. Un rat, ça se reproduit vite… Il faut nous voir les nuits où on leur rend la liberté. On se cache comme des voleurs, en longeant le grillage pour ne pas alerter les voisins. Après, les rats ont leur chance. Il y a aussi beaucoup de chats ! avait-elle conclu en riant.

Une voiture arrivait, un 4x4 japonais blanc pénétra dans le garage attenant.

Manuel déplia sa silhouette un peu voûtée. Il sourit en les voyant complices, prises en faute pour avoir visité sans l'attendre son laboratoire.

– Francesca chez moi !

Et pour faire diversion :

– Elle grimperait aux arbres, cette voiture ! Les pentes sont raides dans les Cerros, les ruelles pas toujours bétonnées, beaucoup sont en terre battue.

Il ne semblait pas leur en vouloir. Il bavarda.

– Vous avez vu mes rats ! C'est drôle, non ? Ça va nous faire quelques mutants : un petit blanc apparaîtra au milieu d'une portée de noirs. Comme les petits pois de Grégor Mendel : un mauve, plus un de couleur blanche donnent des mauves, mais à la génération suivante, une fleur blanche s'épanouit.

– Vous avez appris cela à l'école, vous aussi, Francesca !

Cécile en convint… C'était loin !

– Cécile ! Je suis Cécile ! Vous devez me dire pourquoi vous m'appelez Francesca !

– Francesca, la petite française 91. Pas commun ce qui vous est arrivé ! Même si nous soignons parfois des touristes en détresse, aucun encore ne m'avait été amené par ma tante Luisa. Et puis, j'aime les noms en a ; ma fille se prénomme Vanessa. Ma femme et moi admirions beaucoup Vanessa Redgrave.

Il disait toujours « ma femme » en parlant d'elle.

Malgré son évidente lassitude dès qu'il apparaissait, il avait le sourire, le mot pour rendre l'atmosphère légère avec une attention qui savait faire de vous la plus importante personne au monde ! Lui aussi avait eu à l'hôpital son petit goûter. Rapide ! Une journée chargée, marquée entre autres par l'explosion d'une bouteille de gaz. La mère s'était jetée sur sa fillette, elle était décédée. La petite était sauve, mais brûlée aux mains que le corps de sa maman n'avait pas recouvertes. Il avait fait le nécessaire pour les lui sauver, pour éviter un trop lourd handicap.

– Pauvre petite chérie !

Il avait dit cela avec sa compassion habituelle, ce fut tout car il était peu bavard sur ses interventions. De longs soins suivraient, à quoi bon se répandre.

Cécile demanda des nouvelles d'Asun dont la convalescence se poursuivait bien en dépit de fractures multiples. Il lui avait dévoilé son visage, lui expliquant qu'elle aurait des marques quelques temps encore mais l'adolescente s'était vue. Soulagée, elle avait déclaré qu'elle remarcherait sans tarder, le reste n'était rien pour elle ! Seul comptait son visage.

La soirée fut douce mais ne se prolongea guère. Manuel s'éclipsa.

Cécile aida sa tante à débarrasser la table où ils avaient dîné d'un léger potage, de petits empanadas fourrés de fromage local et de fruits.

– Il est si épuisé parfois. Là, il ne va pas se coucher. Il va soigner ses rats, vérifier les greffes, lire les revues qu'il reçoit. Apprendre, travailler. Mais samedi, il aura un peu de répit… S'il n'est pas appelé… Jamais je ne l'ai vu refuser une urgence. Ils ne sont pas assez nombreux, il est sur tous les fronts. C'est ce qu'il aime.

Machinalement, elle avait relevé les manches de son cardigan pour ne pas les mouiller.

Distinctes des nervures du temps, de fines cicatrices zébraient ses poignets délicats.

Chapitre 6

Le lendemain, en descendant vers la ville basse, elles entrèrent dans la cathédrale, place Victoria. Un office d'action de grâce célébrant l'arrivée d'un nouvel évêque à Santiago se terminait.

L'église avait sorti le grand jeu qui contrastait avec le dépouillement néo-gothique de l'édifice : ostensoir étincelant, cierges par dizaines. Les fidèles admiraient le passage des enfants de chœur de blanc et rouge vêtus, profusion de dentelle sur les aubes festives. Ils précédaient la sortie des prêtres de paroisses voisines concélébrant l'office, puis venait l'évêque de Valparaiso grandi par sa mitre, et scandant de la crosse son pas majestueux. Fréquentant peu l'église, même à Versailles très catholique, cela faisait longtemps que Cécile n'avait vu tant de pompes ni de monde assemblé. Souvent, elle s'était demandé si une pratique même modérée lui aurait apporté un soutien. Cependant elle n'arrivait pas à dépasser sa réticence pour les rituels. Manque d'humilité sans doute.

Dans l'assistance devant elles, un papa tenait dans ses bras un garçonnet, il devait avoir deux ans. Cheveux blond-cendré la coupe au bol, il lui fit penser à Tom au même âge.

Maria-Luisa s'apercevant de son émotion, elles sortirent. D'ailleurs, c'était terminé. Sur le parvis, l'évêque adressait autour de lui saluts et encouragements.

Cécile raconta ces moments difficiles. L'arrivée rapide de Jim treize mois après avait privé le petit garçon de câlins exclusifs. Elle l'avait si peu cajolé ! Impossible de remonter le temps, de le tenir dans ses bras les nuits de ses cauchemars. Cécile se sentait parfois trop fatiguée pour aller le calmer. Une explication aux difficultés du garçonnet, petit ourson pas trop léché ? Elle raconta l'angoisse qui l'avait saisie à l'annonce de cette troisième grossesse si proche de la seconde, les mots blessants des beaux-parents, le silence d'Éric. Son besoin de parler, mais à qui ?

Au dehors, elle préservait l'image de son mari. Elle préservait la sienne aussi.

– Il se tait quand quelque chose le dérange. Ce que je dis n'est jamais ce qu'il veut entendre. Parfois alors, je ne dis rien, mais quand je me tais, c'est insultant, il le dit. Quand je parle, il lui est impossible d'écouter : il claque la porte. Quand il entend, il n'écoute pas. Il ne répondra pas à ma lettre. Je m'en veux d'accorder trop d'importance à ces difficultés, ce ne sont pas les grandes peines de la vie. Vous avez connu bien pire, je le devine.

– Vous êtes délicate, Cécile. Des peines, oui. Vous avez vu les photos, ce sont celles de mon mari, de nos fils. Mon mari, son bateau a explosé en mer. Nos fils ont disparu peu après. Ils avaient vingt et vingt-deux ans. Ils ont disparu comme d'autres partisans du président Allende. Les détails, je ne les sais pas. Ils ont disparu, c'est tout. Ils étaient comme les frères de Manuel.

Elle laissa passer la vague d'angoisse, puis reprit.

– J'étais allée passer quelques semaines en France au moment des événements politiques. Mon père allait mourir. Il avait quatre-vingt-seize ans. Ma mère est décédée six semaines après lui, avant que je rentre au Chili.

– Cette peine sans fin. Ne pas savoir. Ils ont juste disparu. S'il n'y avait pas eu Manuel…

Disparus ! Elle prononçait ce mot obsédant comme une litanie.

Depuis longtemps au-delà des pleurs, la peine avait donné à ses traits leur rigidité. Ce que Cécile avait pris pour les stigmates de la faim exprimait une souffrance de vingt années.

Mater dolorosa, voilà pourquoi son visage n'était pas celui d'une inconnue.

Comme devant la Piéta de Michel Ange, submergée par l'émotion, Cécile sentit couler ses larmes.

– Le combat pour la vérité. Je ne suis pas la seule à le mener. Après, Manuel a décidé d'exercer au Chili, la pauvreté augmentait. Il savait qu'il serait utile ici, que sa notoriété me mettrait à l'abri. Il s'est vite rendu indispensable. Ensuite, un tremblement de terre a eu lieu en 1985. Le plus dévastateur depuis des années : la ville basse et le port ont été très touchés. Il s'est dépensé sans compter… Des morts par centaines, des gens emmurés plusieurs jours, coincés sous des poutrelles. Des amputations en nombre…

Elles rentrèrent lentement se donnant le bras, serrées l'une à l'autre, à l'intérieur de leurs pensées.

Au fil des confidences, après leur improbable rencontre, elles s'étaient apprises et comprises.

Une bulle de complicité s'était créée.

Cécile se sentait plus forte depuis que Maria lui avait révélé son passé.

Chapitre 7

Vina del Mar

« Il est parfois de purs instants de transparence où semble s'effacer toute frontière entre le dedans et le dehors, où l'âme et le jardin se regardent se découvrent accordés et s'accueillent dans la paisible évidence d'une amitié plus ancienne et fidèle que la mémoire des jours. »
Henri Gougaud Écrivain poète occitan.

Cécile allait mieux. Le matin suivant, elles jardinèrent sur les restanques. Ce jardin suspendu au-dessus du Pacifique semblait surréaliste. C'est ce que Maria-Luisa aimait le plus : retourner la terre, débarrasser les plantes des feuilles mortes de l'hiver, préparer le printemps suivant malgré tout.

– J'aime cette fatigue, elle m'aide. Il me faut être toujours dans l'action pour ne pas avoir le temps de penser.

Cécile mettait aussi beaucoup d'énergie dans le jardin de Versailles pour la même raison.

– Nous avons acheté une maison dans un domaine privé, un coup de chance et de culot. Il faut que je vous raconte. Cela remonte à la Troisième République, enfin, la donation…! Le parc en question entourait l'ancien pavillon de musique de la comtesse de Provence, l'épouse du futur Louis XVIII. On est toujours en prise avec l'Histoire à Versailles !

– Je connais cet endroit ! Vous parlez du parc Chauchard ? Une parente y habitait. Enfant, j'ai joué Avenue du Louvres, répondit Maria.

Nouvelle surprise ! Ressentis identiques : ce qui leur plaisait ici ou là-bas, c'était cet anachronisme, ce pêle-mêle inédit d'où naissait un charme indéfinissable. La diversité démocratique des maisons des Cerros, riches ou pauvres, le pittoresque inattendu de ces villas sans unité proches du Château, voisines des résidences néo-classiques et des hôtels particuliers de Versailles. Un endroit ignoré de beaucoup. Aucun des pavillons de cet enclos versaillais n'obéissait à quelque règle d'urbanisme. Comme ici, on trouvait tous les styles sur ces petits terrains donnés naguère à ses employés méritants par le baron Chauchard. Il avait sa statue en majesté, sur un piédestal, dans sa rue ; on l'y voyait assis légèrement tourné vers sa gauche, traits réguliers expression détachée, seul le gilet sous la veste longue cintrée, les longs favoris fournis rappelaient qu'il avait vécu au XIXème siècle. Mais il avait échappé au temps depuis longtemps déjà.

– Une personnalité, cet homme-là ! Amateur d'art, mécène, mégalomane sans doute, mais pratiquant l'auto-dérision.

Elle lui raconta l'anecdote qui courait du perroquet dressé à répéter : « Chauchard, tu es une bête ! » à son entrée dans la pièce. Jolie façon d'éviter la grosse tête !

Un bel exemple d'ascension sociale, ce baron. Simple commis à l'origine, devenu l'un des fondateurs des grands magasins du Louvre, il avait renvoyé l'ascenseur : ses employés eux-mêmes, ou leurs descendants, avaient construit sur ces parcelles plutôt modestes un domicile à leur idée et selon leurs moyens. Au fil des ans, les pavillons s'étaient valorisés. Difficile d'y acquérir un bien aujourd'hui. Certains habitants, Cécile l'avait remarqué sur les boîtes aux lettres, arboraient une particule, un détail à Versailles !

On sentait à l'entretien plus négligé de leurs parcelles où poussaient même quelques légumes, d'autres résidents moins cossus.

– C'est le charme de la diversité démocratique après les effets du paternalisme du XIXème siècle !

Cette fantaisie l'avait séduite. Un cottage de style anglais à bow-window côtoyait des pavillons en meulière signés d'un architecte connu des années trente. Parfois mitoyennes, une maison XIXème en pierre blonde était la siamoise d'une autre, art moderne. Au détour d'une rue, une habitation prenait des airs moscovites. Ailleurs, un nostalgique de Violet le Duc avait voulu des tourelles à clochetons. Son voisin s'était fait édifier une tour carrée à créneaux. Cela donnait aux lieux un côté hétéroclite et cocasse qui surprenait les visiteurs. L'avenue principale ornée de grands vases Médicis donnait accès à la résidence du baron dont le fronton arborait un M rappelant la première propriétaire.

Au printemps, les trois rues exhalaient le parfum des lilas présents dans les jardins. Même charmée par les lieux qu'elle n'aurait échangés contre aucun autre, Cécile la tête sous l'eau, ignorait à peu près tous des détails historiques du lieu où elle vivait ! C'était Maria-Louisa à Valparaiso, à 13000 kms de là qui les lui apprenait !

– Je n'ai aucun mérite, ajouta-t-elle, la voyant se renfrogner, ma famille connaissait l'histoire. Avant la guerre, mon père fut directeur des magasins du Louvre. Mes parents appartenaient à la bourgeoisie parisienne, comme on dit !

Cécile lui dit comment par une annonce, ils avaient trouvé un terrain à bâtir dans le quartier de Porchefontaine. Personne n'avait pris garde à un visiteur un instant penché sur le document qu'ils étudiaient avec l'agent immobilier. Ce geste indélicat lui avait suffi pour repérer les lieux, il avait trouvé nom et adresse du vendeur au cadastre, il avait soufflé l'affaire puis construit sur le terrain.

– *Tu es trop honnête, trop naïve ! Sois plus maligne, Cécile, la prochaine fois*, avait dit la voix !

C'était vrai qu'elle n'était pas maligne, ni calculatrice, ni méchante : ses parents l'avaient élevée dans un cocon. Elle commençait à comprendre l'âpreté de la vie.

Ce qu'elle voudrait, il lui faudrait se battre pour l'obtenir. On ne lui ferait plus de cadeaux.

C'est bon ! Tais-toi, la voix ! J'ai compris !

Alors elle avait rusé avec son vieux complice de père.

Quand une nouvelle annonce les avait intéressés, il visita. Puis elle alla à la mairie où elle obtint sans difficulté le nom du vendeur. Electrisée par le précédent échec, elle lui téléphona. C'était un architecte parisien peu intéressé par cet héritage encombrant. Étonné de cet appel direct, il accepta cependant de la recevoir dans ses bureaux, un cinquième sans ascenseur à Boulogne. Enceinte de Jim, elle arriva toute essoufflée. Attendri, père de six filles, elle emporta la négociation. A quoi tiennent les choses !

– Notre maison ressemble à une petite ferme.

Plus apaisée, elle évoquait maintenant sa vie avec tendresse. Les enfants lui manquaient, Éric, peut-être pas, elle se le demandait, se reposant de sa fébrile énergie, mais elle parlait de lui sans animosité, c'était déjà ça.

Beaucoup de travail les attendait là, lieu mal entretenu depuis des années. A l'intérieur, il avait fallu tomber des cloisons, placer du parquet, poser des carrelages, poncer, rénover les poutres. Puis ils avaient agrandi en aménageant des chambres au grenier, les fameux combles qui engloutissaient le temps d'aimer !

Éric concevait, exécutait. Elle était commerciale et manœuvre, accessoirement. Ce rôle lui réservait des rencontres et des conversations avec des vendeurs, souvent amusés de voir ces courses techniques réalisées par une jeune femme qui traînait avec elle ses trois marmots !

– Un pommier sur la pelouse, des trèfles et des pâquerettes, on se croirait en Normandie. Une fermette normande à Versailles, ce n'est pas banal ! Pas banal de se retrouver à Valparaiso non plus, d'y jardiner avec une française ! Je m'ennuyais au fond… J'ai besoin de fantaisie, d'originalité.

La voix *: Bien réussi, ton coup !*

– Ici, l'air a le goût du sel. La vue sur le Pacifique est étourdissante ! À tous moments, on pourrait s'envoler !

Au loin, le regard un peu flou se noyait vers le nord à la limite du ciel et de la mer. On apercevait dans la brume matinale Vina del Mar, la station balnéaire des chiliens aisés où les immeubles commençaient à se multiplier.

– Valparaiso, avant, c'était le premier port du Chili ; pas d'endroits pour la baignade, commenta Maria-Luisa.

Vina, vigne de la mer, avait peu à peu copié les stations huppées des plages françaises de l'Atlantique. Après les pavillons des années cinquante, des quartiers modernes sortaient de terre.

– Un métro est même prévu pour remplacer le tram. Si je vis assez pour le voir – j'ai soixante-douze ans – je le regretterai, ce tram, nous le prenions souvent avant. J'ai envie de retourner làbas, c'est la première fois depuis longtemps. Cécile, votre présence me stimule. Nous pourrions y aller aujourd'hui, ce ne sera pas l'animation de l'été…, mais il ne va pas pleuvoir.

Elles prirent le car pour s'y rendre.

Le palais d'été de la présidence, le casino dans les années trente et depuis peu un festival de la chanson, c'était une station balnéaire plaisante et moderne. Sur la place de l'hôtel de ville, un Moaï hiératique de sombre basalte rappelait l'énigmatique et lointaine île de Pâques. Elles se promenèrent à Quinta Vergara, un beau parc où Cécile admira et photographia des plantes exotiques dépassant son imagination. Elles empruntèrent des bus de ville. L'un d'eux les conduisit au Castillo Wulff, il avait conservé le nom de l'industriel allemand qui l'avait fait édifier en 1905. Dans un magasin de souvenirs, elle acheta pour les garçons deux statuettes et pour Caro, un pendentif de Lapiz-Lazuli, des boucles d'oreille assorties.

Au détour d'une avenue, des klaxons se firent de plus en plus sonores.

Une vingtaine de voitures ornées de cocardes, décorées de couleurs criardes suivaient en procession une autre, très rétro, plus chamarrée encore, un corbillard ! Le rituel ici : le défunt faisait un dernier tour de piste au son des trompes des voitures par les rues arpentées naguère. C'était aussi sonore et démonstratif qu'un mariage en France.

Un instant, Maria s'assombrit :

– Beaucoup ne l'ont pas fait ce tour de ville, pendant des années !

Mais vite elle se reprit, entraînant Cécile vers les plages.

Acapulco, la principale, celle de Salinas étaient désertes en cette saison, mais il y avait quelques promeneurs à Cochoa. Elles déjeunèrent dans un petit restaurant avant de retourner en ville visiter le musée archéologique de Francisco Fonck, un beau palais de années trente où Cécile admira une collection d'objets mapuches, les premiers habitants du Chili et d'autres pièces de l'île de Pâques.

Vers le soir, Manuel les rejoignit. Ils dînèrent en écoutant du jazz dans un restaurant face au casino sous une verrière art-déco dont les vitraux reproduisaient des scènes marines, une salle agrémentée de profonds fauteuils club plus tout neufs. Détendu, il avait en principe deux jours de liberté, il s'était changé avant de venir. Il portait un costume grège qui relevait son teint mat. Élégant, sans recherche ni apprêts, il aurait pu sortir d'un roman de Scott Fitzgerald. C'était décalé et délicieux. Elles étaient rentrées dans la voiture de Manuel. Tacitement, ils se taisaient, conscients d'avoir vécu un instant d'harmonie qu'il ne fallait pas briser.

De retour dans sa chambre, elle écrivit encore à Caroline, pour lui raconter sa journée et la réconforter.

Les garçons étaient peut-être moins vulnérables, mais à son âge la jeune fille devait se poser des questions. Plusieurs fois déjà, elle lui avait écrit, il fallait la protéger.

Caro chérie,

Je sais que ta vie est douce près de Mamie et Papy, je ne vous manque pas trop.

Mais tu dois te demander pourquoi ce départ, relire la lettre que je t'ai envoyée ; je te connais, elle doit être froissée, cette lettre.

Tu revis des moments, tu cherches des explications, peut-être tu te sens coupable. Cela je ne le veux pas.

Je te l'ai dit, ce n'est pas toi l'adulte. Adolescente j'adorais mon père aussi, je ne vais pas te reprocher ce que tu ressens pour le tien. Vous avez la même façon de raisonner, de sentir les choses, des réactions semblables. Vous n'avez pas besoin de vous par-ler pour vous comprendre, je ne t'en veux pas de votre entente.

Je comprends que tu l'idéalises, je me retrouve en toi. Maman m'agaçait souvent, mon père, jamais non !

Je m'en veux d'ailleurs : elle en a souffert, elle m'aurait vou-lue plus affectueuse, elle qui n'est que tendresse.

Des sentiments aussi évidents ne sont pas à refréner, il faut les vivre, c'est tout. Les autres peuvent en souffrir, mais c'est inex-plicable, éphémère, irrationnel.

Je ne me suis pas posé de questions. Oui, j'en ai voulu à ton père de négliger les petits, de t'étouffer, de me négliger, de ne faire aucun pas vers moi quand je le demandais,

Rien n'est évident dans un couple, les fautes partagées.

Cet éloignement, j'en suis responsable aussi. S'est-il senti relégué au second plan par l'attention que je vous portais, par le travail que je faisais ? Je ne gérais pas tout…

Elle écrivit longtemps, comme l'on pense avec sincérité.

Chapitre 8

« Chacun de nous a son passé renfermé en lui
Comme les pages d'un vieux livre
Dont nos amis pourront seulement lire le titre. »
Virginia WOOLF

Agitée, Cécile dormit mal cette nuit-là. La veille, Manuel avait proposé de l'emmener sur la côte, au sud de Valparaiso.

Maria-Luisa avait décliné. Elle n'allait plus jamais par-là. Un coup de vent survint tôt le matin. Cécile était partagée entre la joie et l'appréhension de se trouver avec lui, son trouble ne cessant pas.

Isla Negra.

Neruda avait construit là sa dernière maison, la plus grande, sa préférée, au bord de cet océan aimé et craint à la fois. Isla Negra, ce n'était pas une île, noire encore moins, juste des rochers sombres qui avaient donné à l'endroit son nom. Après le petit-déjeuner, malgré le temps menaçant, ils décidèrent d'y aller.

Ce n'était pas loin, moins de quatre-vingts kilomètres.

Sur la route, ils parlèrent de la maladie qui avait emporté l'écrivain. Manuel la surprit en disant qu'il doutait que sa mort fût naturelle.

– Il avait un cancer de la prostate, oui, mais bien contrôlé. Je connais son médecin personnel, il ne peut parler, agir encore mais des doutes sont là. Bizarrement, Neruda venait de se décider à quitter le Chili. Il devait s'exiler au Mexique. Un départ imminent, il aurait amplifié son combat de là-bas. Tout était prêt. Oui, il était affaibli. Oui, mais pas tant qu'on l'a dit ! Et jamais son médecin ne l'aurait autorisé à prendre l'avion s'il avait été mal !

Son état s'est aggravé subitement juste après des examens et une injection subis à Santiago. Nous saurons un jour, c'est trop tôt. Les militaires ont confisqué les maisons Il n'a même pas obtenu d'être enterré ici.

Cécile avait lu dans son guide sa supplique pas encore accomplie :

« Mes compagnons, enterrez-moi à l'Ile noire, face à la mer que je connais, face aux âpres surfaces de pierres et de vagues que mes yeux perdus ne reverront jamais. »

Manuel reprit :

– Les choses bougent… Ses fidèles n'ont jamais baissé les bras. Près de ses maisons, ils écrivent sur les murs leur soutien. Les démarches sont sur le point d'aboutir. La pression internationale monte. On ne peut admettre que les dernières volontés d'un Prix Nobel ne soient pas respectées.

Il s'animait en racontant, parlant de façon saccadée, dévoilant un aspect nouveau de sa personnalité. Ainsi, el Profesor* pouvait baisser la garde, laisser percer ses souffrances, ses fragilités. Il avait accéléré, conduisait plus nerveusement. Cécile, depuis sa sortie de l'hôpital éprouvait des difficultés en voiture. A un croisement, quand surgit un autre véhicule machinalement, elle posa sa main sur le genou du conducteur et l'en retira, comme si elle avait outrepassé ses droits.

– Vous avez peur, Cécile ? Je ralentis. Pardonnez-moi. Je suis sinistre aujourd'hui. Le temps ? Je ne devrais pas vous raconter cela.

– Non ! Continuez au contraire.

– Les soupçons, les doutes qui persistent, les rumeurs… Tous ces gens qui cherchent à savoir ce qui est arrivé aux leurs… Ce pays ne respirera que lorsque ces générations-là seront parties, alors seulement l'apaisement viendra, l'apaisement, pas l'oubli. Je voudrais voir punis les assassins de mon oncle et de mes cousins, si c'est possible.

– La souffrance de votre tante ! Son regard ! Les traces sur ses poignets… Elle a voulu mourir, n'est-ce pas ?

– C'était un an après. Je venais d'arriver avec Camille et Vanessa. Je croyais que leur présence l'aiderait après leur disparition. Mon oncle, son bateau a explosé… On a retrouvé son corps ou ce qu'il en restait, mais Tiago, Juan, rien ! Jamais ! Ils ont disparu, c'est tout.

Disparus. Cécile pensa qu'il disait ces mots de la même lancinante et douloureuse façon qu'avait eue Maria-Luisa. Comment admettre de ne rien savoir ? Jamais !Pour lui, comme pour elle, inexpliquée, insupportable absence! Comment s'apaiserait la douleur de l'absence quand tout la leur rappelle ; qu'en tous moments, en tous lieux, les interrogations sans fin reviennent.

– Je me suis trompé en faisant venir Camille et Vanessa. Trompé parce que ma femme ne pouvait pas vivre ici. Trompé parce que je n'ai pas vu venir la dépression de ma tante, je la croyais forte. Elle a été ballerine, elle vous l'a dit ?

– Non, mais sa silhouette me disait que peut-être elle avait été danseuse.

– Oui, petit rat de l'Opéra à Paris, je vous raconterai. Je croyais que Vanessa occuperait son esprit. Je m'en veux. C'était manquer de sensibilité : elle ne supportait plus le bruit ni l'agitation ni le désordre. J'aurais dû comprendre, on ne fait jamais assez attention aux siens, aux signes. Camille l'a trouvée un soir au pied du grand jacaranda, elle avait perdu beaucoup de sang. Nous l'avons sauvée. Elle s'en est voulu de ce moment de faiblesse, elle s'en est voulu pour eux, pour les victimes de la dictature. Une fois rétablie, elle a commencé son combat pour la vérité. On a essayé de l'intimider, de la faire taire… C'est là que mon retour a été utile… En parlant ici, en France, partout ailleurs, je soulignais nos liens. Elle est connue, elle est française, bien que cinq d'entre eux aient disparus ici à cette période. Pendant des années, la Dina a fait régner la terreur, elle a changé de nom, aujourd'hui. Les disparitions ont cessé, les exécutions, mais les objectifs sont les mêmes… Pinochet n'est plus aux commandes…

– La Dina ?

– La Police politique. Une sorte de renseignements généraux. C'est un organisme entièrement dévoué au dictateur comparable à la Gestapo en somme. D'autant plus puissante qu'elle est alliée aux pays d'Amérique latine, à l'Argentine, au Paraguay, à la Bolivie et d'autres… Alors ce sont des tortures, des exécutions, et des disparitions. Ils disent lutter contre le communisme ! C'est pourquoi les USA les soutiennent. Le pouvoir donné à des juntes militaires barbares. Le plan commun à tous c'est d'éliminer les personnes jugées subversives, des prêtres, des professeurs, des étudiants assassinés ou disparus.

Cécile comprit mieux le regard traqué de Maria-Luisa au-dehors. On arrivait à Isla Negra… Neruda évoquait :

« Une très vieille nuit et un sel en désordre

Toquent contre les murs de ma maison

L'ombre est seule et le ciel

Est maintenant un baptême de l'océan

Ciel et ombre

Éclatent avec un fracas de combat démesuré

Toute la nuit, ils luttent. »

Sur un tertre, Pablo Neruda avait édifié sa maison. Posée sur un terrain coiffé d'un bouquet de pins, au fil des ans, il avait fait d'une ruine achetée à un vieux capitaine, la plus belle maison dont puisse rêver un écrivain. Granit et bois. Tourelles, coins et recoins, décrochés. C'était vaste. Ils en firent le tour. Confisquée, vidée, pillée par le régime, les livres de son imposante bibliothèque, brûlés.

Longtemps abandonnée, on commençait à la restaurer. Un chantier dans lequel on ne pouvait entrer. Mais on voyait encore les verrières qu'il avait ajoutées, même brisées par endroits, même endommagées, on devinait qu'il avait vécu là des heures passées à écrire devant l'océan souvent déchaîné à cet endroit de la côte. Un bonheur fertile.

Sur la grève, les vagues ramenaient des bois que l'eau avait sculptés, il les collectionnait. Au fil du temps, des voyages, il avait réuni une foule d'objets qui alimentait son imagination.

Traduisant en français, un vers de Neruda, « Immensité des pins, rumeur brisée des vagues », pensif, il ajouta :

– Bientôt, on la visitera cette maison. La foule piétinera son domaine, envahira la côte sauvage. Il n'aurait pas aimé !

Puis secouant sa mélancolie :

– Venez, Cécile, allons les voir de près, ces roches noires.

Ce jour-là, le temps était mauvais, le ciel plombé, l'océan grondait, sombre, inquiétant. Cernés d'écume, battus par le ressac, les rochers ressemblaient à d'énormes boulets anthracite sur lesquels se seraient déposées d'infimes paillettes d'obsidienne aux reflets bleu-nuit.

Ils tentèrent quelques pas.

Le vent soufflait, s'engouffrant dans des buissons piquants qu'il y avait là. Le bruit des vagues en tempête assourdissait, rendant toute conversation impossible. Il faisait froid.

Cécile n'aimait pas le vent, il lui rappelait les Corbières… Carcassonne… Elle avait juré de ne plus s'y rendre, lassée par la cité pourtant superbe, battue de vents parfois glacés, des piétinements des touristes iconoclastes.

Elle préférait aller seule à l'abbaye de Fontfroide, indépendance que critiquaient ses beaux-parents. Là aussi, un vent succédait à un autre, ils se conjuguaient même, mais au creux du vallon protecteur, ils se ressentaient moins. On comprenait que des hommes de Foi aient trouvé là leur port et déposé leur faix. Le vent avait un instant ramené son esprit en France.

Elle le lui dit. Il lui tendit un morceau de bois dur que la mer avait sculpté, dessinant comme un corps étendu.

– Un souvenir d'Isla Negra ! Ne restons pas là, vous allez prendre mal ! Il ne manquerait plus que je doive vous soigner pour une pneumonie !

Cela la fit rire. Enfant, elle était fragile, des bronchites à répétition ! – Maintenant, je suis solide ! La pratique de la montagne. Mais quel vent !

– Bien plus au sud, vous l'avez lu peut-être, la Patagonie, les Torres del Paine, c'est là le vrai royaume du vent. Il souffle 350 jours par an, vous ne tiendriez pas debout, un lieu hostile.

– Vous y êtes allé ?

– Non ! Mais j'irai un jour. Des glaciers hérissés, des tempêtes, des nuits glaciales, mais quelles merveilles ces pics acérés qui poignardent les nuages.

– Vous n'écrivez pas ? demanda Cécile relevant sa métaphore.

Elle avait remarqué déjà sa langue imagée.

– Comment ça écrire ? Écrire un livre ? Vous voulez dire…

– Oui, écrire, décrire, raconter… Vous faites chanter les mots, voir les nuages !

– Oui, un jour, oui, peut-être. Je rédige des carnets contenant mes notes de Chirurgien, c'est très autobiographique. Qui serait intéressé ?

— Ceux que des vies différentes intéressent, ceux qui vous aiment, ceux que vous avez sauvés.

— Pas toujours ! Il y a ceux que j'ai soignés et laissés sinon défigurés, mais si différents de celui ou celle qu'ils ne seront plus. Faire le deuil de ce qu'on a été. Une souffrance insoutenable. Certains n'y arrivent pas : ils ne s'en remettent jamais.

Ils remontèrent en voiture avec son habituelle douceur comme s'il la soignait, il l'enveloppa dans un plais d'alpaga qu'elle avait remarqué sur sa banquette arrière.

Éric lui aurait juste enjoint de se couvrir ! Ses attentions à son bien être avaient toujours l'air de reproches. Elle n'avait pas fait ce qu'il fallait, elle allait tomber malade, ce serait sa faute. Vague et ressac. Mais elle n'avait pas envie de penser à Éric.

— Vamos !

Ils roulèrent quelques temps environnés d'un silence qui les rapprochaient. Elle écoutait sa respiration.

On descendait un Cerro.

Manuel arrêta la voiture à l'entrée de Quintay. Une bourgade au bord de l'océan.

Il reprit ses explications.

Le port avait été tristement célèbre avant le moratoire pour préserver les baleines. Pendant des dizaines et des dizaines d'années, on y avait dépecé les animaux lors de sanglantes ballenera.

— Mais ce n'est pas pour honorer leur mémoire que l'endroit est fréquenté aujourd'hui, dit Manuel. C'est une sorte de lagon, des plages attrayantes, comme celle que vous voyez près du port et une autre un peu plus au nord. Ici, on pratique la plongée sous-marine. Par beau-temps on se promène sur le chemin côtier, c'est sauvage et naturel. Nous avons là une maison de pêcheur. On y allait beaucoup, avant. J'y viens seul maintenant. C'est ici que Tiago et Juan ont disparu. Ils étaient allés plonger, ils pratiquaient la pêche sous-marine, une nouveauté ici ! Expérimentés, très prudents, j'ignore pourquoi, ils étaient seuls ce jour-là. Des amis étudiants plongeaient toujours avec eux. Ils n'ont pas reparu… On n'a retrouvé ni bouteilles d'oxygène, ni combinaisons, ni palmes, ni fusils sous-marins ! Seulement leur voiture contenant des affaires pour se changer. Vol ? Guet-apens ? Faux rendez-vous ? C'est insupportable.

Près de vingt ans après leurs disparitions, l'expression de la peine se disait au présent. Un Avant, un Après.

Ne sachant que dire, elle lui donna sur la joue, une caresse furtive. Il la regarda un instant, s'approcha comme en hésitant, puis il dit :

– Allons déjeuner au Miramar !

A lui seul, le restaurant valait le déplacement. Une terrasse surplombait la petite plage battue par le ressac mais les jours de grands vents, ou l'hiver, on trouvait refuge à l'intérieur, éclairé de larges baies, une vitrine sur l'océan. Manuel était connu. Ils furent accueillis par le propriétaire avec la chaleur d'un Pisco offert par la maison.

Dans la salle claire, on leur servit des fruits de mer, une poêlée de Saint-Jacques à l'aïl à réveiller les papilles. Un vin blanc sec légèrement fruité rappela à Cécile le brut Océan, un Jurançon apprécié chez elle. Ils n'étaient que cinq convives : un couple âgé, attendrissant, accompagné de leur fille qui leur offrait, ils l'avaient compris, un repas soigné pour leur anniversaire.

En déjeunant, face à l'océan, il la fit parler.

Maria-Luisa lui avait dit pourquoi Cécile se trouvait si loin de chez elle.

Son attente d'une lettre qui ne venait pas.

– Vous redoutez la réaction d'Éric à votre retour ?

– J'ignore ce qu'il dira, ce qu'il fera, je commence à le deviner... Aucune réaction, qui sait ? Quoi qu'il arrive, je ne veux pas le quitter. Il n'a rien fait de mal, rien d'inacceptable. Je serais injuste, mais le temps ne se rattrape pas. Je vis mal ce tournant, j'ai besoin d'attention, d'être écoutée, défendue parfois. Jamais il ne le fait. Il justifie toujours ses comportements. Ses refus de quitter les sentiers connus. Ses travaux dont on ne voit jamais la fin. Je n'en peux plus. Une fuite en avant pour lui aussi, peut-être. Je le lui ai dit. Mais, je ne sais pas aller au bout de mes explications, je ne peux pas, il n'a pas la patience d'écouter. Je parle, il n'entend pas. Pas de communication sans écoute. Pour lui, c'est moi qui ne l'écoute pas. Pour moi, c'est lui, bien sûr ! Émue je m'explique mal. J'écris, il ne lit pas. En tous cas, il ne répond pas. Comment faire ? La pression mise sur Caroline, il doit en prendre conscience. Les petits comptent. Si j'avais su me faire comprendre. C'est excessif, je sais, partir ainsi si loin. Neruda ses poèmes, d'autres, j'en laissais un peu partout. Il ne comprenait pas, ne les lisait pas. Il ne comprendra pas. Il est si peu sentimental. Je le suis, c'est un défaut, il me l'a dit.

Etonnée d'avoir parlé si longuement, elle s'arrêta, attendant la réaction de Manuel. Elle avait pris des risques, dit-il, alors qu'elle se sentait mal physiquement.

– L'aventure s'est bien terminée, heureusement. On peut mourir d'une appendicite qui dégénère, vous savez ! Il était temps pour vous. Au mieux, vous auriez passé des semaines à l'hôpital.

– Je ne suis pas morte : Maria, vous, la Providence, c'est la même chose.

Pour détourner la pente de la reconnaissance, il saisit la balle au bond.

– La Providence ? Vous y croyez ?

Il n'était pas pratiquant, rompant avec la tradition chilienne. Sa famille lui avait légué des valeurs, pas de superstitions, ni de credo arbitraire. Cartésien, sans doute, ses études scientifiques avaient fait le reste

– Pourtant parfois, devant des guérisons inexpliquées… J'ai en mémoire des cas inouïs. Nous ne savons pas tout. En revanche, je n'ai jamais vu un visage défiguré régénérer par miracle, mais des guérisons inexplicables, oui quelquefois. Maria-Luisa en revanche, oui, elle a la Foi. C'est peut-être ce qui l'a sauvée. Sa foi, elle la destine aux autres, ceux qu'elle aide. Elle ne passe pas son temps à prier ! Je crois au ciel, si on le mérite !

Il avait dit ces derniers mots en riant, pour se moquer. Elle avait compris qu'il avait bien trop d'intelligence pour croire ce qu'il disait - il pratiquait l'auto-dérision- une grande modestie, une extrême gentillesse ; bien trop d'indulgence aussi à l'égard de tous les hommes qui souffrent et passent brièvement sur Terre.

Cécile se sentait toujours un peu gênée quand on abordait des questions religieuses. Elle ne savait pas trop où elle en était coincée entre sa liberté de pensée et un vague remords de trahir des promesses, de rompre la chaîne des traditions maternelles, de sa lignée de femmes. Éric, bien qu'ironique sur le sujet ne s'était pas opposé au mariage religieux auquel tenaient leurs mères. Les enfants étaient baptisés. Cécile pratiquait parfois lors de fêtes solennelles, gênée par les rituels, les gestes convenus et les génuflexions, mais elle appréciait le temps de réflexion qu'offrait un office.

— La Foi est une grâce… à ce qu'on dit. J'ai cette excuse, si je ne l'ai pas reçue ! C'est un prétexte facile.

Elle rapporta à Manuel cette phrase d'Arthur Kaestler. Il l'avait adressée à ses amis avant de mettre fin à ses jours.

Il écrivait : « Je vous quitte avec le timide espoir qu'il existe un au-delà dépersonnalisé dépassant les confins de l'espace, du temps. »

Il termina : « et de la matière, échappant à notre intelligence de manière illimitée. »

— Vous aussi ! Ces correspondances entre nous, comme si nous nous connaissions depuis… C'est inouï ce qui arrive ! Est-ce cela qu'on appelle l'âme sœur ?

Un silence s'installa. Rien de tel avec Éric.

La voix ne dit rien.

Langue déliée par le Pisco :

— Les dérapages des églises, le fanatisme, l'intransigeance des dogmes, la rigidité des règles, tout cela m'effraie, dit Cécile. Tant de mal fait, au nom de grands principes.

— Au Chili, l'église est puissante, réactionnaire, mais divisée lors de la dictature. En 1987, quand le Pape Jean-Paul II est venu, il a demandé à Pinochet de rendre le pouvoir aux autorités locales. Il a fait avancer les choses. Malgré tout, peu de progrès sont intervenus sur le plan des libertés individuelles. Pour la condition féminine, entre autres, on ne tolère même pas la contraception, interrompre une grossesse reste interdit. Les décès dus à des avortements clandestins sont nombreux. Après, on répare les dégâts, les soins se donnent en cachette, les médecins prennent des risques.

Ils parlaient de leur vie, de leurs pays, de l'histoire se découvrant des aspirations et des pensées communes. Un idéalisme qu'on reprochait toujours à Cécile. Elle se dédoublait, elle était ici et là, grisée par le Pisco, grisée de l'entendre. Lui, délesté de l'habituelle retenue des consultations, des conversations professionnelles quotidiennes. Quand ils se taisaient, leurs regards se posaient sur le large, comme la veille à Vina del Mar. Pauses et silences, envies d'ailleurs. Baisser la garde. Ils accueillaient le serveur avec une sorte de soulagement : il donnait de la légèreté au trouble qui les gagnait, que les conversations aux sujets convenus tentaient d'éloigner d'eux.

Il fallait songer à rentrer. Mais il voulait lui montrer avant la maison du port.

Elle ressentit un choc ! C'était une ancienne capitainerie.

Cette maison, elle l'avait toujours connue ! Presque semblable à celles qu'elle admirait à Port Haliguen, à Quiberon où les enfants et elles séjournaient parfois avec ses parents.

Une maisonnette au toit d'ardoise, accolée à d'autres siamoises, sur trois niveaux. Sertis dans des encadrements en briquette rouge, des volets bleus, elle disait le bleu Belle-Île, comme on dit le bleu Majorelle.

Maison de marins, d'émigrants recréant leur univers perdu.

Un perron en pierre taillée, quelques marches gravissant la façade, un muret cernant une petite terrasse colonisée par quelques mousses. On poussait une porte vitrée pour pénétrer dans une pièce à vivre qui occupait le premier niveau faisant également office de cuisine.

Une vieille femme parut. Elle vivait seule dans l'ancienne capitainerie.

Là encore, une impression de déjà vu envahit Cécile. Vêtue à la façon des paysannes de Provence du temps passé, ses cheveux gris divisés par une raie étaient cachés sous un fichu de tissu noir moucheté d'abeilles blanches brodées, retombant sur les épaules en se finissant par une dentelle assez large et travaillée. Un tablier noir luisant couvrait sa robe aux coloris fleuris mais sombres et discrets qui descendait aux chevilles. Hormis ses traits burinés, ses dents noircies par les chiques de tabac, elle soignait manifestement sa mise tout autant que les lieux astiqués dont elle avait la garde. Elle poussa en le voyant des cris de joie, débitant à toute allure un discours véhément, ignorant Cécile.

– Elle est jalouse, comme vous voyez ! Elle vit ici depuis longtemps, elle a toujours peur que je la jette dehors ! Je m'en garderai : sans elle, la maison serait rongée par l'humidité.

Dans l'âtre d'une petite cheminée mijotait une soupe de poisson dont les effluves parfumés envahissaient les lieux.

Il devait rester !

L'invitation s'adressait à lui visiblement. Elle répétait encore que c'était mal de l'avoir abandonnée si longtemps. *

– Elle a des droits sur moi ! dit-il en souriant. Je ne suis pas venu depuis quelques temps. J'ai fait installer le téléphone. On peut me joindre en cas d'urgence. Je préviens ma tante que nous dînerons ici.

Près du téléphone, dans cet entresol, une petite alcôve réservait une surprise : un crapaud noir ! Il se mit au piano en disant qu'il ne pratiquait pas assez. Mais il joua de mémoire l'adaptation d'un standard de Ziggy Gillespie dont il aimait les rythmes latino.

Cécile, la mémoire floutée par l'émotion, rassembla ses souvenirs.

Gillespie. Sa curieuse trompette, ses joues gonflées en poisson-globe, une gloire du jazz avec Louis Amstrong et Sidney Bechet dont elle jouait « Petite fleur ».

A regret, elle n'avait jamais pu convaincre son vieux professeur de l'initier à d'autres rythmes que classiques.

– J'ai pris des cours pendant dix ans, mais pour Mademoiselle Bergnou, le temps s'est arrêté à Mendelssohn, Debussy, Gabriel Fauré. Alors, vous pouvez l'imaginer, les musiciens noirs américains, elle les ignorait !

Seule, plus tard, elle avait appris quelques morceaux de jazz, du blues, des rag-times, se cramponnant aux portées comme à des échelles de secours.

Il ouvrit une armoire où étaient classées méthodiquement des piles de partitions. Cécile s'approcha, pour tourner les pages. Sur le piano, quelques photos. Une jeune danseuse en tutu, un couple d'amoureux, un mariage. L'homme, brun, très beau. La jeune femme d'une minceur extrême, radieuse.

Elle reconnut Maria-Luisa. Il continuait à jouer.

Quand il s'arrêta :

– Un moyen de conserver habiles mes doigts, une évasion salutaire aussi. J'en ai un autre dans ma tanière. A vous, maintenant.

Elle refusa, tenta de détourner l'attention sur les photos, prenant prétexte des mois passés sans pratique.

– Un piano s'apprivoise, je ne connais pas celui-là !

Mais il y tenait. Alors elle joua El Choclo, le tango qui amusait les enfants.

Quand le piano et elle se furent apprivoisés, l'heure exquise de Franz Lear dans la Veuve joyeuse qu'elle connaissait bien et la fredonna.

Parce qu'il lui demandait de continuer, qu'il s'était assis à son côté sur la longue banquette, elle trouva une adaptation pour le piano d'un Bal de Berlioz, en se trompant un peu. Quand elle s'arrêta, une goutte de sueur perlait sur son front. Il s'en aperçut.

– Pourquoi manquez-vous de confiance, Cécile ?

Il avait dit cela en sortant de sa poche un mouchoir. Il essuya son front ; elle tremblait un peu.

Il n'avait pas dit « à votre âge ! » mais Cécile l'avait ajouté en elle-même car elle s'en voulait d'être toujours aussi émotive, à son âge précisément.

Il a du tact ! Lui ! Elle lui en sut gré. Elle détourna la raison qu'elle aurait pu donner, se délivra du trouble en se jetant dans des explications.

– Je ne sais plus jouer devant un public. Je ne suis pas encouragée à le faire, pas écoutée. Personne pour me solliciter. Me dire « Joli ce morceau ! Continue ! » Le manque de temps ou d'envie… Un jour, c'était au début de notre mariage, mes beaux-parents étaient venus. Mon beau-père écoutait souvent de la musique classique, je le savais. Je croyais faire plaisir, je me suis mise au piano et en me retournant, j'ai vu la tête de ma belle-mère ! Jamais trop su définir l'expression qu'elle avait ce soir-là : mépris, réprobation ? Je ne joue bien, vraiment que seule, je peux m'exprimer. Cela n'a pas été toujours ainsi. Nous faisions des auditions en fin d'année, ce n'était pas si mal. Je suis devenue trop nerveuse ces dernières années.

– Cette nervosité, vous en avez parlé ?

–Parlé ? A un médecin vous voulez dire ? Oui, j'en ai parlé !

Elle raconta l'épisode de sa psy qui avait peur que le ciel lui tombe sur la tête. Il rit.

– Croyez-moi ! C'est vrai ! Elle avait une peur bleue d'une guerre nucléaire, elle voulait faire construire un abri antiatomique sous sa villa. Elle profitait des discussions avec ses patients pour soulager ses angoisses à elle. Ne riez pas !

– Je ne ris pas. C'est valable aussi pour les familles que je reçois. Je dois parfois insister pour que mes patients parlent d'eux, pas la mère ou le mari qui accompagne et tire la couverture à lui ! La nervosité est normale. Trop à gérer, ne pas vouloir tout faire, ni tout faire bien, s'imposer une plage à vous, pour vous seule. Le piano, la musique et vous chantez bien aussi. Il faut continuer. Cette sensibilité, Cécile, exprimez-la.

Il prit sa main, la referma et avec un geste de conviction, il embrassa ses doigts assemblés, comme pour lui insuffler une force nouvelle.

Sentant monter la chaude ivresse des larmes, elle se lança dans des explications décousues.

– J'ai l'impression de faire le chemin à l'envers : de la force à la fragilité. J'avais un amoureux avant mon mariage. Il me trouvait si équilibrée ! Il ne me reconnaîtrait pas. Parfois je le pense, Éric et moi, nous n'avons pas été capables de nous construire ensemble, de mûrir, de nous apporter davantage qu'un foyer, des enfants, la maison que nous voulions. Il faut que je parte… Ce serait plus honnête. Mieux pour lui, mieux pour moi. Mais ce n'est pas ce que je disais tout à l'heure… Penser une chose et juste après son contraire ! Je ne sais plus.

Jamais elle n'avait autant parlé.

En puisant dans l'armoire, se partageant la banquette, ils jouèrent un long moment. Du jazz pour lui. Elle, des préludes de Chopin, des scènes d'enfants de Schumann. La 3ème romance sans paroles de Gabriel Fauré. Les dernières notes se perdirent dans la torpeur tranquille de la pièce. Do mi sol mi sol mi do.

Le feu s'éteignait.

– Ces partitions si nombreuses, classées avec soin, c'est si étonnant. Pourquoi ?

– Nous jouions tous d'un instrument. Ma mère était pianiste accompagnatrice, elle a connu ma tante Luisa lors d'un gala. Elles sont devenues amies, elle l'a invitée chez nous, ma mère, son frère… La suite vous connaissez : Maria-Luisa n'est plus jamais partie. Ma mère, je l'ai perdue en 1949. Elle accompagnait des artistes en tournée en Europe. Au retour, l'avion s'est écrasé sur les Açores. Des célébrités à bord : la violoniste Ginette Neveu, Marcel Cerdan, le boxeur célèbre. Vous le savez peut-être.

– On en parle encore, oui. Édith Piaf chantait à New-York, Cerdan allait la rejoindre.

– Ma mère rêvait de voir New-York avant de rentrer ici, elle a pris ce vol. C'est tout. Les rêves à vivre et les destins brisés. Un naufrage, un avion pulvérisé. Voilà.

Il avait dit cela pudiquement. Il parlait en demi-teinte de ses deuils.

Cécile pensa à Carole, morte aussi pour vivre son rêve.

– De ma mère, j'ai des souvenirs entretenus par tante Luisa – le nom qu'il lui donnait – elle était une mère exceptionnelle. Mon père, c'est plus tard qu'il est mort, de maladie ; un homme généreux, protecteur. Il ne s'était jamais vraiment remis du décès de sa femme.

Consuela s'agitait, elle avait ranimé le feu y jetant des sarments bien rangés dans un coin de l'âtre. Ils dînèrent sur une petite table dressée près de la cheminée, dans une demi-pénombre, ils lisaient sur leurs joues dans leurs yeux les lueurs dansantes des flammes. La musique des branchettes crépitantes accompagna le silence feutré qu'ils avaient laissé s'installer.

– Rentrons maintenant.

En voiture, il raconta comment le destin tracé de sa tante avait obliqué.

Paris, les années vingt. Les années folles ne le sont que pour une minorité fortunée de français dans le vent, de françaises coiffées à la garçonne. On sort, on fume, on danse le charleston avec Joséphine Baker, on écoute du jazz dans les boîtes de Montparnasse, au théâtre se montent des pièces surréalistes, on écrit des manifestes et de la musique dodécaphonique. On est existentialiste, expressionniste, futuriste, moderniste, communiste et l'on commence à ne plus y voir clair que dans les salles obscures des cinémas qui s'érigent dans un style art-déco. La grande guerre a laissé des traces, géographiques, physiques, politiques, mais on n'en souffre pas dans les beaux quartiers bourgeois de la capitale. Là, on se veut réactionnaire face à la montée fulgurante de nouveaux modes de pensée, de nouveaux comportements. Dans la famille, on ne fréquente pas ces gens-là, entretenant les valeurs d'avant-guerre. Marie-Louise Desmarais n'est pas une enfant modelable. Elle sait ce qu'elle veut. Ce qu'elle veut, c'est danser, prendre des cours.

« -Tu n'y penses pas !

Renonce ! »

La détermination de la fillette convainc ses parents. Piano, danse, dans ce milieu parisien cossu, elle ferait comme beaucoup d'autres. Caprice passé, elle se marierait, mènerait une existence confortable, sans surprise. On l'inscrivit aux cours d'une académie classique renommée. Seulement, le talent, la volonté en prime, elle réussit le concours d'entrée à l'école de danse de l'Opéra ; petit-rat, elle insista pour continuer. Flattés peut-être au fond d'eux-mêmes sans vouloir le reconnaître, ses parents acceptèrent.

Parfois, Manuel interrompait son récit. Conteur d'exception, il semblait avoir vécu mille vies, connu ces acteurs d'un monde perdu, tout cela dit sur un ton naturel modeste, avec humilité.

Sa culture et sa mémoire semblaient sans fond, mais lui ne brossait que le décor d'une vie à comprendre. Des vies, des chemins si différents.

Des virages descendaient les collines. La route tournait, c'était la nuit. Concentré, il ralentissait l'allure. Deux ou trois fois, on avait croisé des automobiles dont les phares animaient les talus d'ombres fantasmagoriques.

Quelquefois son regard et celui de Cécile s'étaient croisés dans la nuit humide.

– Vous n'avez pas froid ?

Il reprit.

– Elle a gravi les échelons. Puis elle s'est blessée, pas gravement mais assez pour lui interdire une carrière classique. C'était un peu avant la Seconde Guerre mondiale. Les tensions étaient vives avec ses parents. Ils n'avaient jamais vraiment approuvé son choix ni son indépendance d'esprit. Après l'accident, ils se sont dit que l'épisode était clos, qu'elle se conformerait à son milieu. C'était mal la connaître, un sacré caractère ! Des idées arrêtées, elle n'avait surtout pas admis que son père soutienne Pétain. Sa mère voulait lui faire épouser un haut fonctionnaire vichyste qu'ils recevaient souvent. A sa majorité, elle s'est engagée dans une troupe de théâtre aux armées. Elle est partie en Angleterre en 40. Elle a appartenu à des réseaux de renseignements, rompu avec des traditions qui l'étouffaient.

La guerre… Les bombes sur Londres. Demain ? De quoi serait fait demain ? « J'avoue que j'ai vécu » disait Neruda. Une vie libre !

– Son père a eu des mots très durs. Il a refusé de la revoir après la guerre. Alors, elle a intégré un ballet qui se produisait aux États-Unis et au Canada. Au cours d'une tournée, elle a brièvement rencontré mon oncle. Il était armateur. Mon père et son beau-frère s'occupaient aussi d'une pêcherie, ils avaient continué les activités familiales. Ils se sont revus chez nous lorsque ma mère est devenue son amie, elle accompagnait au piano les danseurs. C'était écrit. Elle a essayé de renouer avec ses parents. En vain. Elle vivait une autre vie, elle épousait un socialiste, un ami d'enfance de Salvador Allende médecin, comme moi. Qui sait, je ferai peut-être de la politique, un jour ! Mais je ne le pense pas. Vous avez raison, Cécile, j'écrirai plutôt.

– L'histoire de votre tante Luisa ? Peut-être, une histoire singulière romanesque.

– Parfois elle se demande s'il y a un prix à payer ! Elle a payé cher son indépendance. Les guerres changent les destins, les chemins. Ce qu'elle a vécu ensuite, ici ! Rien ne peut être écrit encore. Elle doit être achevée, cette histoire. Elle veut connaître le sort de Tiago, de Juan, de beaucoup d'autres. Obtenir des preuves…

Un jour peut-être aussi des inculpations. Ce n'est qu'un début, cependant des rapports se rédigent, des procédures judiciaires se mettent en place, mais Pinochet reste sénateur à vie. Il faut montrer au monde que ce régime était une dictature, avec des morts, des disparitions, des tortures. Elle ne supporterait pas d'apprendre qu'ils ont été torturés ! C'est ma crainte également.

Ils arrivaient. Il rentra la voiture dans le garage. Il la guida par la main à travers la maison silencieuse à l'escalier qui menait à sa chambre.

– Ce fut une journée inoubliable…

Il hésita et ajouta :

– Il faut réfléchir.

Il l'embrassa.

– Je vous souhaite une bonne nuit.

Il l'avait quittée sur ce conseil énigmatique.

Incapable de s'endormir, elle passa une partie de la nuit à revivre cette journée.

Se tournant, se retournant dans son lit.

Ce qu'elle avait dit, ce qu'il avait fait. Les attentions qu'il lui avait témoignées après le geste spontané qu'elle avait eu comme ils arrivaient à Quintay en lui caressant la joue : il avait l'air si désemparé à l'évocation de ses cousins disparus.

Elle avait eu envie de le prendre dans ses bras, de lui dire des mots de tendresse pour le consoler. Plus de professeur Moana alors, seulement un homme blessé laissant paraître sa détresse.

« Il faut réfléchir ? »

Que voulait-il dire ? Une mise en garde ? Un avertissement ? Un regret ?

Quelque chose l'avait choqué ? Elle ne se souvenait pas de tous les propos qu'elle avait tenus. Elle avait parlé d'Éric, sans le charger. Elle avait dit qu'elle ne le quitterait pas, mais aussi qu'il vaudrait mieux qu'ils se séparent.

Elle essayait d'entendre les mots de Manuel. Elle ne savait plus.

Elle voulait dormir ou penser à ce qu'elle ressentait quand elle se trouvait avec lui. Ce frisson qui la parcourait, la vague tendre, le ressac qui se creusait en elle, la faim nouvelle. Le sable qui absorbe l'eau quand la mer se retire. Ses lèvres revivaient le baiser qu'il lui avait donné, léger, discret, presque timide. Les mots murmurés, alors : « Vous êtes si douce, Cécile, votre charme, votre sensibilité. »

Ils différaient l'autre baiser désiré, elle le savait.

C'était peut-être ce qu'il voulait dire. Réfléchir.

Réfléchir à la distance, au temps. A leurs vies différentes. Réfléchir à leurs engagements, à ceux qu'ils ne pouvaient prendre. Réfléchir à cet élan l'un vers l'autre avant d'y céder. Réfléchir en adultes qu'ils étaient.

Et que savait-elle de sa vie sentimentale ? Un divorce déjà ancien. Il n'avait pas dû rester seul, sans histoires, jeune encore. Elle le devinait droit, honnête, pas homme à aventures. Trop occupé d'ailleurs ! Tellement charismatique aussi pour laisser indifférentes les femmes qu'il approchait.

Cécile les avait vues, les infirmières, comme elles le regardaient ! Comme elles l'admiraient ! Était-il inaccessible ?

S'imposait-il des distances vis à vis de celles qui partageaient sa vie professionnelle ? Et ses étudiantes ? Aussi attirantes pour lui par leur jeunesse qu'elles devaient être, elles, subjuguées par le savoir, la prestance de leur professeur. Il était beau ce qui ne nuisait pas à l'autorité naturelle qu'il dégageait.

Elle était stupide !

La voix le lui disait : *les hommes ne se posent pas tant de questions que tu t'en poses ! Il dort, lui !*

Quels problèmes ? Quels engagements ? Quelles attaches ? Vis l'instant ! Comme eux. « Vis ta vie, maintenant ! » lui avait dit un ami perspicace, peu de jours avant de mourir d'un cancer.

Elle tournait, se retournait dans son lit devenu inconfortable. Marc ! Marc qui l'avait le plus marquée, Marc lui-même ne l'avait pas ainsi bouleversée jusqu'aux tréfonds de son corps, encore moins les hommes auxquels elle plaisait dont elle aimait les regards sur elle car ils comblaient un peu la négligence d'Éric. Elle aimait plaire, elle savait plaire. Un jeu de coquetterie ? Rien de cela avec Manuel. Cette journée-là, à Isla Negra, elle n'avait pas maquillé ses yeux, ce que jamais elle ne faisait se trouvant bien trop pâle.

Avec lui, l'authenticité allait de soi.

Elle s'était endormie au petit matin.

Chapitre 9

Air et clarté jaillirent dans la chambre et la réveillèrent.

Comme elle ne descendait pas, Maria-Luisa était montée la réveiller, en lui portant une tasse de café

– Venez voir !

Elle se couvrit de son peignoir, la rejoignit sur le balconnet en rotonde.

La tempête de la veille avait lazuré le ciel aigue-marine. Né derrière les collines, le soleil d'hiver oblique encore à cette heure perçait l'océan de nuances indéfinissables où dardaient des flèches diaprées gris argenté veinées d'or.

Elle eut du mal à résister à la lumière. Elle rentra s'habiller, déjeuna rapidement, confuse d'avoir dormi si tard.

Comme la veille, on partit dans le 4X4 blanc de Manuel qui avait pris sous le soleil, un air de véhicule grand tourisme, confort en moins. Quand ce n'était pas dans l'urgence, conduire le détendait. Ces deux journées avaient un air de vacances, alors que d'habitude il partait lutter pour sauver des vies.

– Un état de grâce ! L'impression d'être jeune ! dit-il

Le visage de Maria-Luisa aussi s'éclairait d'une joie enfantine, elle riait de les voir heureux.

Au nord de Valparaiso, près de Horcon, entre Maitencillo et Zapallar des amis possédaient un chalet à cet endroit agréable de la côte. Ils avaient appelé.

– Les pentes dévalent vers la mer vers des criques rocheuses, des roches noires sur sable blanc ou noir, c'est selon. Pas de baignade, d'ailleurs l'eau est toujours froide ici, même l'été. Mais un bain de soleil, oui. Vous vous jetteriez dans une eau à 13 degrés ? demanda-t-il à Cécile.

– Un peu juste ! Cependant, j'en connais qui l'ont fait. Leur grand-père en était terriblement fier.

Elle raconta l'anecdote de la baignade à Etretat par une journée ensoleillée de juillet. La sensation glaciale qui les avait saisis dans l'eau où ils entrèrent plus vite qu'ils ne l'auraient voulu, tellement il était difficile de tenir debout sur les galets inégaux. Ils avaient basculé dans l'eau, muets de saisissement frappés par le flux dynamique. Leur sang fouetté avait chauffé comme dans une bouilloire dont ils auraient senti monter la chaleur bénéfique. Une sensation intense de bien-être les avait étreints lorsque le corps et l'eau s'étaient acceptés. Cela avait duré quelques instants. Puis leurs lèvres d'améthyste avaient sonné le retour sur la grève où ils s'étaient abattus de longues minutes à même la pierre se réchauffant aux galets arrondis tandis que le soleil tiédissait leur corps.

La route se poursuivait exiguë, tortueuse et la petite voiture résonnait des chansons chiliennes que Manuel avait entonnées.

Soudain, ils entendirent la voix de Maria-Luisa se joindre à la leur comme aux jours anciens du bonheur.

On arrivait. Une route étroite semblant mener au bout du monde les conduisit au bord d'une ample crique, à Horcon, un authentique petit port chilien qu'ils voulaient lui montrer.

Trop tard pour voir les barques que les pécheurs halaient sur la plage, aidés par des chevaux.

Rendue muette par le trop-plein d'impressions, Cécile prenait photos sur photos des rochers, du port, des barques de pêcheurs, où des oiseaux s'étaient perchés, des baraques colorées aux planches disjointes. Celles de Valparaiso paraissaient solides en comparaison ! Un étage, parfois deux, un bleu, un rose ou l'inverse. Le bois nu d'innombrables escaliers où on aurait seulement vu s'aventurer des chats, tout un équilibre précaire s'entassait sur des pilotis mal taillés et cela s'élevait toujours plus haut dans la verdure brouillonne de la colline. D'en bas, on apercevait un fouillis de toits aux lignes cassées.

Dans la rue du port, des femmes dorées et rebondies les interpellaient hilares, les prenant pour des touristes, étonnées que Manuel répondît avec l'accent et les mots locaux.

Elles finissaient de vider les poissons de la pêche du matin, distribuant aux oiseaux les entrailles. Pas de poubelles. Goélands et pélicans goulus se chargeaient du nettoyage.

Familiers, même culottés, les pélicans gris au statut à part se savaient impunis. Bien nourris, ils s'étaient sédentarisés.

– Celui-là ! Là-bas, il a cinquante ans, assura une femme.*

Foi chevillée au corps, on croyait ferme à la légende de l'oiseau sacré, le pélican de piété, le pélican de charité donnant sa vie pour ses petits comme le Christ avait donné la sienne pour le salut des hommes.

– Personne n'a jamais vu un pélican faire ça, à part quelques poètes !

– Seule la Foi nous sauve !

On atteignit Maitencillo qu'on dépassa en direction de Zapallar.

Entre les pentes dévalant vers la mer, de petits cabanons trouaient le feuillage des hautes collines boisées. En bas des plages de sable fin, des criques aux roches déchiquetées par les gros coups de mer. Plus haut des cabanes de pêcheurs, des pélicans juchés sur les barques ou les rochers. Plus loin le regard descendait brutalement vers la mer, on découvrait une petite baie bordée de sable blanc cachée par les collines derrière pins et araucarias. Ils riaient de voir Cécile changer frénétiquement les pellicules achetées, boulimique d'images.

Le 4x4 monta à l'assaut d'une sente qu'épaulaient quelques chalets. Devant l'un deux Manuel arrêta la voiture en donnant de sa corne de brume, comme il appelait le klaxon, à la sonorité rauque comparable à l'aboiement d'une otarie.

– Souvent brumeux en hiver ici, ce klaxon m'amuse. Mon paquebot entre dans le port.

– Gaston et Joséphine vont à New-York ! dit Cécile.

– C'est trop fort !

Maria-Luisa expliqua en riant qu'en quittant la France définitivement, elle avait amené deux livres de jeunesse : cette aventure des deux petits cochons et Caroline à la mer de Pierre Probst. Les enfants avaient appris à lire dans ces livres, arrière-petits-enfants d'un émigré basco-béarnais, Manuel, Juan et Tiago écrivaient et parlaient français ou espagnol indifféremment. Le Béarn ! Nouvelle pièce ajoutée à ce puzzle inattendu.

A l'appel du klaxon, un géant roux dévala pleine pente à travers les pins branchus. Chemise laineuse à carreaux rouges et noirs, pantalons à poches multiples, il portait des bûchettes dans une hôte arrimée à son dos comme un Père Noël tout droit sorti des Rocheuses.

– Pour la grillade !*

– Venez ! On rentre ! Lena ! Lena ! Mets la table ! Ils sont là !*

Lorsqu'ils entrèrent dans le chalet après ses embrassades bourrues, ils trouvèrent Elena qui s'activait autour d'une table en bois rouge. Physionomie vaguement familière à Cécile.

– L'anesthésiste, c'était moi !*

Petite brune potelée, Elena dite Léna, affichait une silhouette rondelette, comme la souris des cartoons de Tex Avery, elle trottinait de droite à gauche. Il faisait plutôt doux, elle avait mis la table près de la baie vitrée ouverte sur la terrasse en rondin. Des braises couvaient dans un barbecue rudimentaire construit à l'extérieur en surplomb sur la forêt. Tout près, en contrebas, la rumeur de l'océan sur les rochers s'entendait atténuée.

Cécile avança sur la terrasse pour admirer la vue, à l'invitation de Rafael, le géant roux. Ils formaient un couple cocasse, Léna brune, petite et lui, rouquin immense. Sa mère avait aimé un irlandais. Il était resté juste assez de temps pour semer ses gènes dans le melting-pot chilien, avait expliqué Manuel en le présentant tout à l'heure.

– Comme mes rats blancs du labo !*

Deux grands araucarias aux troncs grisâtres et craquelés contribuaient à l'arrimage de la terrasse, le système D fonctionnant à fond ici. Cécile en avait vu en Bretagne, elle demanda si on les appelait comme en France « le désespoir des singes ».

– Jamais eu de singes au Chili, précisa Rafaël de son baryton modulé.*

Il se lança dans les explications mélangeant allégrement espagnol, quelques mots de français, ajoutant qu'il s'entrainait puisqu'il avait de la chance de rencontrer une française. Il désigna les écailles acérées de l'écorce semblable à la peau d'éléphant.

– Elles empêchent toute grimpette. Le botaniste qui l'a introduit en Europe avait de l'imagination, mais on aurait pu dire la « peau d'éléphant ». Autrefois, une région des Andes, l'Auricanie, leur a donné leur nom. Servez-vous, j'ai fait griller des graines, vous mangez bien les pignons de vos pins parasol.*

Intarissable, tout en parlant, il servait à ses invités une parillada de viandes qu'il cuisait à la braise à la demande. Léna avait préparé un typique porroto granado, une purée de maïs assaisonnée d'ail et d'oignons.

Dans un coin de l'unique pièce, une glacière des années cinquante joliment peinte en vert olive recelait le dessert que Rafaël attendait comme un gamin gourmand : la glace à l'ananas. Il l'arrosa copieusement de vin blanc frais.

Truculent, il voulut servir à tous un Terremoto ! Mais Manuel prépara une répliqua se méfiant des doses à la Rafaël qui dégustait le sien avec des mines de chat botté repu. Drôle, chaleureux, en apparence insouciant, Maria-Luisa apprit à Cécile le double visage de leur ami, un allié, un secrétaire dans son combat. Son talent de comédien servait son exigence de vérité. Sa descente impressionnante et débonnaire lui ouvrait des portes, forçait les confidences qu'il compilait ensuite grâce à une mémoire d'éléphant assortie d'un travail de fourmi rouge appliquée.

– Il trouvera pour Juan et Tiago ! assura-t-elle.[*]

Conséquence du vin blanc fort ajouté au Pisco de l'apéritif, des larmes du fond de la détresse embuèrent les yeux de Cécile croisant le regard mouillé de Maria-Luisa… Mêmes larmes de fond.

Elle faisait cette prédiction juste comme Cécile venait d'évoquer les enfants s'amusant à Saint-Jean, une lettre commune ornée de dessins colorés arrivée de France la veille.

Au dehors, le soleil basculait doucement vers l'océan. Elle se leva pour voir, elle titubait un peu, cela les fit rire.

– Effets du Terremoto ! Vous comprenez ! Et vous n'avez bu que la réplique ! Allons voir le coucher du soleil depuis la colline.

Lena déclina : elle rangerait. Ils rentraient à Vina où ils habitaient. Raphaël montrerait à Maria des documents récents.

Le sentier grimpait, ils atteignirent la croix érigée au sommet. En silence, comme pour se délasser de l'animation du repas, Manuel et Cécile suivirent le spectacle du couchant à travers le filtre végétal des branches de pins et de feuillus.

– *Parle* ! disait la voix.

Sur la terre, la lueur du jour s'atténuait. Sur l'océan, à l'horizon l'eau et le ciel fusionnaient en un néon incandescent. Le globe accélérait son naufrage : il toucha l'eau, encore visible aux trois-quarts, à la moitié, puis au quart. Il ne fut plus bientôt qu'une tranche d'or à peine visible.

Le soleil disparut, mais d'éblouissantes hachures orange et mauve éclairaient encore le ciel.

Enfin, ce qui fut aujourd'hui rendit à l'océan sa nuance aigue-marine crépusculaire.

Il fallait rentrer. Manuel la retint dans la descente, invoquant la cicatrice récente alors que dans son esprit revenaient les interrogations de la nuit précédente.

Elle risqua :

– Que vouliez-vous dire hier ? « Il faut réfléchir. »

– Vous le savez, Cécile : notre attirance. C'était à moi que je parlais. Depuis des années, j'ai exclu la possibilité d'aimer. Vous allez partir, vous n'êtes pas libre. Même si rien ne vous retenait, ma vie est ici. Je ne ferai plus l'erreur d'exiger de quelqu'un de la partager. Elle prend mon temps, mon énergie. Je ne pourrai donner assez de moi, jamais ; je vis comme un moine ! Je dois garder cette foi intacte, sans trouble, elle me tient debout aussi. En ce sens, je suis égoïste.

Elle éclata :

– Moi aussi ! Je suis égoïste ! Réfléchir ! Renoncer ! Fuir l'émotion, son tourbillon, le trouble que je ressens, renoncer sous prétexte que rien n'est possible ! Mais je ne vous demande rien ! Je prends ! Je prends votre image, je prends mon désir de vous, je prends le souvenir des jours passés ici. Je prends votre intérêt pour moi, qui me redonne un souffle, qui va me permettre de continuer ma vie même imparfaite, même vide de vous, même sans vous ! Vous ne pouvez plus m'enlever cela, c'est trop tard. Il ne fallait pas ma fuite, pas ce départ, pas l'opération ! Il ne fallait pas cette rencontre ! Il ne fallait pas exister ! C'est trop tard. A la fin, vous êtes trop bête !

Ce mot l'arrêta. Elle se serra contre lui.

– Ma petite française impulsive ! Vous voyez bien : il faut que je vous protège, avant que vous m'aimiez ! Je puis mourir aussi, un tremblement de terre… J'ai perdu un confrère ainsi… Je ne joue pas avec vous… Mais oui, je suis heureux. Je suis heureux, bêtement heureux de ce que vous dites. Je ne sais pas désirer sans aimer. Vous ne pouvez aimer, sans être entamée. La souffrance sera là. Je ne suis pas vaniteux, en disant cela. Juste assez psychologue. Prenez votre temps. La vie passe comme un songe, il faut attendre parfois.

– Attendre ! J'attendrai quand je serai vieille, si je deviens vieille, pas maintenant ! Embrassez-moi, Manuel, tout de suite. Pas juste du bout des lèvres. Embrassez-moi !

Sur le chemin du retour, derrière Manuel qui conduisait, ses propos lui revenaient.

Comment avait-elle pu ? Dégrisée, elle entendait la voix lui dire : *tu te prends pour Antigone, maintenant !*

Car c'était au verbe près les propos écrits par Anouilh dans la pièce éponyme souvent travaillée avec ses élèves.

« Je comprendrai quand je serai vieille, si je deviens vieille, pas maintenant ! »

Ce n'était pas d'elle !

Cette violence, cette véhémence, cette impatience, ce n'était pas d'elle, mais c'était elle, enfin ! Jamais elle ne s'en serait cru capable.

Elle avait presque crié. Et Manuel avait étouffé son cri de ses lèvres s'emparant des siennes d'un coup violemment presque douloureusement avant de se faire douces, tellement tendres, sensuelles.

Ils étaient rentrés par le sentier escarpé, l'un tenant l'autre, maladroits dans un corps à corps enlacé silencieux. Ils étaient rentrés dans le chalet dont la lumière atténuée s'était faite complice de leur trouble. Ils avaient dit au revoir aux amis, machinalement. Elle n'avait aucun souvenir de ce moment.

Ils étaient montés avec Maria muette, devineresse peut-être, dans la voiture.

Aucun n'avait rompu l'envoûtement.

Cécile ne se souvenait pas du trajet, du ronronnement sonore du 4X4, seulement de l'aboiement de l'otarie que déchaînait Manuel, klaxonnant énergiquement à chaque tournant dangereux de la route.

Au bas de l'escalier, il avait dit, un peu cérémonieux :

– Je vous souhaite une bonne nuit.

Plus tard dans le silence de la chambre, elle revivrait longuement dans la nuit la sensation de ses lèvres chaudes qui avaient entrouvert les siennes, le goût de leur sel mêlé, la suavité de ce baiser, de leur étreinte émouvante et désespérée sans qu'aucun d'eux ne pense à ce moment-là à ce qu'ils vivraient après ; s'ils se donnaient l'espérance ou la souffrance pour les mois à venir.

– *Tu ne t'es pas lavé les dents !* dit la voix.

– Je le sais ! C'est exprès !

Chapitre 10

Il était parti tôt le lundi : une semaine chargée en perspective. La dernière pour Cécile.

Celle que choisit Maria-Luisa pour lui ouvrir le coffret de ses souvenirs. Des photos de Juan, de Tiago à l'université retrouvées par des amis lui avaient donné des moments de leur vie qu'elle ne connaissait pas. Certaines annotées : Tiago, fronton de l'université… Juan, son ami Eduardo. Vina Januero 1974.

Au moment de leur disparition, elle était partie ; ses parents âgés, seuls à Paris, malades. Cécile savait cela. Son mari à peine inhumé après « l'accident » d'Octobre, elle avait dû se rendre près d'eux. C'était en Novembre 1973, deux mois après le coup d'État du 11 septembre. Ses fils étaient étudiants, libres de leurs idées, de leurs activités. La mort brutale de leur père quelques mois auparavant avait libéré la révolte qu'ils sentaient sourdre depuis la prise arbitraire du pouvoir par Pinochet. Ils soulevaient des questions sur l'explosion inexpliquée du bateau de pêche méticuleusement entretenu, moteurs neufs. Preuves à l'appui, ils montaient un dossier à charges pour déposer plainte pour homicide.

Cécile le nota : quelque chose avait changé depuis la veille, depuis la conversation avec Rafaël. Maria parlait plus librement qu'elle ne l'avait encore fait. En même temps, ce changement fiévreux l'inquiétait aussi. Qu'allait-elle apprendre ? Manuel le lui avait dit : elle ne supporterait pas qu'ils aient été séquestrés, longuement torturés. On avait parlé d'une toute jeune fille de treize ans, raflée puis jetée à la mer du haut d'un avion. Les pratiques des dictatures : intimider, museler, éliminer jusqu'aux plus faibles. Tiago et Juan avaient disparus, cela restait abstrait. Savoir ne les ramènerait pas vingt ans après. Tout savoir pouvait être pire. Mais savoir, disait aussi Manuel, est préférable aux délires de l'imagination. Sur les photos qu'elle montrait, apparaissaient deux jeunes hommes sveltes, regard direct, déterminé. Ils étaient beaux ! Ils avaient mûri brutalement. Leur deuil avait d'un coup assassiné leur enfance. C'était visible sur les photos : le temps d'avant, le temps d'après. Elle lui parla des siens.

Miguel, son mari, avait payé son amitié, sa fidélité surtout à Allende, son ami de jeunesse. Il n'était pas le seul.

Ses fils, sans appartenance politique, animaient un bureau universitaire. Mais la dictature militaire s'était empressée de mettre au pas les universités. Des étudiants avaient été exclus, eux, presque tout de suite et deux de leurs professeurs, arrêtés ; nul ne les avait revus.

Tout s'était enchaîné très vite. Des militaires proches du nouveau pouvoir avaient été nommés à la présidence des universités. Immédiatement avait suivi l'abolition des libertés publiques, principalement la liberté de la presse, une obsession pour Tiago qui se destinait au journalisme. Juan étudiait le droit. Des cibles dévolues aux dictatures. Ils étaient jeunes, téméraires donc immortels. Elle avait vécu ce sentiment autrefois en Angleterre, dit-elle.

Elle lui montra des documents, des témoignages évoqués la veille par Rafaël, les enquêtes ; on ne se cachait plus maintenant. Intarissable, elle dévoilait des pans de l'histoire du Chili dont Cécile ignorait tout.

Elle raconta la caravane de la mort qui vingt jours durant avait sillonné le Chili assassinant des membres du Parti Socialiste chilien, du MIR, le mouvement révolutionnaire d'extrême gauche, ou du Parti Communiste, même de simples citoyens sans appartenance politique au seul prétexte qu'ils s'opposaient à ce pouvoir arbitraire.

Un autre rapport allait être publié concernant les assassinats, les disparitions commises pendant dix-sept années de dictature. Un chiffre effrayant ! Elle lui parla de l'avocate Carmen Hertz. Dès 1985, elle avait trouvé le courage de déposer une plainte contre les militaires au pouvoir. Son mari, un journaliste, était l'une des premières victimes assassinées en octobre 1973 par l'escadron de la mort, expression désignant la quinzaine d'hommes sous les ordres de Sergio Arellano Stark. A bord d'un hélicoptère Puma, ils avaient sillonné le Chili du Nord au Sud traqué et exécuté les opposants du régime.

Elle avait fui le pays avec son jeune fils, mais très tôt, était revenue entamer le combat

– Une décision courageuse. J'ai honte de ma tentative de suicide.

– Ne dites pas ça ! Elle avait son fils pour la tenir debout. Les vôtres avaient disparu, vous n'aviez déjà plus l'espoir de les revoir vivants. Je me trompe ?

– Non ! J'ai vite admis qu'ils étaient morts. J'étais à Paris. Mon père ne quittait plus le lit, les soins à prodiguer étaient harassants. Les informations diffusées par la presse et la télévision en France étaient inquiétantes. Leur silence ! Jamais ils ne m'auraient laissée sans nouvelles. Deux sensations électriques, une nuit, m'ont explosé le cœur comme des coups de fusil… Une décharge… C'est ce jour-là qu'ils sont morts, ce matin-là, je le sais.

Tout allait plus vite depuis mars 87 : la visite de Jean-Paul II en avril avait été marquée par des manifestations hostiles au régime. Des affrontements violents lors de la messe à Santiago avaient fait des centaines de blessés. La loi avait officiellement rétabli les libertés publiques, le droit de réunion. Surtout depuis la transition démocratique qui avait suivi la défaite électorale de Pinochet, l'année précédente. Mais le pouvoir judiciaire, la Cour suprême étaient les mêmes que durant la dictature : l'amnistie systématique pour les militaires, les policiers accusés d'atteintes aux droits de l'homme. Face aux pressions de l'opinion publique, choquée par la découverte de charniers, Aylwin avait mis sur pied une commission d'investigation sur les crimes et les exactions commis pendant la dictature.

En mars 91 on avait publié un rapport accablant.

De longs silences ponctuaient son récit haché par l'émotion. Elle laissait passer la vague, puis reprenait.

– Il a fallu du temps, mais les langues se délient.

Autour de Quintay, on commence à dire ce qu'on a vu ce matin-là. On affirme connaître quelqu'un qui a vu… Quatre ans ! Il a fallu à Rafaël quatre ans de patience, quatre ans à bourlinguer dans les troquets à marins de Valparaiso, les bouges des petits ports à des kilomètres à la ronde, du sud au nord, du nord au sud pour trouver la piste remontant au jour de leur disparition.

Sa source, un homme dont le père aurait assisté à l'arrivée de deux jeunes gens sur la jetée du port de Quintay.

– Il est gâteux, disait le fils. Capable de raconter n'importe quoi pour faire l'intéressant.*

Mais pour Rafaël, vaille que vaille, même s'il connaissait la psychologie des vieillards prompts à ressasser des faits anciens quelquefois inventés, comme son grand-père Alfredo le faisait, c'était la piste qu'il attendait. Il fallait encore aller le trouver ce père, le convaincre de lui parler, à supposer qu'il soit toujours lucide et redise la même chose à vingt ans de distance

– Il l'a promis : il va se rendre à l'adresse indiquée par le marin. Un peu de patience encore. Ce sont vos derniers jours ici, Cécile. N'allons pas les gâcher ! Des lieux encore à voir, et la Sebastiana, vous ne l'avez aperçue que de loin !

Galvanisée par l'attente de révélations proches, dans les jours qui suivirent, Maria-Luisa voulait tout montrer de Valparaiso : sur la place Sottomayor ouverte sur le port, l'Hôtel de ville, réplique kitsch de celui de Paris entouré de monuments officiels, l'académie navale, le palais de justice et le temple, l'église luthérienne, l'église de la Matriz, le musée et la jolie maison de Lord Cochrane. L'aventurier hautain voulut en son temps incendier la flotte française, ruinant des armateurs. Elle lui montra le port, le phare de Playa Ancha qui éclaire le soir la route des navires. La jetée Prat.

Enfin, la Sebastiana qu'on restaurait vers laquelle s'égaraient toujours quelques passants nostalgiques de l'écrivain, pressés de voir enfin concrétisé leur combat pour que revive sa mémoire.

Dix-huit années s'étaient écoulées depuis la mort du poète. Sur le Cerro Bellavista, au 692 de la calle Ricardo de Ferreira, la demeure abandonnée avait perdu ses couleurs. Du temps de Pablo, chaque étage – cinq en tout – était dédié à des moments différents, racontait Maria. Toutes vitrées vers le sud et à l'ouest, les rotondes superposées accentuaient le caractère de l'édifice : une sorte de bateau. Les ponts s'élevaient les uns sur les autres en degrés pyramidaux. Sa tour de Babel. Au dernier, posé comme une dunette, son bureau. On aurait pu imaginer sa silhouette alourdie, son béret de travers, sa pipe d'écume à la bouche, redécouvrant à chacun de ses séjours, sa ville, la baie, et son océan fascinant.

Dans l'impasse Pierre Loti, Cécile s'étonna de l'alignement des façades colorées rappelant le passage du marin-écrivain. Derrière des grilles forgées, chaque entrée des maisons jumelles dissimulait une courette fleurie, héritage de colons venus d'Angleterre.

Maria raconta le passé de la ville quand les deux océans ne communiquaient qu'au très lointain détroit de la Patagonie.

Pablo disait les « jours féroces et fantastiques »* les escales avant le sud des robustes clippers au temps des cap-horniers quand d'autres navires cinglaient vers le nord.

– Daniel Defoe y fit passer son Robinson. Pierre Loti, Sarah Bernard, Flora Tristan y sont venus. Qui s'en souvient aujourd'hui ?

Il y eut l'arrivée des immigrants venus d'Europe. Fortune faite, ils avaient construit dans les Cerros d'ostentatoires maisons, voisines des petites bicoques mitoyennes colorées.

Les teintes inattendues des habitations arc-en-ciel des ruelles – vert, bleu, orange, rouge – donnaient le change. On sentait que la ville avait connu la richesse, mais dans les rues voisines, les façades lépreuses, les tôles ondulées, les caniveaux douteux montraient une autre réalité : les difficultés des habitants au chômage.

Malgré tout, la magie de la ville agissait sur Cécile, une magie étrange qui fascinait, raconta Maria-Luisa :

– On dit que sous un vent spécial, certains jours, on peut tomber amoureux d'un quartier, d'une ruelle.

On passait devant un bar au badigeon orange, fermé à cette heure matinale : « le Filou de Montpellier. »

– Ce bar, c'est un ingénieur français venu en voyage d'affaire qui l'a racheté. Il est resté là. Il l'a rebaptisé. Depuis, il fait la conversation entre les tables.

L'espoir revenait.

On commençait à restaurer le quartier historique. Les trolleybus des années cinquante, certains venus de Zurich, partaient à la retraite. Des habitants se battaient pour conserver ce patrimoine au charme désuet. Devant leur aspect drolatique Cécile se revit un instant dans le petit train vieillot de la Rhune accroché aussi aux fils de l'électricité. Valparaiso lui montrait la voie, elle allait partir. Il fallait redonner à sa vie des objectifs qui ne soient pas des rêves.

Remonter à la Rhune serait un de ceux-là.

Au temple, elles tombèrent sur le pasteur et sa femme flanqués d'une fillette brune qui n'avait pas dix ans ; eux étaient vieux déjà. Ils échangèrent des nouvelles. Plus tard, Maria lui apprit que le père de l'enfant, un marin, la leur avait confiée. Jamais il n'était venu la rechercher ! Mutique, elle dévisageait avidement ceux qui passaient comme pour guetter un signe qui aurait éveillé un souvenir. Fraîche et mignonne dans une robe rouge à plis, frimousse arrondie, frange nette, raie franche divisant ses cheveux au carré retenus d'une barrette sur les côtés, elle faisait penser à Annie, la petite orpheline d'une B.D oubliée de Darel Mc Clure et B. Walh. Nostalgie.

– Elle n'est pas muette, ni timide, dit ensuite Maria-Luisa, seulement, elle ne parle pas. Betty et John l'éduquent bien, selon les principes de l'église anglicane, musique, art, et sport, mais sans excès de tendresse, comme pour la préparer à leur départ. Elle joue déjà très bien de l'harmonium à l'office. Il faut la voir avec Manuel ! Ses rares paroles, elle les lui réserve ; elle fait tout pour le séduire. Je me demande si elle ne cherche pas à se faire adopter.

– Elle me fait penser à la petite Annie. Maman me lisait ses aventures dans le journal de Mickey. Mais Manuel ne ressemble pas au vieux milliardaire bedonnant qui l'avait recueillie !

– C 'est juste. Reste qu'un problème se posera pour Nina au départ des Purcell. Que va-t-elle devenir ?

Cécile connaissait la ville maintenant. Son histoire aussi depuis que Juan de Saavedra lui avait donné le nom de son village d'Andalousie, et presque toute l'histoire du Chili. Grâce à Maria, des noms connus prenait corps : Magellan le portugais au service de l'Espagne, Francisco Pizarro, Pedro de Valdivia qui ne revinrent pas. Les bouleversements sociaux et politiques qui façonnèrent la vie des peuples autant que les tremblements de terre de la ceinture de feu du pacifique. Elle connaissait tout !

Cécile l'écoutait parler de ce pays qui lui avait donné le meilleur et le pire.

« Les conquistadores et les aventuriers, ils étaient partis parce qu'ils avaient trouvé leur monde trop petit. » Une chanson fredonnée par Maman dans les années 60. Les Compagnons de la chanson, elle les aimait tant !

– Je m'en veux d'avoir si peu travaillé mes cours d'Espagnol et l'Histoire qu'on enseignait.

Vers trois heures, comme il pleuvait fréquemment cette année-là, elles rentraient préparer le léger repas du soir. Lenteur, quiétude. Ne plus courir, enfin. Rien à prouver. Ne plus se battre. Maria-Luisa dictait à Cécile quelques recettes, le vrai Chili con carne, les empanadas dont elle raffolait. Les enfants aimeraient. La douceur des derniers soirs tombait. Elles laissaient s'installer le silence. Aucune ne le rompait comme pour respirer leur connivence, chacune apaisée par la présence attentionnée de l'autre.

Cécile se souvint de cette réflexion : l'amitié vraie se reconnaît lorsqu'on n'a plus peur de laisser s'installer le silence.

– Je n'ai pas eu de fille, j'aurais aimé qu'elle vous ressemble.

Puis elles attendaient le retour de Manuel, toujours occupé. Elles s'animaient à son arrivée. Sa présence insufflait plus de vie à la pièce car tout de suite, il allumait d'autres lampes supportant mal la pénombre qu'entretenait Maria-Luisa par souci d'économie. Il chahutait souvent sa tante d'ailleurs sur ce qu'il appelait sa « radinerie » ce qui l'horripilait. Cécile s'était dit qu'Éric lui, en arrivant, les éteignait les lumières !

Ils se disaient leur journée. Un soir, il rentra une brassée de roses dans une main, dans l'autre des chocolats.

– C'est l'anniversaire de Luisa, expliqua-t-il.

Cécile fut attristée de ne pas l'avoir su : ils ne s'étaient pas retrouvés seuls depuis le dimanche précédent.

– Elle ne veut pas en entendre parler d'ordinaire, mais ce soir, vous êtes là ! Il y aura du champagne. Venez ! Cécile, je ne vous ai toujours pas montré mon domaine ni ma cave, vous allez voir ! Elle recèle quelques trésors, je la complète à chacun de mes voyages. Mes amis réclament, ils en profitent.

– Je ne vous imaginais pas connaisseur.

Ils descendirent au garage dans le prolongement duquel Manuel avait son laboratoire, sa chambre et son bureau. Parmi ses trésors, Cécile nota avec gourmandise un grand Sauterne.

Il lui montra le piano droit qu'il avait-là.

— Notre piano d'étude. Je veux faire l'échange avec le petit crapaud que vous avez vu à Quintay, il serait mieux ici ! Un projet futile en comparaison du reste.

Sur le piano, une photo dédicacée à Elvira Moana. L'homme du portrait lui rappelait quelqu'un : la signature était celle de Claudio Arrau. On avait dit de lui qu'il était un des meilleurs pianistes du XXème siècle, le plus éclectique, une encyclopédie musicale.

— Il est mort récemment.

— Je l'ignorais, dit Cécile. Comme j''ignorais qu'il était chilien.

— Parce qu'il a quitté le Chili très jeune, pour travailler la musique avec l'un des derniers élèves de Litz. Il a rencontré ma mère tout jeune au conservatoire. Enfant prodige, il est parti étudier en Autriche. Ensuite, il a connu une carrière internationale, mais il ne manquait jamais de l'inviter à un concert. Quand Pinochet a fait du Chili une dictature, il a pris la nationalité américaine en guise de protestation. Son décès m'attriste. Mais, je vous ai fait descendre pour… Pour vous dire aussi : Raphaël m'a appelé. Le vieux marin semble crédible. Il aurait vu mes cousins ce jour-là, il aurait vu trois hommes surgir sur la jetée, il aurait vu l'empoignade. Ils ont été emmenés alors qu'ils venaient d'arriver. Mais il a aussi croisé la berline un peu plus tard dans le village, elle a pris la route de Valparaiso ; ils n'étaient plus que deux, le conducteur et un passager. Le troisième était un militaire qu'il a reconnu car sa mère vivait à Quintay.

Depuis la publication voici quelques mois du rapport Rettig — un rapport accablant — on sait que des victimes ont parfois été enterrées là même où elles ont été assassinées.

Pour éloigner l'émotion, il tira d'un réfrigérateur un vin champagnisé chilien, un plateau rempli de mets divers achetés en ville.

— Tacu-tacu, et petites galettes de fruits de mer !

— Le rapport Rettig ? C'est quoi ? Maria-Luisa m'a parlé d'un rapport. J'ai lu qu'Amnesty International, dès 1974, avait dénoncé les violations des droits humains au Chili.

– C'est juste. Dès les premiers mois qui ont suivi le coup d'état et sans cesse depuis, Amnesty a agi sur le plan international pour soutenir la lutte des proches, établir la vérité, obtenir justice, un jour, si c'est possible. Le rapport Rettig, c'est une initiative chilienne, le résultat d'une enquête demandée par Aylwin, le Président élu voici dix-huit mois… Raul Rettig était président de la commission. Le nom officiel est Commission nationale Vérité et Réconciliation.

Cécile se taisait : elle apprenait. Elle le laissait parler, consciente qu'à mesure qu'il lui livrait les pans de cette histoire, sa voix se faisait plus sourde et douloureuse.

– Il s'agit d'établir officiellement une liste des violations aux droits de l'homme commises sous le régime de Pinochet, de déterminer le nombre, le nom des victimes de la junte au pouvoir entre 1971 et 1978. Mais le sort de la plupart des personnes disparues durant le régime militaire demeure inconnu, ce rapport est ambigu. Il attribue à des crimes crapuleux, des assassinats commis par la junte. Ensuite, le président a officiellement demandé pardon aux victimes et aux parents. Des mots ! Un pas en avant, certes. Les disparus… Qui les cherche ? Pas le gouvernement ! Comment intenter un procès sans la découverte d'un corps ? De longues recherches menées par les proches des victimes ont permis de découvrir des restes humains dans des tombes clandestines.

Des larmes perlaient aux yeux de Cécile. Elle se détourna déplaçant son regard sur le portrait du piano. Il poursuivit.

– En plus, la loi d'amnistie décrétée par Pinochet, alors chef des armées, garantit l'impunité aux militaires suspectés d'enlèvements, de crimes commis. C'est toujours vrai. Le sénat est en partie sous le contrôle de ses partisans. Alwin a demandé ce rapport sous la pression de l'opinion publique, la découverte de charniers. Nous ne sommes qu'au début du combat…

Il la serra dans ses bras sans un mot.

Il ne l'avait pas embrassée. Comment faisait-il pour deviner l'attitude à adopter, toujours, sans se tromper ? Elle n'aurait pu remonter sans trouble. Ils rejoignirent Maria-Luisa au salon.

Manuel préférait ne rien lui annoncer prématurément.

Il avait acheté de quoi lui faire plaisir :elle mangeait si peu !
Il s'ingénia à resservir les verres : le vin dégela l'atmosphère un
peu triste. Il avait mis en sourdine la musique qu'elle aimait, ses
vieux vinyles, d'autres à lui, plus récents : Sinatra, les Beatles,
les Bees Gees.

– Pour ne pas oublier l'anglais, savoir lire les publications du
Lancet, tout de même ! affirma-t-il en riant.

Le matin, Cécile avait téléphoné à l'hôtel de Santiago. La
voix rauque et chaude qui l'avait accueillie quatre semaines plus
tôt avait répondu, un temps infini semblait être passé. Elle aurait plaisir à revenir chez les deux sœurs chaleureuses. Elle ressentait la peine du départ. Toujours ce mouvement du balancier !
Oscillation. Interrogations.

La fin de quelque chose. Manuel continuerait sa vie, ses com-
bats. Que seraient les jours à venir pour Maria ?

Manuel la disait forte. En eux revenait cette interrogation
commune tacite et lancinante : savoir, tout savoir, résisterait-elle ?
Qu'allait-on apprendre ?

La volonté de savoir la vérité l'avait maintenue en vie jusqu'alors,
mais ensuite… Pour continuer ? Cécile ? Sa vie après ? Le retour,
les retrouvailles. Elle ne comprenait pas comment elle avait pu se
fondre dans ce décor inconnu, s'approprier ces lieux, vivre avec
tant d'aisance auprès de deux êtres qu'elle semblait avoir connus
depuis toujours, sans remords, même si les enfants lui manquaient.

Un jour, elle avait dit « Oui ». « Oui » pour Caroline ; « Oui »
pour Tom ; « Oui » pour « Radio-Bagdad » qui avait bousculé le
timing ! Elle repensa au texte d'Anouilh qu'elle aimait, aux mots
d'Antigone à Créon :

« Vous avez dit OUI : vous ne vous arrêterez jamais de payer
maintenant ».

Il ne s'agissait pas de « payer » mais elle se sentait apaisée ici,
si loin de la pression qu'Éric pouvait déclencher à tout moment
d'un mot, d'un regard, à tel point que son arrivée le soir était
anxiogène pour elle, déjà tendue par sa journée. A son arrivée,
une tension s'installait qui faisait accélérer le rythme ; redonner
aux lieux le schéma ordonné méthodique, la carte géographique

des rangements habituels. Elle ressentait comme une gêne respiratoire de devoir brider sa fantaisie, ne plus oser être tout à fait elle-même, retrouver l'ordre qui l'apaisait lui, un torchon sur la table le déstabilisait. Il fermait les lumières allumées, baissait rageusement les radiateurs, pinçant ses lèvres déjà minces qui alors ne formaient plus qu'une fente de sévérité sur son visage. Il ne pouvait s'empêcher de tout lui reprocher. Son trouble revenait à cette évocation. Elle chassa ces mauvais souvenirs :

— Je ne me laisserai plus influencer par personne ! Je choisirai !

Le champagne la rendait rêveuse. C'était peut-être aussi la musique assourdie des vieux blues que Manuel passait en boucle sur sa platine. Elle planait sur deux rives ; une ubiquité soudaine lui procurait l'aptitude de saisir les deux moments de sa vie. Un avant, un après.

Il n'y avait aucune urgence à anticiper le retour. Le chemin était à peine amorcé. Elle voyait le passé dans un miroir qui s'éloignait. Des forces nouvelles venaient. Valparaiso ouvert sur le large lui montrait qu'elle pouvait vivre autrement, décider ce qu'elle voulait ou ne voulait plus. Manuel avait indiqué le cap. Être soi. Plutôt redevenir soi. Vivre sa vie.

Elle partait. La voix qu'elle entendait disait : *on ne refait pas sa vie en détruisant ceux qui n'ont rien demandé.* Des amis, d'autres l'avaient fait, elle ne les jugeait pas. Elle comprenait. Mais leur choix n'était pas fait pour elle. Redistribuer les cartes, retrouver son assurance, faire comprendre que son attitude ne serait plus la même, cela elle le pouvait.

— Je n'irai pas à Saint-Laurent parce que je n'en ai pas envie, sans négociations, sans explications. Mes priorités éclipsées, refoulées, je les accomplirai. Je remonterai à la Rhune…

On dirait presque de la détermination ! J'attends de voir ça… dit la voix.

Manuel donnait des cours à Santiago le jeudi matin. Maria-Luisa ne souhaitait pas s'éloigner de son téléphone.

Cécile devait rentrer. En un accord tacite : faire court pour les adieux.

L'avion décollerait à vingt-trois heures, le vendredi soir.

Cécile quitta Valparaiso avec Manuel tôt le jeudi 29 juillet.

Une brume grise enveloppait la ville et le port.

Les limites du ciel et de l'océan se confondaient. L'humidité donnait une sensation de froid. Comme il l'avait fait le jour de l'excursion à Isla Negra, Manuel enveloppa ses épaules dans le plaid d'alpaga resté dans la voiture.

A un moment, sa main se posa sur son genou. Ce simple geste à l'érotisme contenu déclencha en elle un séisme. Elle mit sa main sur la sienne. Ils surent à ce moment que le désir de l'amour serait plus fort que la peine de le savoir sans lendemain. Tout le temps du trajet, la main de Manuel ne quitta pas le genou de Cécile. Il roulait lentement pour négocier avec douceur les méandres de la route.

En arrivant dans la banlieue, à peine se souvenait-elle des entassements colorés des bidonvilles aux toits de tôles peintes. Comme elle l'avait observé à l'aller, la montagne passée, le ciel changea d'aspect.

Silencieux chacun suivait ses pensées. Cécile pensait *: il ne faudra pas le laisser venir à l'aéroport, cela ferait trop mal.*

Question-réponse.

– Trop mal ?

– Trop mal… Le départ… L'avion.

L'escalator, le dernier regard.

La voix : Arrête le pathos !

– Je vous donnerai des nouvelles dès que je saurai, avait dit Maria forçant son assurance. Tout ira bien, ne vous inquiétez pas pour moi. Je connais vos craintes et celles de Manuel. Je serai forte.

La veille, elles avaient plongé dans un vieux coffre de sa chambre. Cécile y avait découvert un passé de livres, de cahiers, d'objets, de jeux, de modèles réduits, menus trésors de petits garçons. Elle ne pouvait tout donner à Cécile. Elle lui fit prendre des sujets en bois qu'ils s'amusaient à sculpter habilement et trois ponchos colorés aux dessins géométriques qu'elle avait tricotés pour eux, avant.

– Manuel ne m'en voudra pas de vous donner le sien, il doit d'ailleurs ignorer que je l'ai conservé, ajouta-t-elle en riant.

Cécile la sentait transformée, forte. Elle était bouleversée à l'idée de la quitter, mais puisait en elle sa force. Elle ne reconnaissait rien de la route qui menait à Santiago. Des siècles s'étaient écoulés. Ce n'était pas un chemin connu. Ce qui n'avait pas changé, c'était son aptitude à s'évader inopinément. Une image, un mot ou rien, et elle sortait du contexte pour suivre son imagination, hors du réel et du temps. Habitude qui irritait Éric : il ne supportait pas ces absences. Il disait : « tes accès de catalepsie ».

– Où es-tu ? A quoi penses-tu encore ? demandait-il, agacé.

On atteignait les contreforts rocheux de la sierra, avant le tunnel. En sécurité dans la voiture, sûre du conducteur, elle se laissa emmener dans le passé. Elle revit cette photo d'enfance prise dans le garauch comme on appelait le bosquet rocheux s'étendant derrière la maison de sa grand-mère béarnaise. Elle avait cinq ou six ans, elle portait un ensemble pull-pantalon tricoté par Irène, un modèle aux losanges camaïeu gris-perle et beige. D'un doigt tendu, elle désignait quelque chose devant elle que la photo ne montrait pas. Ses yeux étaient décidés. On n'aurait pu mettre en doute sa volonté d'obtenir ce qu'elle voulait. Cette volonté, son père en était fier mais elle donnait à Irène du fil à retordre quand il était absent.

« Tu as la bougeotte ! Tête de linotte ! Touche à tout ! », disait Irène que le dynamisme de sa fillette épuisait. Boulimique, elle courait partout, elle voulait tout, elle aimait tout. Quand une vieille amie de la famille avait tendu une corbeille contenant des trésors de son enfance, lui offrant d'y choisir un objet : « Je choisis tout », avait-elle dit.

Mini scandale, gène. Plus tard, obsédée par sa mission éducative, Irène se fit aider en scolarisant sa fille chez les strictes dames de Saint-Maur… Là, elle avait rencontré la nièce de la supérieure espagnole, Maria-Luisa venue parfaire son français. Peu à peu, les réprimandes, les pressions, le milieu avaient eu raison de son tempérament. Mais par amour ou par faiblesse, elle ne résista pas. Surtout, elle arriva trop tard pour bénéficier du souffle de liberté de mai 68. Elle entra dans le rang, fit de sages études, choisit un métier sans risques, se maria comme Maman souhaitait et s'appliqua à tout mener de front.

Ce qui t'arrive… Démon de midi, au fond ? dit la voix.

Elle s'insurgea. Elle devait réinventer cette fillette-là, celle qu'elle était ! Une fillette aux joues rebondies qu'on disait capricieuse alors qu'elle savait seulement ce qu'elle voulait. Une fille déterminée que plus de quinze années avaient asphyxiée. Elle allait réveiller celle qu'elle avait laissée s'endormir, oublier la femme arrivée malade, désemparée ne voyant plus que les mauvais côtés de l'homme qu'elle avait aimé. Reprendre sa vie en main. Et pourquoi n'aurait-elle pas la bougeotte ? Ce n'était pas un drame !

Ambigu, ce que tu dis là !

– Je choisis tout !

Manuel la laissa devant l'hôtel Mery.

– A deux heures, devant le musée des arts précolombiens.

Elle reconnut la cour anglaise, l'entrée. La gentillesse des deux sœurs fut la même. La conversation et le café firent resurgir d'autres souvenirs, des banalités qui avaient pris leur importance. Le bain délassant, les enfants qui l'obsédaient, le remords qui la taraudait. Sauvée par le sommeil lourd dans lequel elle avait plongé. Comme elles lui trouvaient meilleure mine, elle raconta la rencontre qui l'avait sauvée : Maria-Luisa et Manuel. Volubile autant que le lui permettait son espagnol.

– Nous, nous avions bien compris que vous vouliez retrouver quelqu'un à Valparaiso.*

Quatre semaines s'étaient écoulées. Ses traits s'étaient détendus. Bien sûr, elle n'était plus malade, mais autre chose éclairait son regard, cela se voyait. Vingt-huit jours de sa vie l'avaient changée.

Les plus beaux bâtiments de la ville se situent dans le centre historique. Elle partit découvrir Santiago. Elle arriva sur la place de la Constitution et La Moneda au moment où se tenait la relève de la garde presque aussi hiératique que celles de Buckingam. Cependant, le côté latin des gardes les rendait plus vulnérables à la présence des passantes.

Certains lui sourirent. Elle eut vingt ans. Réconfortée, elle leur fit un petit signe puis s'appliqua à détailler l'édifice. Elle vit un long bâtiment blanchâtre aux fenêtres rectilignes, rigides, symétriquement disposées de part et d'autre d'un porche arqué, encadré de colonnades doubles surmonté d'un étage aux fenêtres à fronton. Autrefois, on y frappait les monnaies. C'était aujourd'hui le siège du gouvernement. Ensemble imposant néo-classique couronné par une balustrade aux potelets galbés courant sur toute l'enceinte du bâtiment, l'un des plus beaux construits en Amérique latine par les espagnols, disait-on. Malheureusement, les nécessités administratives l'avaient flanqué à droite comme à gauche, d'immeubles de bureaux criblés de fenêtres calibrées, mondialement inesthétiques et fonctionnelles.

Une fois encore, l'esprit de Cécile bascula. Elle revit l'hôtel de la préfecture à Versailles. Les façades adoucies par les cintres des fenêtres monumentales. Elle adorait passer devant, les soirs de réception lorsque luisaient de tous feux d'immenses lustres aux pampilles cristallines.

Ressac. Vagues de sentiments confus, l'amer, le doux.

Elle revint sur la place, relut les pages de son guide, son esprit reflua des années en arrière. Elle entendait des balles ricocher sur les façades tristement grisâtres, sinistres. Elle voyait les flammes du bombardement aérien qui avaient précédé les assauts des tanks, le putsch fomenté par Pinochet.

11 Septembre 1973. Elle se souvint de photographies parues dans Paris-Match. Alchimie de la mémoire. L'une, prise sans doute du toit d'un autre bâtiment, montrait des soldats allongés mitraillant la façade du palais de la présidence. Sur l'autre, plus près de l'édifice, une épaisse fumée grisâtre enveloppait une aile du bâtiment et l'étage central à fronton, cible d'avions de combat largueur

des bombes. Scène d'une guerre lointaine. Coup d'état, putsch militaire… Savait-elle alors ce dont il s'agissait ? C'était abstrait.

Elle quitta la place, tourna à droite, à gauche, passa devant l'Église des Augustines, gagna une avenue plus large, revint sur ses pas vers la bibliothèque nationale, le musée d'histoire naturelle dont la façade rappelant celle de la Moneda méritait un détour. Son esprit toujours occupé par le souvenir de la photo à laquelle elle avait prêté peu d'attention à l'époque. Ce souvenir surgi de nulle part la surprenait.

Elle comprenait pourquoi l'impression de déjà-vu l'avait soudain submergée. Manifestement, la gravité des faits avait mobilisé les actualités suivies autrefois. Mais c'était loin, l'intérêt minimisé par l'indifférence de ceux qui ne sont pas directement concernés.

Elle arrivait sur l'avenue. Ses pensées la ramenèrent vers ce lointain 11 septembre et les conséquences de la dictature qui s'ensuivit.

Les souffrances partagées désormais, l'espoir de voir finir l'intolérable attente de Manuel et Maria-Luisa.

Difficile de te mettre en mode OFF !

Cela, je ne le changerai pas ! J'en suis sûre !

Comme elle passait devant une pâtisserie, pour chasser ces mauvais clichés, elle entra, commanda un jus de fruit, du café et un gâteau. Elle savoura l'instant comme une revanche sur le passé. Jamais on ne s'accordait ces menus plaisirs avec Éric. Enfant, il avait eu droit aux petits pains au chocolat pourtant. Elle se souvenait d'une scène démesurée lorsqu'elle avait voulu acheter aux enfants les glaces qu'ils réclamaient à la sortie d'un musée. Éducation ? Économie ? « Pingre ! », lui avait-elle lancé une fois. Ils s'accrochaient beaucoup quand elle leur rapportait des surprises anodines. Jamais il ne le faisait. Elle laissa passer la vague agressive.

– Ni regret, ni revanche ! Il reste peu de temps, vis l'instant !

Elle reprit les pages de son guide. De Salvador Allende on disait peu de choses. Humain, il paraissait l'être sur ses portraits malgré la gravité que lui donnait le port d'épaisses lunettes d'écailles. Il était médecin avant d'entrer en politique comme ministre de la santé. Elle se promit de parler de lui avec Manuel. L'avait-il connu ?

A droite, puis à gauche, encore à droite. S'orienter dans Santiago n'était pas difficile : ancienne ville de garnison, les rues se coupaient en angle droit. Aux croisements à chaque nouvelle perspective, elle tendait la tête, mais ne parvenait pas à trouver une vue de la cordillère des Andes, à l'Ouest, pourtant visible, comme lui avait dit Maria-Luisa, en de nombreux endroits. Même, elle se serait contentée d'un aperçu de la modeste cordillère de la Costa à l'Est, en vain. Elle passa devant le théâtre municipal, construit par un français, celui de la Comédie, la basilique de la Merced. Elle n'avait pas manqué la cathédrale métropolitaine de Santiago. Vaillante, malgré les tremblements de terre l'ayant endommagée pendant des siècles, la cathédrale ne ressemblait plus à la première église édifiée sur la place d'Armes.

Pedro de Valvidia, 1541. Il avait fondé la ville. Sa statue équestre sur la place immortalisait sa fière allure. Il était de ceux qui ne doutent pas d'avoir un destin. Port noble, regard assuré, moustache et barbe à « l'impériale », air conquérant ! Conquistador ! Elle pensait que le mot même avait une sonorité collant à sa réalité. Jamais il n'était revenu, tué par des indiens mapuches dans des circonstances qu'on disait atroces. A son évocation, elle s'évada vers les contrées lointaines du Pérou et du Chili, avec ces conquistadors de la chanson des Compagnons que chantait Irène.

« Ils étaient partis parce qu'ils devaient trouver le monde trop petit. Fatigués par les amis, déçus par leurs amours… »

Vision erronée, mais romantique pour l'adolescente qu'elle était alors. Elle aima cette place que des palmiers haut-perchés adoucissaient, lui donnant un air de carte-postale exotique. Elle était bien dans l'hémisphère sud ! Elle aima la cathédrale, ses deux clochers arrondis plutôt baroques rajoutés au XIXème siècle. Elle pensa aux églises d'Espagne, visitées lorsqu'elle avait accompagné l'autre Maria-Luisa qu'elle n'avait jamais revue. Elle aima ces tours plus sobres que celles de Compostelle, encadrant le fronton classique couronné du dôme s'inscrivant en retrait et qui portait la statue de la vierge. La Cathédrale de Santiago du Chili, appelée aussi Cathédrale de l'Assomption de la très Sainte Vierge Marie. Santiago, c'est Saint-Jacques, mais la vierge est partout. Le prénom de Marie, décliné partout dans toutes les langues et les cultures : Maritia, Maria, Marion, Myriam, Meriem. On le donnait partout où le catholicisme avait gravé ce culte marial. On le donnait en doublet : Marie-Laure, Marie-Jeanne, Marie-Claire, Maria-Louisa. Marie tellement présente que sa grand-mère béarnaise lui avait confiée l'enfant qu'elle était à cinq ans, une cérémonie dont elle se souvenait vaguement, la consécration à Marie.

Au faîte de ces tours, des croix doubles, comme celle de Lorraine si souvent entrevue chez elle dans les documents de son père.

Réveille-toi, allons ! dit la voix. C'est la croix archiépiscopale. La croix d'Anjou d'abord !

Elle aima l'amalgame qui faisait de la cathédrale un ensemble consacré à la Foi avec la soudure qu'avaient voulue les architectes successifs : palais archiépiscopal, Église du Sagrario. Cathédrale.

En parcourant les alentours, avide de savoir, Cécile à chaque pause lisait, relisait son guide. L'heure tournait. Cette avidité de connaissances contrôlait mal sa fébrilité. Arrivait le moment où Manuel avait promis de la retrouver. Leur premier rendez-vous. Qu'allait-elle lui dire ? Qu'allaient-ils se dire ? Appréhension. Elle semblait entendre de plus en plus fort les battements de son cœur, de plus en plus forts, de plus en plus fréquents. Elle écoutait la petite chanson entendue naguère :

– Je suis amoureuse ! Je suis amoureuse ! Je suis amoureuse ! C'est tellement bon !

– A quatorze heures devant le musée des arts précolombien.

Lorsqu'elle le vit, elle courut vers lui. Lui vers elle, se sentant des ailes. Ils ne firent pas attention aux passants qui regardaient réprobateurs ou éberlués ce couple plus tout jeune courir l'un vers l'autre, comme à vingt ans et échanger une longue étreinte.

– Je vous emmène voir les Halles, ensuite nous irons à Bellavista.

Il l'entraîna vers la voiture garée tout près. Il avait posé sa main sur son genou, geste devenu familier. C'était lui, c'était elle. Elle couvrit de sa main la sienne.

A cette heure, les Halles avaient perdu leur effervescence matinale ; les cris des marchands avaient laissé la place à ceux des balayeurs déblayant à grands coups de balais de bruyère les surfaces salies qu'ils lessivaient ensuite à grande eau. Au dehors, les cageots où les santiaguinos avaient choisi leurs produits s'entassaient, vides, de manière désordonnée composant de fragiles tourelles comiquement de guingois. Tout à l'heure, il y avait eu là des épices, du maïs, des céréales, des cornichons, des olives et de l'huile contenus dans d'énormes barils bleus que des jeunes gens s'évertuaient à disposer à l'écart dans l'attente du prochain marché. Ils ne les entendaient pas. Seuls au monde. Tout s'éloignait. Des retardataires achetaient encore ce qui restait à vendre. Comme partout les plus pauvres glanaient quelques légumes défraîchis, des denrées abîmées. C'est alors qu'elle le vit !

Elle agrippa le bras de Manuel.

– Qu'arrive-t-il ? demanda-t-il regardant dans la direction que fixait son regard.

– Je connais… ce… cet homme, je l'ai vu à mon arrivée ici.

Elle ne savait comment le nommer : ce mendiant, ce cul de jatte, ce malheureux.

– Je le connais, dit Manuel, c'est Enrique, Enrique Diaz. Je l'ai soigné après son accident.

– Hola ! Enrique ! Que tal ?* dit Manuel.

Il se dirigea vers lui suivi de Cécile déterminée à dominer la sensation étrange de crainte, presque de dégoût qu'elle ressentait. Après quelques mots chaleureux échangés, Manuel lui donna un billet. L'homme s'éloigna. Il n'avait pas salué. Cécile pensa qu'il ne l'avait pas reconnue. Elle raconta comment elle l'avait croisé, sous le regard déjà anxieux de Maria-Luisa. Manuel dit l'accident.

– Il réparait des câbles électriques. Une secousse sismique a abattu plusieurs poteaux. Il a été électrocuté par la décharge reçue sur ses jambes, des câbles de haute tension. On n'a pu faire autrement que d'amputer au-dessus des genoux ses deux jambes atrocement brûlées.

Depuis lors, il survivait grâce à une médiocre pension versée par la société électrique du Chili et les à-côtés mendiés aux touristes, aux visiteurs de la cathédrale ou de la Moneda.

– Il va peu à la gare routière, dit Manuel.

– Pourtant, c'est là que je l'ai rencontré.

– Je le connais bien. Il n'aurait pas voulu vous impressionner. Il n'a pas de haine, pas de honte non plus. Son état, il n'en joue pas ! La mendicité pour lui comme pour d'autres ici est vitale.

– J'étais mal à ce moment-là. Cette rencontre, une réalité jamais envisagée autrement que dans la littérature ! Aujourd'hui à nouveau le rencontrer ! Est-ce de la superstition ? Des rencontres, des signes, il me semble que c'est un cycle. Il était là le premier jour, maintenant le dernier.

– N'y pensez plus, dit-il en l'étreignant.

Ils se dirigèrent vers le centre des halles centrales réputées pour la belle architecture métallique de l'ancien hall d'exposition des années 1870.

De petites gargottes offraient des plats locaux. Ils commandèrent un pastel de choclo, un plat de bœuf recouvert d'une purée de maïs sorte de parmentier chilien délicieux.

– Comme votre tango ! El choclo. Le tango de l'épi de maïs.

– C'est cela donc, le sens, personne n'avait su me dire !

– Ou on n'avait pas voulu, c'est très imagé en fait, grivois… Et vous rougissez, voyez !

Il l'embrassa. Elle lui sourit.

Ils ne savaient pas ce qu'ils mangeaient, juste que c'était bon et que ça fondait dans la bouche. Étourdis, hors du passé, hors du présent. Elle avait beaucoup marché dans la ville. Manuel avait enseigné quatre heures durant. Ils oubliaient tout, ne s'étant pas retrouvés seuls depuis le déjeuner de Quintay. Mi-étourdis, sérieux quand ils redevenaient adultes.

Elle demanda à Manuel de lui parler d'Allende…

Il l'avait rencontré, pas vraiment connu. Un homme de conviction, désireux de permettre au peuple de travailler, de prospérer et d'éduquer les enfants dignement. Marxiste convaincu, il refusait pourtant d'en passer comme ailleurs par une révolution sanglante. Certes, il était l'ami de Fidel Castro, mais pour lui, il s'agissait avant tout de faire évoluer son pays vers le socialisme dans la légalité, en écartant des rivalités stupides et stériles entre les deux partis communiste et socialiste.

– Je résume, d'autres diront le contraire ! Une utopie ?

Élu démocratiquement après trois échecs contre les grands propriétaires, contre la bourgeoisie chilienne farouche accrochée à ses privilèges, il luttait avec toutes les armes légales contre le libéralisme exacerbé des USA, de Nixon que sa peur panique du communisme avait conduit à soutenir les yeux fermés les dictatures d'Amérique latine.

– Tout cela est si complexe ! Des heures ne suffiraient pas. Vous lirez plus tard. Souvent aussi des intentions louables sont détournées par incurie ou délibérément. Il était intellectuellement honnête, il avait ses certitudes, une immense sincérité, l'assurance d'agir pour le bien du pays. Étonné de rencontrer tant d'opposition. Jamais je ne pourrais être politicien ! Je retiens de lui, disait Manuel, sa fidélité.

– Quand il est venu à Valparaiso, c'est là qu'ils se sont rencontrés, mon père, son ami et plus tard beau-frère, et lui, ils sont devenus amis, tous élèves au lycée Eduardo de la Barra. Il a travaillé à l'hôpital Van Buren, bien avant moi, comme adjoint en pathologie. Il s'est battu pour améliorer les conditions sanitaires du peuple. Je suis irrité par la lenteur des progrès !

Encore tant d'accidents dus à des conditions de vie déplorables dans les favelas.

Il parla de son suicide qui avait longtemps alimenté les commentaires. Pour les uns, il s'agissait d'une exécution déguisée, pour d'autres, ce geste l'inscrivait dans l'histoire des hommes d'honneur, ou des héros romantiques.

– Je ne crois rien de cela, dit Manuel. C'est plus simple : il n'avait pu remplir la mission qu'il s'était donnée. Ses derniers mots vont dans ce sens. Bien des livres s'écriront. La vérité, lui seul la savait, mais on ne peut empêcher chacun de s'exprimer.

– Votre action à vous est tangible.

– Cela n'empêche pas les moments de découragement, tant de gouttes d'eau ! Toujours recommencer, surtout dans ce pays où les tremblements de terre réduisent les efforts des hommes en un rien de temps.

La nostalgie se traduisait chez lui par une sorte de fatigue dans le ton, sa voix faiblissait, ralentissait. Parfois, il cherchait en français l'équivalent du mot espagnol qui venait.

– Je ne parle plus assez souvent le français !

Il laissait s'installer des silences.

– Pas toujours facile d'entretenir la foi.

Alors, elle balayait la vague grise simplement d'une caresse, d'un baiser, d'un geste tendre et il avait à nouveau tous les possibles devant lui. Ils respiraient cet amour improbable comme un air frais venu d'ailleurs. Ils rentraient dans la bulle se donnant en un accord tacite une récréation sentimentale à durée déterminée.

Pour gagner le barrio Bellavista, il fallait franchir un pont sur le rio Machopo aux eaux boueuses. Elle le savait. Montrer à Manuel sa connaissance livresque des lieux l'amusait. Ce fut elle qui l'entraîna.

Ils traversèrent le barrio Santa Lucia. On disait que Pedro de Valvidia avait établi là un campement, un jour de 1540 ; le jour de la Sainte-Lucie. A la torre Mirador, Cécile adressa une pensée à la petite sicilienne de Syracuse mariée de force, persécutée pour sa foi. Un petit parc procurait en été ombre et fraîcheur, des fontaines jaillissaient le long des escaliers jusqu'au sommet. Une éclaircie dans la brume d'hiver et c'est alors qu'elle la vit, la montagne ! Un peu de la barrière des Andes offrait à Cécile interdite, un panorama scintillant de pics hérissés, de cônes réguliers chapeautés de neige, lointains et proches à la fois.

– Nous aurions pu aller skier, Farellones, La Parva, El Colorado. A moins de deux heures, vous aurez bientôt vos Trois Vallées, je l'ai lu.

– Un jour peut-être quand la vie ici sera moins difficile. Mais rêvons, c'est l'heure !

Car c'était vrai. Cécile imaginait ce qui s'offrait là-haut : des étendues de poudreuse inviolée, des couloirs pentus, des combes vierges et abritées, des vallons boisés, un soleil toujours au rendez-vous au-dessus de 2800 mètres.

– Et ce n'est qu'un petit bout des Andes !

Les nuages en un instant enrubannèrent de gris les sommets. Ils se retrouvèrent dans le flou floconneux habituel en ville en cette saison. Ils descendirent par le funiculaire. Il lui racontait en marchant l'histoire du quartier, un peu Saint-Germain des Prés, un peu Montmartre. Tout ce que Santiago avait compté de contestataires de l'ordre militaire imposé par la dictature, peintres, sculpteurs, acteurs, écrivains s'y retrouvaient aujourd'hui. Des échoppes, des ateliers, des salles de théâtre, des restaurants commençaient à éclore au milieu de petites maisons colorées sans prétention que les rues tortueuses rendaient plus pittoresques encore. Assez bohème, l'endroit accueillait les exilés de 1973 qui revenaient peu à peu. Dans ce quartier Pablo avait choisi de vivre, à la Chascona.

« Je n'ai voulu que ta chevelure pour moi
Et de toutes les offrandes de la patrie
Je n'ai choisi que celle de ton cœur sauvage »

Sur les pentes du Cerro San Cristobal dans le quartier bohème de Bellavista, Pablo avait édifié sa dernière maison, celle de sa passion pour Matilde Urrutia la soprano, son dernier amour. Il l'avait baptisée La Chascona : la décoiffée, l'ébouriffée. Il aimait dépeindre ainsi la fille aux cheveux flamboyants qui lui avait inspiré des poèmes d'amour aux éblouissantes images. Les photos que Cécile avait vues de la jeune femme ne lui donnaient pas l'impression de négligé. Vision de poète !

– La maison surtout mérite ce nom : elle est nichée dans le feuillage ! Les trois maisons plutôt.

Car la demeure faite de trois petites maisons superposées était simple au fond. Mais comme pour les deux autres, le pittoresque était partout, il se lisait de l'extérieur puisqu'on ne pouvait y pénétrer.

Désordre travaillé, mosaïques colorées, escaliers nichés dans le lierre où dépassaient des pierres saillantes. On retrouvait aussi son goût des terrasses comme des ponts de navire, les verrières tournées vers cet océan qu'il voulait à tout moment pouvoir admirer. La demeure n'avait pas encore retrouvé son luxe passé, mais on pouvait deviner le soin mis comme à la Sebastiana de Valparaiso, de dédier un endroit défini à chaque activité.

Son bureau occupait l'espace supérieur d'où l'on pouvait admirer par beau temps les cimes des Andes.

— Une époque aussi où le brouillard de pollution n'était pas aussi intense. On s'apprête à ouvrir le musée Pablo Neruda, mais les travaux ont pris du retard.

— Volontairement ?

— Non ! Je ne crois pas. Depuis l'élection d'Aldwin, même si Pinochet a encore des partisans, son parti, et des sénateurs qui bloquent au maximum les réformes en cours, il ne peut plus faire comme si rien ne s'était passé. Les charniers découverts, ceux qui vont l'être, je n'en doute pas. Ce rapport publié cette année, le premier, pas le dernier, croyez-moi ! Il y aurait dû y avoir une quatrième maison, au-dessus de ces trois-là. Neruda est mort avant.

Comme la Sebastiana et Isla Negra, la Chascona aussi avait été endommagée par les hommes de la junte après la mort du poète, sa bibliothèque aux 9000 volumes en partie brûlée, autodafés coutumiers des dictatures.

— Un jour, on ne verra ici que Pablo NERUDA, Prix Nobel de littérature en 1971. On aura oublié.

— Vous vous souvenez de cette chanson de Jean Ferrat, Nuit et Brouillard ? « Le sang sèche vite en entrant dans l'histoire ». Comment l'oublier, c'est un texte que je travaille parfois avec mes élèves. Je la leur fais chanter aussi, au grand dam, une fois d'un prof de math grincheux qui faisait cours dans la salle voisine ; il n'a pas apprécié.

Ils rirent et chantèrent ensemble les paroles dont ils se souvenaient.

— Tant à apprendre de votre pays, j'ai eu si peu de temps, murmura Cécile dans un souffle.

— Vous reviendrez au Chili ! Je le sais, je le veux !

Chapitre 12

Manuel avait réservé des places. Un spectacle de danse.

– Cela fait des années que je le souhaitais, l'occasion ne m'avait pas été donnée. Et vous voilà ! Les concerts ont été longtemps interdits après le coup d'état. Beaucoup d'artistes se sont exilés. Ceux qui ne l'ont pas fait, ont été arrêtés, torturés, exécutés. Les restaurants ainsi que les cabarets ont été fermés. D'autres bravaient l'interdit et les étudiants, les dissidents y allaient malgré les risques. Pour entrer il fallait donner un mot de passe, on risquait d'être surpris. Mais la résistance était plus forte malgré les… Comment dites-vous en France ? Les traîtres, les balances…

– Ou les collabos oui, dit Cécile.

– En France, la moitié des français soutenaient Pétain. Maria-Luisa avait préféré partir. Après la Libération, tous étaient devenus gaullistes ! La Gestapo, la Dina, elles exploitaient les peurs, les gens collaboraient par lâcheté. Sauver sa vie, sauver sa famille, tellement simple d'obtenir des informations par la terreur ! dit Manuel comme en lui –même.

La proximité de nouvelles révélations le ramenait vers Maria-Luisa.

– Pourquoi a-t-elle retrouvé ici ce qu'elle avait fui déjà ? murmura Cécile.

– Sa destinée ? Est-ce qu'on ne peut y échapper ?

Puis s'excusant :

– Je suis désolé Cécile, je vous ai amené vous distraire et je suis obsédé par ce qui va arriver. J'ai hâte et en même temps je redoute ce moment. Les spectacles habituels ont repris. La joie de vivre revient.

Le soir était venu. Ils pénétrèrent dans le cabaret à vingt heures. Une nouvelle revue en quatre tableaux précédés de danses chiliennes folkloriques – il fallait bien composer avec le pouvoir réactionnaire – donnait un spectacle itinérant venu de Buenos Aires.

– Le tango a beau être argentin, il est dansé dans toute l'Amérique latine, dit-il. A trois heures d'avion de Buenos-Aires, Santiago accueillait souvent des troupes itinérantes. Avant.

– C'est ce qui a conduit Maria-Luisa vers notre famille, elle le dansait comme personne.

Pendant le spectacle, on dînait. Le changement des décors offrait le temps d'une danse sur une petite piste ovale.

– J'ai commandé un Casillero del Diablo, il vient d'un vignoble près de Santiago. Les paysans du coin se servaient dans les réserves donc pour leur faire peur, on l'a baptisé ainsi.

– En France, on dit la part des anges quand l'évaporation est trop visible !

La salle était soignée, mais elle avait vécu, les tentures de velours gardaient des nuances d'un rouge qui avait fané. Un plafond à caissons contribuait à l'ambiance feutrée de la pièce, chaque angle éclairé d'ampoules dépolies faiblement lumineuses créaient une intimité propre aux confidences. Les serveurs se déplaçaient sans bruit. On aurait dit qu'ils patinaient ; atmosphère irréelle qui grisait Cécile. Ils goûtèrent aux cocktails qu'ils avaient commandés. Elle avait préféré un Alexandra au Pisco dont elle redoutait les effets. L'Alexandra lié à un souvenir de jeunesse, le premier cocktail de sa première sortie dans un dancing, chaperonnée comme il se doit.

Elle raconta :

– Les parents de mon amie d'enfance nous sortaient en vacances…

Douceur de se trouver là, seuls à se dire leur jeunesse studieuse. Les sentiments, les impressions identiques ressentis ; leur complicité grandissait. Cécile sentait une chaleur inédite en elle, comme une ivresse aussi, un trouble vaporeux.

– *Concentre-toi ! Savoure l'instant* ! disait la voix.

Pas de fosse d'orchestre : la scène astucieusement surmontée d'une autre en retrait accueillait les musiciens un demi-étage plus haut. Ils se reflétaient dans un plafond de miroirs en losange, l'image diffractée multipliait les danseurs et leurs musiciens. Dans ce qui était conçu comme une sorte de comédie musicale, ils évoquèrent le tango à travers le temps, de celui des immigrants arrivés d'Europe, entassés dans les ponts inférieurs des premiers transatlantiques, à celui des temps modernes où les femmes du monde endiamantées dansaient chaque soir au dîner dans les salons rutilants des premières, au bras des officiers de la marine marchande.

Qui aurait la faveur d'être enlacée, effleurée, caressée par le commandant de bord, ce soir ? Tango, sens ancien du verbe latin. Un frisson de plaisir parcourait l'assemblée.

Le tango des mines et des latifundia fut dansé par des hommes ; sauvage, rustre, plus suggestif et impudique lorsque des partenaires les rejoignirent. Aux accents de jazz et de charleston, le tango des années folles évoquait le luxe, l'excentricité des années 2O. Comme la valse en son temps, elle aussi décriée, il avait séduit toute la bonne société au grand dam des esprits chagrins aux mentalités étriquées. Puis, rompant avec la tradition des guitares, bandonéons et piano, un quatuor à cordes accompagna les danses.

Le premier violon, une jeune virtuose, enthousiasma le public par les solos agiles et sautillants interprétés entre les tableaux. Cécile fut subjuguée par un homme déjà âgé dont la partenaire semblait presque une enfant tant elle était menue. Silhouette galbée dans son pantalon noir, à taille haute, chemise de soie écrue sous un gilet lacé, le vieil homme laissait paraitre la tension des muscles corsetés par la discipline de toute une vie. Pour lui, un de ses derniers spectacles.

– Il danse avec sa petite-fille*, commenta un habitué tout près.

Moulée dans un corsage cramoisi soutaché de fines dentelles noires soulignant sa poitrine menue, dos-nu noué sur la nuque gracile, jupe souple et fendue, la jeune femme formait avec lui un couple hors du temps. Ils avaient d'abord exécuté des tangos classiques puis plus complexes, sophistiqués, plus rapides. Ils achevèrent entourés de trois couples qui les accompagnaient dans un bal tournoyant dont ils étaient les vedettes. Puis seuls, il y eut un rythme plus lent où l'improvisation était déterminante, un tango de désirs retenus, de promesses esquissées, de nostalgie atténuée.

Attention, complicité. La salle retenait son souffle. L'émotion des danseurs était palpable : l'une commençait sa carrière quand l'autre la finissait.

C'était la fin du spectacle. Ils avaient parlé, dansé. Lorsque les serveurs changeaient couverts et plats, Manuel montrait à Cécile quelques pas de tango. Quatre temps : lente pause, vite, vite, lent.

Ils oubliaient le monde, le temps. Il la serrait au plus près de ses bras pour mieux lui exprimer le rythme, elle sentait son corps. Son front arrivait aux lèvres de Manuel. Il ne quittait pas son regard, elle observait ses yeux sombres et tranquilles. Il murmura qu'il n'avait jamais dansé avec une femme de grande taille, que c'était bien, qu'il aimait son visage proche et tendu vers le sien.

— Je n'ai pas dansé depuis quinze ans ! J'aimais cela ! J'avais pris des cours, avant. Valse, Passo, Cha Cha et le rock aussi, dit-elle.

Mais rien n'existait plus, ni passé, ni futur. Le présent seul comptait. Ils prolongèrent l'instant encore un peu. Finalement, ils quittèrent le cabaret, à peine conscients des spectateurs qui s'éloignaient en bavardant dans la nuit. L'air était frais, un peu brumeux. Ils montèrent dans la voiture blanche. La nuit de Santiago ressemble à celle de toutes les grandes villes. Il voulut lui faire admirer encore un peu la capitale du Chili. Au départ de Bellavista, ils gravirent le Cerro San Cristobal par la petite route en lacets qui conduit au sommet à 900 mètres d'altitude. De ce premier contrefort des Andes, la vue sur les lumières de la capitale, encore un peu animée à cette heure tardive, était saisissante. Une rumeur sourde montait des fonds vers les hauteurs.

— Il y aussi un funiculaire et un téléphérique, mais ils ne fonctionnent plus.

Manuel désigna à Cécile les différents barrios. Ils étaient sortis de la voiture et se tenaient sous la grande statue de la Vierge. Avec tendresse, il avait emmitouflé Cécile avec le plaid en alpaga. Ils distinguaient les massifs fleuris des jardins qui parent l'endroit de fleurs presque toute l'année.

— Cette colline a servi de repère aux colons pour se diriger. D'où son nom : Saint Christophe.

– Quand nous prenions la route, raconta Cécile, maman ne manquait jamais de l'invoquer : « Saint Christophe, prenez le volant, et celui des autres ! » Papa répondait invariablement : « Foutaise ! » Un rituel qu'ils avaient installé, la première sachant bien ce que l'autre répondrait, elle s'en fichait, elle avait le dernier mot, le traitant de « mécréant ! »

– Ce lieu me rappelle Saint-Sébastien, où je vais quelquefois avec les enfants. Un parc d'attraction domine la ville au Monte Igueldo.

Elle lui décrivit le cadre au-dessus de la cité balnéaire réputée, la petite île Santa Clara, l'anse de la Concha, le mont Urgull surmonté comme à Rio d'une statue du Christ. En face le mont Igueldo fermait la baie. Là se trouvait un petit parc d'attraction sans grande ambition, sans danger non plus. Il ravissait les enfants : tout y était petit ! Petite montagne russe, petit train fantôme, rivière artificielle où de petites barques emmenaient quatre passagers bien serrés dans un parcours aquatique aux méandres calculés.

– Ils adorent y aller quand nous sommes à Saint-Jean.

– Un peu comme un jardin d'acclimatation ? J'y avais conduit Vanessa une ou deux fois, quand nous habitions Paris.

– Un peu, oui. A quelques années près, nous aurions pu nous rencontrer, nous y allions aussi parfois.

Ils reprirent la voiture. Il posa sa main sur le genou de Cécile. Le plaisir de rouler dans la nuit, de prolonger l'instant ; pensées à l'unisson. Ils firent un dernier tour dans la ville. La main de Cécile sur celle de Manuel.

Il se dirigea vers le barrio Brazil adopté par les étudiants.

– Un nom bien trouvé : la fête et l'ambiance de ce pays. L'opulence des premiers habitants étrangers enrichis par les gisements de salpêtre, de cuivre plus tard, tout cela en a fait un lieu unique, très animé.

En roulant, il lui raconta comment ce quartier était né, dans les années 1920. Quand la haute société de Santiago y avait édifié de magnifiques demeures de style néo-classique et néo-gothique. Passant devant quelques-unes :

– Ici également, elles côtoient des maisons traditionnelles chiliennes. Un métissage que nous aimons.

Le quartier s'était vidé peu à peu de ses riches habitants au profit d'autres plus populaires. Les grandes demeures abandonnées, vendues, transformées en pensions d'étudiants s'étaient délabrées avec le temps. Il avait des accents de nostalgie, alors sa voix devenait un peu rauque et il chassa d'un léger toussotement ce sable gênant. Désignant un édifice où se bousculaient des tendances Tudor, néo-gothique et même renaissance française :

– Tiago et Juan étudiaient à Santiago. Ils logeaient ici.

Montrant les échafaudages d'une des façades.

– On rénove. J'en suis heureux : ils aimaient leurs chambres aux vitraux anglais et le jardin intérieur planté d'arbres fruitiers.

Cécile écoutait silencieuse, elle serra plus fort sa main. Pour éloigner l'émotion, il évoqua le regain de faveur du quartier. Toujours des étudiants, mais aussi des artistes, des intellectuels repeuplaient ces lieux bohèmes au romantisme oublié. L'endroit accueillait des musées, des écoles, des collèges universitaires. Il faisait bon flâner dans les ruelles pavées étroites et sinueuses, disait-il.

– Même hétéroclite, cela reste harmonieux, comme en Europe : un peu d'Art déco par-ci, par-là.

Après avoir traversé un pont sur le Rio Mapuche, ils remontèrent lentement l'Avenida Cardenal, refirent le circuit par la grande avenue Libertador Général Bernardo O' Higgins, passèrent devant l'université où Manuel enseignait, remontèrent vers le centre historique, la Moneda, la cathédrale illuminée dans la nuit. La gare centrale, et non loin, l'Hôtel Merry.

Alors devant l'entrée de la villa plongée dans l'obscurité :

– Restez, Manuel, dit-elle avec simplicité.

*En espagnol dans le texte.

La Rhune à Ciboure

L'ATTENTE

« Mon cœur est un cerf-volant

Quand vous être venu, il s'est envolé. »

Pablo Neruda

Chapitre 1

« Comme la vie est lente
Et comme l'espérance est violente »
Guillaume Apollinaire

Dans l'avion du retour, cette nuit-là, je liste mes priorités.

Revoir les amis laissés sur la route.

Gravir la Rhune à pied. Non en utilisant le petit train à crémaillère que les enfants adorent. Par le train, la vue sur l'océan, la baie nacrée, sa lumière, Saint-Jean la lumineuse s'offre trop rapidement.

Saint-Jean, Saint-Laurent…

Je n'irai pas à Saint-Laurent.

Ces saints m'énervent ! Que deviennent les pauvres pêcheurs ?

Je resterai à Ciboure.

Décision. Incident diplomatique en vue.

Je gravirai la Rhune vers la fin du mois d'Août, avant le retour, quand les fougères bordent les chemins, dans les nuances des terres ocres. L'opération sera loin.

Ensuite, je rentrerai.

Valparaiso. Versailles. Les enfants.

Mon esprit s'envole vers le Pacifique.

Tout est allé si vite.

Manuel, le départ.

Éric, le retour.

Versailles, la maison, la route vers l'Aquitaine, mes enfants, mes parents, Saint-Jean. Actions, émotions à masquer, à enfouir.

Journée passée sans pouvoir retenir des pleurs à la plus dérisoire occasion, la moindre remarque. Invoquer le prétexte pratique du décalage horaire ; se taire, déséquilibre. Fatigue.

Le départ de Santiago avait été tardif le soir du vendredi 27. La journée s'était passée à arpenter la ville, à visiter le musée colonial dans le monastère San Francisco. Vivre les derniers moments.

Nous avions dîné dans un restaurant de l'aéroport. Nous nous étions quittés, très vite.

La peine, l'absence et l'angoisse, trompées une fois les contrôles passés, en traînant deux heures dans cette aérogare impersonnelle, presque déserte.

Derniers achats après l'enregistrement une fois franchi le seuil d'embarquement. Du Pisco pour Éric et Louis. Un petit phoque blanc coiffé d'un béret de marin aux couleurs du Chili, un morse pelucheux aux imposantes défenses, pour les garçons. Un pingouin rose joliment sculpté en rhodochrosite pour Caroline. Pour Irène, une écharpe duveteuse en alpaga.

A l'arrivée, le mois passé au loin donne une sensation d'étrangeté, de dépaysement. Brièveté. Eternité. Dédoublement. Retour. Monde à réapprendre. Réinventer des gestes qu'une autre vie, même brève, a éloignés. Quatre semaines de ma vie. Vingt-huit jours de la vie d'une femme, relire Stephan SWEIG.

Le temps n'existe pas, il est subjectif.

« La vie est un songe. » Je relirai Calderon. Que vont-ils deviner ?

Chapitre 2

Il n'a pas changé. C'est moi qui ai cru
devoir me modifier, m'adapter à lui.

Aéroport Charles de Gaulle, samedi matin. Éric. Il ne semble pas plus ému que si j'étais partie la veille.

– Comment te sens-tu ?

Politesse ? Masque-t-il l'émotion par des banalités ?

Je ne sais pas répondre. Je ne le connais pas.

Il ne dit rien de plus, et sans attendre la réponse, comme toujours, sans témoigner de sentiments, ceux que j'espérais, il accélère le rythme des opérations. Ne pas s'attendrir ?

Attendre les bagages devant le tapis roulant ne dépend pas de sa volonté. Il commente, il trépigne.

– Incroyable qu'en France, ce soit toujours si long ! Pire que partout ailleurs !

Il n'a pas changé. Pourquoi aurait-il changé ? C'est moi qui ai cru devoir me modifier, m'adapter à lui.

Je me le suis promis : redevenir celle que j'étais.

Récupérer la voiture au parking, sortir en maugréant après les hésitants du dédale des voies intérieures ; atteindre l'autoroute chargée comme à l'ordinaire. Paris brumeux, Paris grisâtre. C'est l'été pourtant ici.Enchaînements de gestes accomplis en regardant ailleurs. Fond sonore. Conversations.

Il raconte la Chine, c'est grand la Chine, tant de choses à en dire. Je réalise à quel point il est bavard. Pourquoi ? Peur du silence ?

Comme dans un demi-sommeil, après la laideur grisâtre des immeubles parallélépipédiques jouxtant le périphérique, défilent les ramures floues des bois perforés par l'autoroute de l'Ouest aux abords de Saint-Cloud : les colombages normands du haras de Jardy, la descente sur Versailles, l'avenue, la résidence, la maison où l'on entre par l'allée gravillonnée du jardin. Cascade d'images revues dans la demi-conscience cotonneuse laissée par une nuit sans sommeil. Il a tondu la pelouse. Dommage pour les pâquerettes fleuries.

Il a plié le parasol, rangé le mobilier du jardin de sorte qu'on ne peut déjeuner dehors.

– On partira tôt pour Saint-Jean, demain. Tout est fin prêt. Mais il faudra quand même plus d'une heure ! Tu verras ! Habituelle tension.

Déjeuner préparé trois jours avant, congelé, décongelé pour ne pas cuisiner la veille du départ. Minimum de vaisselles, il pense à tout. Pas d'improvisation. J'en concevais un agacement croissant que je savais injuste aussi.

L'après-midi se passe à mettre de l'ordre dans les affaires des enfants, les papiers pour la rentrée. Caroline, limite en math, un an d'avance, passe tout de même en première. Tom entre en cinquième. Pour Jim, ce sera le grand saut en sixième.

Éric s'enferme dans son bureau pour classer des documents, remplir des chèques, organiser sa reprise. Cette fois, ce mouvement, ce rythme, cette organisation ne génèrent pas de tension. Les automatismes reviennent. Les tâches routinières tiennent éloignés le souvenir des derniers moments passés avec Manuel que les longues heures d'avion ont intériorisés.

Étrangeté, distance, impression de rouvrir les portes d'un endroit oublié.

Effort pour repousser la somnolence qui vient, effet du décalage horaire.

Effort salutaire : il permettra de compenser plus vite.

Sentiment de flotter, de me regarder vivre. Dédoublement.

Appréhension au moment du coucher. Mais Éric l'a dit, il faut se lever tôt le lendemain. Le réveil est remonté.

– Bonne nuit, Chérie !

Appellation que j'ai fini par détester : impersonnelle, mécanique et pratique. Chacun se retourne sur son côté. Je sombre.

Chapitre 3

Il admet mal qu'on ne réagisse pas aux propos qu'il tient, qu'on ne soit pas centré sur lui.

Le départ matinal, un dimanche matin permet une route dégagée.

Le voisinage de l'Atlantique est atteint plus vite encore que d'habitude : jamais Éric n'accordera de traîner sur la route, de s'arrêter pour visiter un site touristique. Un objectif : arriver où nous devons aller ! Le nécessaire plein d'essence coïncide avec l'arrêt rapide et le sandwich expédié.

– Avec un peu de chance, tu pourras te baigner avec les enfants en arrivant, justifia-t-il.

Il justifiait toujours tout.

Nous avions pris le pli de nous relayer : j'aime conduireGénéralement, Éric s'endort dès que je le relaie. Je termine le trajet.

Cette fois-là, prétextant mes accès de somnolence subits, bien reposée au réveil, je propose de prendre le volant en quittant Versailles. Salutaire concentration tenant éloignées de moi mes autres pensées.

Le relais se fait après Poitiers.

Habituel psychodrame à Bordeaux : les ralentissements de Saint-André de Cubzac, et ce qui énerve Éric plus encore, l'indication ARCACHON cent fois répétée.

– Les bordelais n'ont qu'une seule destination possible ! s'irrite-t-il.

Nous ne nous sommes jamais détournés pour aller admirer la dune du Pyla que les enfants connaissent par les récits de leurs copains ou les livres de géographie. Arcachon et autres directions ! On le savait, ce n'était pas nouveau, cependant, même refrain chaque année, mêmes commentaires agacés. Je n'essayais plus de le calmer, cette fois moins encore : mon esprit est ailleurs.

– Je parle dans le vide ! Tu ne dis rien ? Tu t'en fous ?

Il admet mal qu'on ne réagisse pas aux propos qu'il tient, qu'on ne soit pas centré sur lui.

– Complètement !

Pour la première fois, il prend la réplique de front ! Curieusement, il se calme ! On roule quelques temps en silence. Je m'assoupis. Quand je reprends conscience, je me garde de rouvrir les yeux. C'était ce qu'il fallait faire au fond, le laisser s'exciter tout seul, au lieu de chercher à le raisonner !

– *Ce succès me ravit*, dit la voix. *Il t'a fallu du temps !*

– *Juste un début* !

Ciboure : 15h, contrat tenu ! Satisfaction, tout a fonctionné comme il l'avait décidé.

– Tu vois, c'est un bon plan le dimanche matin ! S'il n'y avait cette fichue quatre voies mal entretenue ! Stupide vitesse limitée !

Arrivée. Effusions, tendresse sur modes divers.

Mendy aboie de toutes ses forces en sautant frénétiquement autour de moi.

Éric y a droit aussi qui pourtant ne le câline pas.

Et ça dure, et ça dure selon le code de chacun : du bourru masquant l'émotion aux épanchements tendres de l'enfance.

Retenue discrète de Maman devant les débordements. Elle ne s'épanche qu'en privé, elle picore des bisous ici et là. Chromatisme de voix qui parlent en même temps ; questions posées dont nul n'entend ni n'écoute la réponse.

Elle n'en démord pas :

– Raconte ! Maria-Louisa ? J'aurais tant aimé la revoir. Une jeune fille a-do-ra-ble ! dit-elle détachant les syllabes, insistant sur le A. Si jolie, tellement bien élevée ! Si tu l'avais connue, Éric.

– Je t'ai déjà expliqué, Maman ! Ce n'est pas la même personne ! Celle-ci est bien plus âgée.

– Oui, Oui, c'est vrai ! C'est vrai ! Tu me l'as dit ! Où ai-je la tête !

– Ces enfants font vraiment trop de bruit ! Quel dommage quand même…!

Louis conclut :

– Si vous voulez vous baigner avant le dîner, c'est le moment !

Éric trouvant l'océan toujours trop froid, on le laisse avec maman. Elle ne va plus au bord de l'eau. On s'entasse dans la vieille Méhari, port d'attache Ciboure, direction Socoa.

– Moins chic que Saint-Jean, mais pratique d'accès ! commente toujours mon père, impassible devant les lenteurs du franchissement de l'avenue Charles de Gaulle, il l'évitait, voilà !

Le club des cinq s'exclame dans un éclat de rire :

« Et Méhari ne craint pas les égratignures ! »

Louis, citroéniste impénitent possède pour les longs trajets, une BX beige-métallisé qu'il bichonne.

La nuit vient sans que je trouve l'occasion d'avertir Éric de ma décision : je n'irai pas à Saint-Laurent. J'attends le moment psychologique pour ne pas gâcher l'ambiance pour une fois détendue.

Après dîner, je m'attarde avec lui dans la chambre des enfants, ils partagent la même quand nous sommes là. Le rosé l'a rendu bavard et joueur. Comme souvent, il contribue à mettre un fichu désordre. Les garçons s'excitent.

Je quitte la pièce par la porte-fenêtre. Caroline sort dans le jardin derrière moi. Il fait doux. Un vent de mer léger apporte la chaleur de l'océan.

Des rayons de lumière rouge puis blanche percent la nuit par intermittence : la maison-phare de Socoa. Elle nous éclaire délicatement puis nous replonge dans la pénombre.

Caroline est abrupte :

– Tu veux quitter Papa ? Tu peux me parler, Maman. J'ai compris.

– Je n'en suis pas là, ma chérie. Ce n'est pas le sujet, mais je n'irai pas avec vous à Saint-Laurent. Je dois lui dire.

De l'intérieur, sa voix appelle, impatiente. Lassé des jeux, il veut se coucher. Caro saisit que ce n'est pas le moment de le contrarier, elle n'insiste pas. Elle qui n'est pas une enfant câline, m'embrasse tendrement.

– Je vais me coucher. Courage, ma Maman ! Papa est difficile.

En quelques mots pudiques, elle a tout dit, je n'ai pas une ennemie. Soulagement. Je ne peux reculer davantage. Je vais vers lui. Il se tient près de la fenêtre, ensemble nous regardons la nuit.

Le phare de Socoa poursuit sa ronde de rayons alternatifs : un blanc, un rouge, un blanc, un rouge. L'eau de la rade scintille aux lumières des réverbères du bord de mer.

– Tu n'es pas bavarde depuis ton retour, il faudra me dire. Fatiguée ?

Comme d'habitude, il n'attend pas la réponse, trouve l'explication qui lui convient : décalage horaire. Aujourd'hui on dit Jet-Lag… Je n'ai pas envie de répondre à cette interrogation sans affect. Je traîne dans la salle de bains. J'entends des bougonnements. Il est onze heures… Arrive ce que je redoutais. Pas de phrases. Qu'avais-je espéré ? Peut-être : tu m'as fait peur ! Ou, tu m'as manqué, tu sais ! Rien. Je ne trouve pas d'arguments pour le repousser. Plus de cinq ans séparent sa précédente étreinte. Juste un constat : je ne l'aime plus. Lui semble accomplir un devoir enseigné. Ou est-ce l'effet du rosé ? Mécanisme. Extinction des feux.

Le temps est fantasque au Pays basque. Quand je me réveille dans la nuit, il pleut. Je passe un long moment à écouter le bruit des gouttes sur le velux, le vent souffle assez fort.

J'ai toujours aimé l'atmosphère instable de ces étés. D'ordinaire les orages éclatent vers cinq heures après le 15 Août. On est à la plage. En quelques minutes, le ciel au-dessus de la mer s'assombrit, jusqu'à devenir presque noir. Avant d'avoir plié serviettes et parasols, des grosses gouttes éparses explosent sur le sable, dessinant des cratères inégaux vite effacés par les suivantes. Alors, c'est la ruée des familles qui se mettent à l'abri. Le tonnerre gronde parfois, les petits piaillent d'une peur feinte, ressentant le picotis des gouttes sur leur peau tendre. Bonheur.

A Versailles, lors des petites vacances le mercredi, nous allons dans les bois de Fausses-Reposes, les enfants m'offrent des brassées de pervenches. Caroline les dispose en rentrant dans des vases. Je prépare le goûter, Tom, gourmand, a vite appris à faire la pâte à crêpes, le feu crépite dans la cheminée même au printemps. Nous regardons à la télé les Cités d'Or, un œil sur l'écran, un autre sur les flammes. Quiétude. J'aime tant ces moments. ? Ne plus les vivre ? Rompre ? Interrogation. Ses horaires en excluent Éric. Je le regrettais, parfois. Mais son arrivée inopinée brisait l'ambiance. Il ne profitait pas non plus des fins de semaines : du travail l'attendait dans le pavillon : il l'avait planifié ; les achats de matériaux avaient été faits dans la semaine entre midi et deux. Organisation. Courage. Routine…

Je m'ennuyais, mais un équilibre était établi. Caroline m'avait posé la question hier :

– Tu vas quitter Papa ?

Lui répondre : non, faisait surgir la pensée lancinante de Manuel. Le désir de Manuel. Mais il avait lui aussi montré le cap. Égoïsme ? Sagesse ? Nous n'avions plus l'âge des foucades. Réflexion. Qu'aurais-je fait si je l'avais rencontré en France ? Vagues, marée, ressac. Vagues de cette nuit à Santiago. Couples séparés, enfants partagés, jugement de Salomon ! C'était déjà la « mode » des gardes alternées. Au collège, des élèves vivaient ces arrangements. Adolescents, ils en jouaient la plupart du temps, manipulant leurs parents qui ne savaient comment soulager leur culpabilité. J'avais géré des scènes faisant suite à des tricheries, des mensonges. Il y avait les propos maquillés, modifiés, rapportés à l'un, pas à l'autre ; les oublis opportuns des devoirs à rendre. Rares étaient les parents en accord sur la discipline, les exigences communes. D'autres plus sages le vivaient bien, ils habitaient à deux pas, communiquaient sur tout. Des exceptions. Inenvisageable pour nous ! Impensable ! Qu'aurais-je fait ?

Même en France ? Tu es sûre ? insistait la voix.

La question ne se pose pas, tant mieux ; je n'aurais pas eu du courage éternellement. Ni pour moi, ni pour Éric je n'accepterais cela.

Voilà qu'elle la joue vertueuse !

–Non ! Juste lucide me concernant.

Manuel était… serait, je cherche le mot : une parenthèse, non ! Insultant ! Un souvenir lumineux, un moment de bonheur. Au moins aurais-je fait ce que disent les philosophes : carpe diem depuis l'antiquité. Les poètes dont Ronsard qui écrivit : « Et ne pas, quand viendra la vieillesse, découvrir que je n'ai pas vécu. » Orson Welles en était un à sa manière, quelque part, j'avais lu et noté cette parole d'une interview : « Le bonheur n'est pas le droit de chacun, c'est un combat de tous les jours. Je crois qu'il faut savoir le vivre lorsqu'il se présente à nous. » J'avais déjà entendu cela.

Ça t'arrange, avoue !

C'était il y a longtemps. Deux jours ! Malgré sa rigidité, Éric est la stabilité, le confort, l'aisance. L'instant d'après je hais cette malhonnêteté intellectuelle. Mais le souvenir de cette unique nuit me taraude. Je ne dors plus, décalée par les fuseaux horaires. Comment dire à Éric que je n'irai pas à Saint-Laurent ? Quelle raison invoquer ?

Alors la voix revient :

– *Tu flanches déjà ! Fanfaronne* !

Pas la force de parlementer, de combattre ses arguments massue !

Il sera toujours plus fort en rhétorique ! Paradoxe : le prof de lettres, c'est moi !

Chapitre 4

On ne voit pas vieillir ses parents, ou trop tard.

Dans le ciel lavé ne croise aucun nuage. Par beau temps, le petit déjeuner se prenait sur la terrasse en angle, un côté tourné vers les collines, l'autre vers l'Atlantique qu'on apercevait. J'aimais cette terrasse rajoutée par mes parents, abritée d'un toit original fait de triangles à longs panneaux se rejoignant presque au sol, il se terminait par une chaîne massive à laquelle pendait un chaudron ancien empli de géraniums. Décor classique.

Louis se levait tôt : presse oblige. Dès six heures trente, il partait acheter son quotidien. Il avait renoncé à son abonnement qui le privait du plaisir d'aller chez le marchand de journaux.

Il s'en était fait un ami. Ensemble, ils parlaient politique, faits divers, air du temps. Quand Mendy était là, il amenait le chien, ravi de la promenade matinale. Ce matin-là, il avait rapporté un gâteau basque fraîchement sorti du four. Régal. Je la revois comme un film au ralenti, cette journée qui commençait si bien. Maman, toujours conciliante principalement avec ma belle-famille qu'elle sait irritable, propose de faire une ou deux lessives :

— Au moins tu ne ramèneras pas à Berthe de linge sale, déjà qu'elle ne va pas manquer de te chercher pour ton escapade !

J'aime le mot pudique. Je l'utiliserai toujours désormais.

Je me tais, je n'ai toujours rien dit. Je pense juste qu'elle pourrait me faire le reproche de rester si peu avec eux cet été. Mais elle ne dit rien, comme toujours, gardant secrètes ses tristesses et ses frustrations. Elle déteste les conflits, elle veut la paix, le bonheur de tous. Elle s'y emploie, payant de sa personne.

La buanderie est une pièce claire. Elle y a fait installer machine à laver, machine à repasser, et sa machine à coudre à l'ancienne qu'elle n'a jamais voulu échanger contre une neuve. Seule concession au progrès, elle a été électrifiée ! Irène passe là de longs moments, levant parfois les yeux vers les collines arrondies et feuillues qui montent vers le col d'Ibardin. On parle de tout, du Chili, de Maria-Luisa, de Valparaiso. Elle dit qu'au siècle dernier, un frère de sa grand-mère plus téméraire et plus ambitieux que les autres a émigré là-bas.

– Enfin, Argentine, Chili, je ne sais pas… On en riait, on se disait qu'un jour on hériterait de l'Oncle d'Amérique, mais nous n'avons jamais eu de nouvelles. Passe-moi ce panier, ma chérie.

Un silence, comme une brève absence, elle me regarde puis elle dit dans un souffle :

– Tu es si belle !

Elle s'affaisse sans cri, sans bruit surtout : elle est si menue. Je sais sa tension basse, j'essaie de la ranimer, sans succès.

Après, tout va vite. La maison s'emplit de bruit, l'escalier, l'affichette au-dessus du téléphone.

– Appelle le Samu !

Attente. On l'a transportée dans sa chambre, les enfants pleurent, on les éloigne un peu. Enfin, une sirène résonne dans la rue. Le médecin enfonce l'aiguille dans la veine. Très vite, elle frémit. Je l'entends encore ce jeune médecin :

– Regardez ! Elle revient. Mme Delaval, répondez-moi, répondez-moi, Madame Delaval. Vous m'entendez ? Oui, voilà, regardez ! Elle revient, dit le jeune homme enthousiaste, persuadé de l'avoir sauvée.

Mais la tension est très basse, il décide de l'hospitaliser.

Les brancardiers la soulèvent.

Une paille. Ils la posent sur un brancard, la roulent vers le véhicule qui attend dans la rue. Bien rôdé, bien huilé. Professionnel.

– Voilà, on va l'emmener. Monsieur, vous me suivez.

Je monte dans la voiture avec lui.

La sirène encore et la lenteur de l'ambulance prudente devant laquelle les voitures s'effacent.

Les urgences de l'hôpital. Salle spartiate. Carrelage beige au sol. Murs bleuâtres. Étagères emplies de boîtes imprimées aux indications médicales. Un temps interminable s'écoule. Ballet d'allées et venues.

Fillette en pleurs qui a marché sur un oursin.

Jeune cycliste renversé.

Papy clochard bien aviné aux propos incohérents.

Jeune drogué qu'il faut calmer en le ceinturant pour lui administrer un sédatif.

Bruits, cris, agitation. Attente interminable.

Mes fantômes ressurgissent, je la revois s'avancer sur la jetée toujours impeccable et vulnérable à la fois, elle a du mal à marcher sur les pavés mais elle ne sortirait pas sans ses talons. Durable entêtement ! Tout comme son éternel chignon banane ! Quand l'ami Louis est de passage, il nous amène au restaurant sur la digue, face à la rade. Un rite. Il ne se lasse pas de la vue sur la mer. Toujours bien mis, assez grand de taille, yeux verts amande, ses cheveux blancs maintenant, je les ai connus blonds car il était né de parents normands et portait les caractères des lointains vikings. Sauf la poignée de main peut-être, qu'il fait douce et chaleureuse. Il affectionne les costumes beiges, les chemises kaki, je ne l'ai jamais vu vêtu de sombre, pas plus qu'Irène, toujours dans des gammes claires camaïeux grèges soutenus d'accessoires sombres. Ils marchent de front, les passants s'écartent, Jean-Louis et Louis la soutiennent. Je sais qu'il a été amoureux d'elle.

Enfin, on nous prie d'entrer dans un bureau voisin. Un médecin nous informe qu'on ne peut la transporter, qu'on fait venir un « patron » : les premiers constats sont alarmants. Les données ambiguës, le diagnostic difficile. Je rentre dire à Éric et aux enfants qu'ils vont aller seuls à Saint-Laurent.

Caroline me lance un regard oblique. Je réponds d'un geste d'impuissance. Je ne suis pas sure qu'elle en ait compris le sens. À ce moment, j'aurais tout donné pour partir avec eux. Je revois la voiture qui s'éloigne, les larmes des garçons, le regard lourd de Caroline. Mendy reste : on ne l'apprécie guère là-bas. La journée passe aux côtés de Louis, muet.

Des images que je revois en boucle. Ses pensées, je les imagine… J'évite de croiser son regard, les miennes ne sont pas si polarisées sur Irène qu'elles le devraient. Remords. Des réminiscences arrivent par vagues. Des houles de désir m'inondent quand je repense à la nuit passée auprès de Manuel. Culpabilité. Le sel, la mer absorbée par le sable, les contractions de mon cœur, le sang qui bout à l'intérieur de moi. Sa peau, sa langue, son souffle, notre chaleur et la vague qui monte et monte encore jusqu'au cri qu'il étouffe. Remords, juste là, maintenant !

Pourquoi ? Punition ? Quand maman meurt peut-être. Je me hais ! Je ne veux plus penser.

Verrou. Puis c'est le soir. Papa veut rester près d'elle. On le lui accorde, un lit de camp est installé dans un coin. Il dit qu'il a l'habitude, que ce sera parfait. Les jours suivants, comme elle a bien repris conscience, elle parle comme s'il ne s'était rien passé. Je propose des sorties à Louis : il marche, il va chercher son journal. Il rentre déjeuner à la maison, c'est l'occasion de parler plus que jamais nous ne l'avons fait depuis mon mariage.

Pourquoi se marier signifie-t-il s'éloigner de ceux qu'on aime, de ce qu'on a vécu avant ? Je retrouve notre ancienne connivence. Il me dit que le temps passe vite, qu'on est occupé, qu'on ne sait pas dire l'essentiel.

– Et toi, tu as les trois ! Tu travailles ! Je dois dire que tu te débrouilles très bien ! Irène n'en revient pas ! Tu étais si désordonnée !

Rires.

Comme il est direct, la suite précipitée ne se fait pas attendre :

– Pourquoi tu es partie ? Il te trompe ? Tu n'es pas heureuse ? Pourquoi si loin ? Tu aurais pu venir ici. Maman a eu si peur !

Je lui redis ce que j'avais écrit : je devais vaincre la peur. Agir seule !

– C'est réussi !

– Vous m'avez tellement protégée, mise à l'abri, je ne vous reproche rien. Non, il ne me trompe pas, je le sais. Il n'est pas intéressé, indifférent, c'est tout. Jamais un geste, une idée neuve pour notre couple, un dîner à deux, une surprise, une sortie inattendue, un musée, un aller-retour à Biarritz, que sais-je ! Seul compte son travail qui le passionne, celui qu'il fait à la maison, qui l'exonère de toute autre attention. Combien de fois je l'ai entendu me reprocher : « C'est pour toi que je le fais, tu n'en tiens pas compte ! » On ne s'en sort pas ; le renvoi de balle. J'ai épuisé mes tentatives, j'ai épuisé mes initiatives. J'ai épuisé mes arguments, ma force. Je m'englue dans la routine, je m'ennuie. Et…

Il termine à ma place :

– Et… Il y a Caroline !

– Je te l'ai dit, il n'y a rien d'ambigu. Transfert d'affection, rien d'autre. D'ailleurs, il s'en éloigne, il est moins pesant, mais il m'impute la responsabilité, me reproche de ne pas le comprendre, le soutenir.

Il y a quelque chose, mais quoi ?

– Le refrain entendu : « les femmes ne savent aimer que leurs enfants ». Moi j'ai plutôt le sentiment que je n'en fais pas assez pour eux, je l'aide, je suis la manœuvre, ils sont seuls alors je me souviens. J'avais choisi pour la terrasse, des grès de la Rhune un opus incertum, un camaïeu aux roses rouge-vin, sombres, incertains. Caroline, bébé, jouait seule, sage derrière la vitre de sa chambre, alors que moi j'aidais aux joints de la terrasse. Mais elle avait les yeux plein de détresse… Si je devais avoir un autre enfant, jamais plus je n'accepterais ce que j'ai accepté pour fuir le conflit.

– C'est compliqué un mariage. Ta maman, je l'adore, mais des moments ont été difficiles. Trois mois après le mariage, j'ai même pensé que j'avais fait une connerie !

– Ah ! Quand même !

Rires.

– Jamais elle n'avait vécu avec un homme. Elles formaient un trio, elle, sa sœur et leur mère. Après notre rencontre, lors d'une noce, presque dix ans avaient passé. Entre temps, il y avait eu la guerre, la peur pour elle, la liberté pour moi. Ensuite, elle n'a pas pu m'accompagner sur mes affectations trop engagées pour sa santé. Il y avait toi aussi. Elle n'a jamais su, heureusement car elle est jalouse, mais oui, je…

Il avait du mal à parler. Assis, voûté, penché sur lui ou sur ses souvenirs, je voyais enfin l'homme âgé qu'il était devenu. Absorbée par ma vie, centrée sur mes problèmes ou dans le déni, je découvrais ce qui s'était imprimé depuis insidieusement, les marques du temps sur lui, cette ride plus creusée au front, ce pli d'amertume pas remarqué avant. J'avais passé quinze ans sans voir mes parents vieillir, sans me soucier des problèmes qu'ils assumaient seuls. Je le lui dis. Il répond :

– On ne voit pas ses parents vieillir. Ou trop tard.

Qui m'avait prévenu déjà ? L'autre Louis ? Ou bien le vieux voisin de ma jeunesse ? Je n'avais pas prêté attention à leurs propos. Les enfants et moi, quand nous allions en vacances, je devenais leur sœur. Adolescente, insouciante, égoïste, je ne voyais pas les traces des années, les forces qui fondent, l'aggravation des faiblesses. Mon père se vantait de n'être jamais malade, je le savais attentif à la fragilité de maman, cela me dédouanait de l'attention que je lui devais. Lui semblait être un roc. Indestructible !

Il reprit :

– Je l'ai trompée, une fois, il hésita, non deux ! Elle n'a pas su… Jamais. Heureusement.

Il parlait tout bas, comme s'il avait plus mal encore, tout à coup.

– Sans doute que moi, j'ai eu de la chance…

Je comprenais qu'il faisait allusion à l'autre Louis, son ami loyal, amoureux de Maman, ancien militaire reconverti dans le commerce. Lui avait pourtant embarqué femme et fillettes à Saïgon et ailleurs. Dernière affectation avant la retraite, Geneviève n'avait pas voulu suivre préférant assister aux premiers pas de sa première petite-fille. Il ne supportait pas d'être seul : une maîtresse de passage, indélicate, un chantage odieux. Son mariage brisé après trente ans. Intransigeante, sa femme exigea le divorce. Il prit les torts pour lui, lui laissa leur maison de Granville, lui fit une rente appréciable, paya tous ses frais de santé même longtemps après.

Je l'aimais comme un père. Mon témoin à notre mariage.

Il avait fait entrer Jean-Louis en tant que VRP dans une petite entreprise locale installant stores et joints d'étanchéité aux fenêtres et baies vitrées. Ils démarchaient des contrats qu'exécutait un artisan local. Quand il venait, il me gâtait comme une fille. Remarié trop vite, il n'était pas heureux. Pour faire semblant de le croire, il avait fait construire aux environs d'Anet près de la Vègre, une chaumière normande où nous allions déjeuner parfois le dimanche. Les poissons rouges de la mare qu'il avait fait creuser venaient à son arrivée manger dans sa main généreuse.

Évocation muette... Commune, fugitive. Il était mort trop tôt. Nos séparations.

Je regardais Papa. Il se leva puis partit promener le chien.

J'étais émue, l'aveu de l'homme, pas du père. Discret, pudique dans ce moment de fragilité, son secret était sorti, peut-être malgré lui. Sans doute malgré lui. A moins qu'il n'ait voulu donner son avis, sentant mon malaise, peut-être me disant de ne pas tout gâcher ; penser aux enfants, penser à soi aussi, sans regret ni remords ; ne pas humilier, ménager la susceptibilité. Ne pas éveiller la jalousie.

Trois jours passèrent. Manène, comme la nommaient à leur tour les enfants, allait mieux. Elle avait exigé que Louis retourne à la villa, pendant qu'elle subissait des séries d'examens.

Un matin le cardiologue nous appela dans un bureau impersonnel. Il était accompagné d'un autre médecin. Un oncologue, dit-il en le présentant.

Regards et échanges muets.

– Madame Delaval souffre d'une tumeur, une tumeur cardiaque. Il faut connaître son importance. D'abord entamer des chimiothérapies, la réduire si c'est cancéreux, ce que je crois. Opérer si c'est faisable.

Il était direct.

– C'est risqué ? demande Louis, moment de sidération passé.

– Que vous répondre ? Nous savons faire, Monsieur Delaval, mais oui, c'est toujours risqué, et cela va dépendre de sa résistance, puis de l'effet des produits sur le mal, de son évolution.

Évidemment.

On pensait aux effets secondaires. Aux métastases peut-être là déjà.

Allait-elle accepter, se battre ? Il reprit :

–Va-t-elle admettre la vérité, faut-il la dire ? C'est trop tôt, je ne la connais pas, il faudra qu'elle me parle d'elle. La conduite à tenir, nous en discuterons après.

C'était clair, sans ambages. Manifestement, il était du genre à prévoir le pire. Il n'avait pas de temps à consacrer à nos questions, ni à nos états d'âme. Manuel m'avait parlé de l'insistance pesante des familles, légitime insistance, mais lui savait montrer d'un regard sa compassion. Je ne dois plus penser à lui !

Se répandre en commentaires vains, ce n'était pas non plus le genre de Louis. Il devait faire confiance. Il n'avait pas le choix. Longtemps, la nuit qui suivit ne pouvant trouver le sommeil, je lisais et relisais ce passage de Neruda.

L'histoire d'un autre amour, un écho. Les grands textes : lectures. Projection. Appropriation.

« Pourquoi ne pas lui dire que vous savez qu'il est là, pensant à vous, se préoccupant de vous, et que vous vous sentez en sécurité ? Que vos peurs, votre passé s'évanouissent. Et que le seul espoir est la promesse d'une étreinte. Je remercie Dieu pour chaque erreur que j'ai faite, parce que chacune d'elles m'a indiqué le chemin qui m'a mené à vous. Et quand, finalement, on sera ensemble, je veux que tu m'enlaces. Enlace-moi toute la nuit. Caresse mes cheveux. Dis-moi que je suis une femme et montre-moi que tu es un homme. Jusqu'à ce qu'il y ait maintenant. Toi et moi… et maintenant. Je ne demande pas qu'on m'explique la nuit. Je l'attends et elle m'enveloppe. Et tu es comme le pain, la lumière et l'ombre. »

Pablo Neruda.

— Je n'ai pas promis de ne plus lire Neruda !

— *Arrangement hypocrite !*

— *Tu m'agaces à la fin ! Tais-toi !*

Irène n'avait aimé que lui. Pas lui, mais sans elle, il serait tellement désemparé. Un homme, une femme avant d'être mon père et ma mère. Je le réalisais. Pourtant, je m'amusais depuis toujours à les nommer aussi par leur prénom, cela aurait dû m'aider, une habitude que je devais à ma mère : elle m'avait raconté avoir fait de même un jour avec la sienne qu'elle vouvoyait, lui donnant son surnom : Magali. Ma grand-mère avait esquissé un sourire mais l'avait remise à sa place avec autorité. A contrario, Maman s'en amusait. Elle se sentait plus jeune ainsi. Caroline aussi avait aimé l'appeler par son prénom, elle cessa de le faire lorsqu'une légère blessure lors du cours de sport la fit aller avec sa grand-mère aux urgences. Elle lui donna de son prénom, l'interne interloqué demanda :

– Mais qui êtes-vous, Madame, pour cette enfant ?

Il fallut montrer sa carte d'identité. La jeunesse de nos parents, on n'y pense pas. Même jeunes, ils sont vieux. Ingratitude. Les photos n'aident pas, ou si peu. Cela reste abstrait. Elles sont fanées, noires, blanches, irréelles. J'en possédais une collection disposée dans un album de laque indochinoise. Photographies petit format, en blanc et noir, toujours bordées d'un liseré jauni cranté par la découpeuse. Celles de l'Avant-guerre montrait un jeune lieutenant, beau comme il n'est pas permis de l'être. Pas très grand, cheveux châtains, légèrement bouclés. Engagé volontaire, Jean-Louis avait appris l'appel du Général de Gaulle. Intuitif, il avait sauté dans un chalutier, rejoint l'Angleterre, vécu le blitz, choisi l'armée d'Afrique, côtoyé de près le Général Leclerc. Je voyais les choses autrement aujourd'hui. L'escapade au Chili, comme ils disaient, m'avait changée. Maman pouvait mourir, pas tout de suite, mais inéluctablement. La mort, avant, plus jeune, j'avais lu des poèmes qui la disaient jolie. Romantisme. Romeo et Juliette, et tous les autres, la dame aux camélias, Julie de Lamartine ! Mais quand vient celle de quelqu'un qu'on aime vraiment, ce n'est plus de la littérature. Maria-Louisa, ses deuils impossibles, j'avais compris. Pensées pêle-mêle. Mes soucis dérisoires. Désordre. Être ici, se penser ailleurs. Schizophrénie. L'attente de la fin de la nuit sans sommeil. L'attente du jour, et de l'action.

Chapitre 5

Le battement d'une aile de papillon
aurait déclenché une avalanche.

Quelques jours passèrent. Irène était rentrée. En apparence rien ne semblait différent. Elle avait un peu maigri, ressentait davantage d'essoufflements. Ou alors nous en prenions conscience. On commença une chimio préparatoire pour diminuer la tumeur, ce ne fut pas trop violent. Elle avait décidé de ne rien dire, ou de faire semblant. Elle éludait les questions, refusait les apitoiements, comme si de rien n'était, affirmait que tout irait mieux bientôt, qu'elle se sentait bien. Nous profitions des heures qu'elle passait à l'hôpital pour arpenter la côte landaise, les plages rectilignes au-delà de l'Adour, battues de rouleaux impressionnants. En silence, nous avions admiré les voltes de jeunes équilibristes au look californien juchés sur leurs planches de surf luisantes d'eau.

Quand j'appelais à Saint-Laurent, Éric était détendu : il n'avait pas à esquiver les mots blessants de ses parents à mon encontre, les rebuffades contre le chien. Le climat était au beau fixe sans moi. Les garçons avaient retrouvé leur insouciance : ils se baignaient dans les eaux tièdes de la montagne d'Alaric. Dans les piscines naturelles creusées depuis des milliers d'années par le ruissèlement des pluies d'automne. Ils mettaient des chaussures en plastique, pêchaient des poissons étourdis qu'ils gardaient dans un seau avant de les rendre à la rivière. En rentrant, les attendait le déjeuner préparé depuis le matin. Ratatouille cuite à feu doux, tomates, oignons, ail, aubergines, mijotés séparés ; les fameux gratins de macaronis auxquels Berthe passait un temps infini ; précuits puis méthodiquement rangés l'un après l'autre, macaroni après macaroni, vrai gâteau confectionné dans sa cuisine où les visiteurs n'étaient pas bienvenus. L'après-midi, la chaleur crue et blanche empêchait toute sortie avant cinq heures. Ils comataient devant de vieux livres, des jeux de société soigneusement conservés, presque jamais utilisés ou s'ennuyaient poliment. Caroline apprenait dans une vieille collection la vie des animaux. A dix-neuf heures tapantes, ils passaient à table, douche, télé, dodo. C'était rôdé, huilé, sans surprises. Les enfants savaient leur grand-mère fragile psychologiquement. Le pourquoi fut toujours caché. Le battement d'une aile de papillon aurait déclenché une avalanche. Je n'étais pas loin de me dire que je payais un prix. Je trouvais le temps long. Deux mois sans eux. Le temps passait pourtant. Entre deux nuages, la Rhune me narguait.

Les jours autour du quinze août furent exécrables. Comme souvent à Saint-Jean, les touristes erraient lamentablement place Louis XIV sous les parapluies, musées, cinéma, salons de thés étaient pris d'assaut, des vagues inhabituelles submergeaient la jetée rendant dangereuses les promenades.

Pablo écrivait :« C'est le matin plein de tempêtes, au cœur de l'été. » Je récitais la suite : « pour que tu m'entendes, mes mots parfois s'amenuisent comme la trace des mouettes sur la plage. »

Pour passer le temps, redonner de la vie à ces jours, j'allais avec eux au bar Basque boire des Sangria, manger des fruits de mer dans un troquet du port. Un autre jour des seiches à Socoa. Je cuisinais des piperades. Tôt le matin, nous promenions Mendy sur la plage déserte. Il pataugeait. J'étais bien, savourant à nouveau le sentiment d'être leur fille, sans entrave, sans Éric qui critiquait tout, contrôlait tout, sanctionnait tout, la joie, le plaisir surtout ! J'avais fini par me dire qu'il trouvait ce mot obscène. Je retrouvais mon blanc préféré, le Brut Océan. Mon esprit vagabondait aussi, mes pensées s'envolaient. Je revoyais le déjeuner avec Manuel à Quintay, le vieux couple, leur fille. Quand était-ce ? Trois semaines, temps objectif. Un jour, un siècle, temps subjectif. Vous me manquez !

Chapitre 6

La Rhune sur les pas d'Eugénie.

Le beau temps revient d'un coup. Je pars le matin de bonne heure. Seule, ne voulant pas tenir le chien en laisse. Les interdits se multiplient. Mendy, c'est montagne en basque… Mais il ne peut plus y courir en liberté. Rien n'est plus comme avant. Cette randonnée solitaire m'ôte le remords qui m'habite depuis l'hospitalisation de Maman. Je m'en veux, mes pensées sont ailleurs. Je prends la Méhari. Manuel ! Elle ne monte pas aux arbres, comme vous disiez de votre voiture. Je ne vais pas loin. Quelques kilomètres. Des collines encore. Valparaiso ressurgit.

Urrugne. Le parking. Au bout du chemin, le petit pont en bois. Le choix de l'itinéraire par Olhette s'est imposé. Dénivelé, important mais il me le faut, Manuel, cet effort : il faut oublier. Je peinerai. Je m'arrêterai ; l'"effort fera taire la pensée obsédante. Le GR10, le croisement, nouvelles plantations, chênes et bouleaux. Je m'oblige à détailler.

– Manuel ! Je ne pense qu'à vous.

Pieds alourdis par les chaussures de rando. Pas précautionneux. Montée lente, elle ne me libère pas. Les lieux, je les connais assez bien ; les itinéraires, les sentiers qui se croisent parfois, je sais pouvoir me retrouver même la tête ailleurs. Le souvenir des moments passés avec Manuel. Alors je ne résiste plus, je le laisse m'envahir. Jusqu'à maintenant j'ai essayé de tout verrouiller, Maman peut-être allait mourir. Cette excursion devait me libérer ! Me rapprocher de la randonneuse pyrénéenne que j'étais à vingt ans ! Pas gagné ! Éloigner de moi la pensée obsédante de Manuel. Obsession. J'ai perdu, cette ascension me rapproche de vous. Je veux me souvenir, je veux rappeler en moi l'unique nuit passée avec Manuel. Ni honte ni remords. Louis l'avait dit.

En pénétrant dans la chambre. J'avais allumé la veilleuse. La lumière tamisée nous avait accueillis, elle m'avait rassurée, mon cœur battait, ce n'était pas anodin. Mes craintes presque aussitôt s'étaient envolées. Je n'avais qu'une certitude auprès de Manuel. Même fragile même fugace, ce moment, je le voulais. Même sans après.

Hésitation. Circuit par la droite, la gauche ? Celui par la frontière espagnole au col de Zizkouitz. Je n'y suis pas encore. C'est un peu pentu sous les châtaigniers, je distingue le sommet visible, encore éloigné. Long parcours à flanc des collines, rude et lente montée marquée de dalles. Jusqu'à la voie ferrée du petit train à crémaillère qui part du col de Saint-Ignace.

En entrant, il avait refermé la porte doucement, il avait pris mes mains, il avait pris mes lèvres avec douceur. Tendrement, il m'avait guidé vers le divan qui meublait la chambre, nous nous étions assis. Il m'avait embrassé encore, patiemment. Il avait caressé mon visage comme un aveugle pour l'apprendre, disait-il.

A la sortie du bois de châtaigniers, mes yeux passent au-dessus des fougères rouges ; on distingue la petite Rhune. Je n'y monterai pas, pourtant je l'aime plus que la grande, ni antenne gigantesque, ni rails, ni bâtisses, juste la présence des anciens. Depuis le début des temps, ils ont laissé leurs traces : au sommet, un cairn énorme comme un obus pacifique, c'est tout.

« Votre charme, votre douceur » les mots qu'il avait balbutiés, je les entendais, ils résonnaient encore, comme lui les avait prononcés, presque douloureusement. Pourquoi cette peine ? Nous n'aurions pas d'autres après. J'avais incliné ma tête pour embrasser son cou, je trouvais si tendre sa peau à cet endroit, il était si vulnérable aussi dans ce moment.

Je monte encore, à pas appliqués. Avec mon bâton de buis, je cherche des ancrages, je tâte les pierres du chemin, l'esprit ailleurs. Ensemble vint l'envie de se retrouver nus, peau contre peau. Fébriles nous avions enlevé nos vêtements, nous avions trouvé le chemin vers le lit sans cesser de nous toucher. Nous tenant l'un à l'autre comme deux naufragés.

Du monde déjà, je fonce. Bonjour ! Je dépasse le groupe aux rires bruyants. Ils ne savent pas qu'en montagne, on se tait pour admirer. Le chemin pierreux court à travers les fougères. Je regarde la montagne de Ciboure, ses mamelons, je frissonne, mais ce n'est pas de froid. Au fond, Saint-Jean la belle dans son écrin turquoise.

Comme si nous l'avions fait des centaines de fois, ce fut facile comme si des milliers de jours nous avaient appris nos corps avant. Le plaisir était venu vite presque simultanément, je n'avais jamais connu cela. Nous avions parlé jusque tard dans la nuit, nous avions refait l'amour, puis dormi un peu. Le réveil au même instant avait trouvé en nous la même fièvre, il avait dit qu'il apprenait mon corps, que j'apprenais le sien. Il disait qu'ainsi l'oubli ne viendrait pas. Moi, que je partagerai, pour le garder un peu à moi s'il le fallait, avec une belle chilienne. Rires.

Au chalet Deskargahandiko, la vue sur Hendaye m'éblouit. Je continue tout droit, contourne la petite Rhune, ses bonnes pâtures semées de taches mouvantes, les brebis manex à tête noire et cornes en tire-bouchon, çà et là courent des pottoks colorés. Je fais un pas dans leur direction. L'un d'eux me fascine, ses narines larges frémissent à mon approche. Crins longs et raides, robe rousse et blanche, son œil intelligent me fouille : il est fort vif énergique et aussi malicieux car il me suit dans le chemin. Soudain, j'entends des sabots éclater en boulet de canon, il me dépasse, me donne une bourrade de sa tête, sa crinière blanche effleure d'un coup de vent ma joue. Je dois m'asseoir. Mes pensées repartent de l'autre côté des eaux.

Comme la faim. Il n'aimait pas l'expression faire l'amour en français, il préférait l'espagnol « Te quiero » : je t'aime, je te veux, elle disait le désir, il expliquait en Français, mais il aimait en Espagnol. Cette nuit-là, il m'avait aimé. Cette nuit-là nous avait trouvés insatiables. Au matin, nous nous étions repris encore, il voulait tout apprendre de ma peau, de mon corps jusqu'à la petite tache brune que j'avais sous le sein gauche. Il regardait la cicatrice qu'il m'avait faite, il disait que jamais ainsi je ne l'oublierai, je sentais les vagues du plaisir aller et revenir comme la houle sur une plage.

Parfois, la marche devient délicate sur le sentier escarpé;des automatismes oubliés reviennent. Mes pensées partent.

Nous avions ri aussi comme deux étudiants fautifs dans une résidence pour jeunes filles. Il avait voulu enjamber la fenêtre pour partir sans être vu, côté jardin, comme au théâtre sans me mettre dans l'embarras au moment de régler mon addition, de dire adieu aux prudes dames. L'étaient-elles ? Peut-être pas. Je m'étais acquittée de la tricherie en laissant un bon pourboire à l'initiative de Manuel. Après…!

Col de Zizkouitz ; dans une échancrure, la baie de Saint-Jean sertie entre deux longues pierres plates comme dans un écrin de pierres anthracites. Ciel et mer se fondent en un camaïeu d'azur. Frontière. Ici, je suis en Espagne.

Manuel ! Où êtes-vous ?

Je me suis arrêtée. Je distingue une partie des Pyrénées espagnoles dans la brume bleutée, territoires du Guipuzcoa, de la Navarre, j'aime tant ce nom ! Je me demande pourquoi je le trouve poétique. Je fredonne la berceuse basque, seul texte que je connaisse dans cette langue étrange. La musique, le monde entier la sait.

« Aurtxo seaskan
Aurtxo polita seaskan dago zapitxuri tantxit bero.
Txakur dia etiri koda zukez ba deruegi tenlo
Amonak dio jen! Potxo lo a renegin balo »

« Dors, mon amour, la nuit s'étend sur la plaine
Et dans le ciel chante le vent du soir
Dors mon amour avec ta main dans la mienne
Clos tes beaux yeux illuminés d'espoir »

Au sommet, je balaie des yeux la côte basque. De Saint-Sébastien jusqu'à l'embouchure de l'Adour. Derrière sur des dizaines de kilomètres, les landes que mes yeux imaginent. Flux et reflux. Valparaiso, la vue au-delà de Vina Del Mar. Et si un jour, Manuel vous étiez là avec moi ? Retour aux sources, aux origines. Je pense à Baudelaire :

« Mon enfant, ma sœur
Songe à la douceur
D'aller là-bas vivre ensemble !
Aimer à loisir,
Aimer et mourir
Au pays qui te ressemble ! »
L'espoir s'insinue, le « sale espoir ».
Il n'y aura pas d'après.

J'avais déjeuné à la venta, échangé quelques mots avec des touristes bavards, un peu envahissants, jouant la taciturne, j'avais dû faire entendre que je ne cherchais pas la conversation. Vexés, ils n'avaient pas compris. Tant pis ! C'est à peine si j'avais jeté un regard au monument de l'impératrice Eugénie, il est si laid, elle méritait mieux. On parle de le restaurer. La Rhune dans les pas d'Eugénie, mais qui pense à elle aujourd'hui ? Elle a aimé, elle a souffert, elle a vécu le pire : la mort de son fils unique, transpercé à 23 ans par les flèches des Zoulous. Un autre Louis. Elle avait aimé cette montagne, lancé la mode de l'excursion. Elle avait dû souffrir avec les chaussures de l'époque !

Mais non ! A dos d'âne ! Pas un pli de sa coiffure n'en fut altéré.

Moi qui voulais voir en elle une Marie Paradis. Qu'en savais-je, finalement ? Encore une lacune à combler, biographie à lire. Manuel ! Je ne peux plus fonctionner en mode off ! A la descente, scabreuse, acrobatique au tout début, je prends mon temps. Le risque existe. J'accélère ensuite. Je mets entre les touristes et moi de la distance, m'appliquant à éviter les pierres qui roulent sous mes pas, admirant les fougères qui par endroits, bordent le chemin. Je traîne. Au col des trois fontaines, je me tourne vers l'ouest pour dire aurevoir à la Pena de Haya, les Trois Couronnes. Le spectacle toujours époustouflant me ramène au Pacifique, au jardin suspendu de Valparaiso. Je boucle par la ligne des crêtes. La vue sur la mer ne me quitte pas. Je regarde au loin l'océan au risque de trébucher. La canne en buis sculpté, un peu lourde de « grand-père que-je-n'ai-pas- connu » m'aide bien. Je retrouve le GR en contrebas, pas un regard à la venta Yasola. Chemin caillouteux. Le sentier longe un petit cours d'eau. Parking où Méhari m'attend.

Chapitre 7

Elle raconte sa jeunesse ;
je la vois comme une femme.

Les résultats plus approfondis confirment la mauvaise nouvelle : une tumeur est là. Lovée, sournoise, opérable encore, mais les interrogations demeurent. On décidera plus tard. La bonne c'est qu'il n'y a pas de métastases. Après une chimio, la tumeur diminue. Protocole : continuer, on ne comprend pas tout. Maman se sent bien. Comme si la méthode Coué qu'elle nous impose agissait sur son corps. On ne parle de rien. Une ou deux séances encore seront nécessaires avant une opération pour mieux analyser les tissus voisins. Une décision sera prise. Pas sans elle. Elle aussi, je l'ai retrouvée. Elle me raconte sa jeunesse, je la vois comme une femme. Sous l'occupation, elle avait vingt-cinq ans, elle était seule avec sa sœur et sa mère veuve depuis 1936. Gazé en 1914, mon grand-père – celui de la canne en buis – avait encore vécu vingt ans au ralenti. Les anecdotes de ces années difficiles, je les connaissais, cocasses ou graves, risquées parfois, mais je les redécouvrais avec un intérêt nouveau. Il y avait eu cette expédition dans une ferme isolée entre Lys et Sainte-Colome. Il fallait ramener un peu de viande fraîche, un cochon de lait. Sur le chemin du retour, des miliciens l'avaient arrêtée. Le fardeau ficelé sur le porte-bagage intrigue, elle parle de pommes de terre et sans ouvrir le sac, pas dupes, ils la laissent passer. Ils cherchent de plus gros poissons du marché noir, tous n'étaient pas des sadiques. Elle était jolie aussi. Courageuse, ces expéditions c'était elle qui les accomplissait à bicyclette malgré les risques, les intempéries, les côtes à grimper dans ce piémont des Pyrénées. On disait Basses-Pyrénées à l'époque. Elle avait eu peur plus d'une fois. Notamment au cours de cette nuit passée barricadée dans une halte de campagne – elle travaillait alors aux chemins de fer – quelqu'un avait essayé de forcer la porte. Nuit blanche Devenue mortelle, maman a pris une

166

importante nouvelle, urgente ; une proximité perdue s'est rétablie. Elle le sent au point de me dire un jour qu'elle bénit sa maladie. Irène emploie toujours des mots un peu mystiques. Elle l'est. Ce fut sa seule allusion à la maladie. Maria-Louisa, nous l'évoquons souvent. Je l'ai appelée un soir après minuit, je lui ai appris l'hospitalisation de maman, à un mois de la mienne. J'ai attendu le plus tard possible avant d'appeler. Arriverai-je un jour à ne pas avoir d'arrière-pensée ? Manuel n'était pas rentré encore. Ils attendent toujours. Les révélations espérées tardent.

– Rien de nouveau n'est intervenu.

Des fouilles devaient avoir lieu à Quintay. Mais il fallait avant déterminer un endroit mieux ciblé. Des freins aux recherches, des empêchements surgissaient : des mécanismes garantissaient l'impunité aux responsables du programme d'élimination des opposants présumés au régime de Pinochet. Les institutions créées en 1990 au Chili lorsque les civils étaient revenus au pouvoir décourageaient les démarches, multipliaient les autorisations, les dérogations à obtenir. La Commission nationale pour la vérité et la réconciliation était-elle trop nouvelle encore ? Était-elle un leurre, pour calmer l'opinion, l'énergie déployée par Amnesty international ?

– Nous approchons, j'ai l'espoir, avait-elle dit cependant.

Les enfants avaient promis de la remercier pour les ponchos, les petits objets qu'elle avait donnés. Caroline était partie avec l'adresse. Je n'avais pu encore dire l'importance de cette rencontre. Ni l'histoire de ces objets, ni leur parler des enfants qui les avaient portés. Était-ce à faire ?

La voix : *Tu es éducatrice, tu dois savoir !*

– *Ben non, je ne sais pas !*

J'avais recherché mes photos de jeunesse avec Maria-Luisa, l'espagnole de Léon. Je n'ai pas encore fait tirer celles du Chili, celles de son homonyme. Ils avaient ri du quiproquo auquel tenait leur grand-mère ; elle en jouait, je l'avais compris. Elle aimait les faire rire… Insouciance. Je les tenais éloignés des peines de la vie. A tort ou à raison, là encore, je ne savais répondre.

Rentrer. Il fallait rentrer. Pensées doubles. Je veux voir mes enfants.

Bientôt la rentrée, je dois travailler mes cours. Je dois partir. Décision. Je ne veux plus ma vie d'avant avec Éric. Crise. L'éducation reçue m'a donné un sérieux handicap. On ne dit pas je veux, mais je voudrais.

– *Ça, c'était avant* !

Je veux ma maison. Je ne veux pas quitter Saint-Jean. Contradiction. Je veux Maman. Régression. Je prolonge l'attente. Procrastination. Distance avec d'autres responsabilités. Je me sens lâche.

21 août. 22 août. 23 août.

Je dors beaucoup. Décompensation. Natation. Dos crawlé dans la baie.

– Pas vu le dauphin, dis-je aux enfants. Il a dû partir.

J'attends, mais quoi ? Il me semble que le ciel va encore me tomber sur la tête. Je lis pour la forme quelques documents envoyés par l'académie en juin, une énième réforme doit modifier les programmes en 1992. Je paresse ! On verra en temps voulu. Encore une réforme. Parfois bien, parfois moins, on nous impose ainsi de ne pas sombrer dans la routine. Comme si c'était possible en littérature où l'on puise à l'infini !

24 août. 25 août. 26 août.

Comme souvent, des passages de livres, des citations me reviennent, Giraudoux encore, ce paradoxe d'Electre : « Le seul bonheur que j'ai connu en ce monde est l'attente ». Je commence à comprendre.

Coup de téléphone d'Éric.

– On remonte le 29. On sera à Versailles dans l'après-midi, pas question d'attendre le samedi comme tout le monde. Tu as pris ton billet ? Tu vas attendre le dernier moment, comme toujours ! Tu vas payer plein pot !

– Toujours des reproches ! Change de ton !

Je raccroche.

Il faut s'y résoudre. Je prends mon billet, celui de Mendy. Train de nuit. Le chien dormira après une dernière promenade dans l'après-midi. Les gens qui n'ont pas de chiens ne peuvent pas savoir : ils sont des vivants comme les autres. Plus sages, intelligents, sans caprices, ils s'adaptent. Nous, des mammifères comme eux, mais combien plus compliqués. Partage : à ses regards, je sais qu'il me comprend ; parfois, il pleure aussi.

Chapitre 8

Le ciel ne me tombe pas
sur la tête ; je le savais.

La rentrée est loin déjà, la rassurante routine s'est réinstallée. Pas de place pour les états d'âme. Je me regarde faire. Le travail, les copies, le quotidien ainsi que la maison tiennent éloignés de moi les souvenirs. Ils reviennent quand s'installent des pauses. J'appréhende la nuit. Les enfants ont retrouvé sans difficultés leurs marques. Jim en sixième bénéficie d'une attention particulière, mais il intègre si vite toutes les nouveautés que l'inquiétude s'envole. Il goûte, s'installe, travaille. Caroline respire, elle se fait de nouvelles copines, l'une d'elle pense devenir véto. Nouvelle amitié déterminante. L'avenir est fait de rencontres. Il en est tout autrement pour Tom. Bagarreur, soupe au lait, il m'inquiète.

Éric aussi avait repris le rythme. Si tôt rentré, il avait entamé la dalle de la terrasse qu'il voulait achever avant les pluies d'automne. Il disait qu'au printemps, il ne pourrait s'y consacrer : il partirait en Chine, jeter les bases d'une collaboration industrielle. Je devais intégrer les nouvelles dispositions de la réforme, je travaillais d'autant plus que je les avais ignorées tout l'été.

17 heures. Retour des enfants, suivi des devoirs. Repas. Soirées chargées. Je n'avais rien modifié encore de mes cours, je le faisais au jour le jour manquant de conviction. Un emploi du temps à trou dans la semaine me procurait les plages nécessaires. J'utilisais les moindres possibilités, aucun répit. Pour échanger les potins du collège, je ne m'accordais que le petit café de la récré avec mes collègues. Un autre souci s'installait. Repoussé quelques temps en raison des perturbations des voyages, de la reprise des cours, des interrogations au sujet de la santé de maman, je me disais que mon corps tardait à retrouver son rythme, que tout rentrerait dans l'ordre bientôt, mais des vertiges, des moments de fatigue augmentaient l'inquiétude. Le déni a assez duré, j'achète un test de grossesse.

POSITIF. Le ciel ne me tomba pas sur la tête, je savais. Je ne me posai aucune question. Ce quatrième enfant, je l'avais longtemps espéré malgré l'opposition d'Éric. Acte manqué le soir de l'étreinte d'Éric, je m'étais endormie sans plus penser aux possibles conséquences. Un peu tard sans doute pour ce bébé, mais il était là, voilà ! La gynécologue confirma, il naîtrait au mois de mai, après le 15. Je décidai de garder la nouvelle pour moi seule quelques jours. Je n'avais pas d'autres interrogations.

– Là, tu fais fort pour bousculer ta vie !

Deux jours. Trois jours. Une semaine. Samedi, toujours trop occupés, ou les enfants présents. Dimanche matin : déjeuner des garçons. Ils partent avec leurs scouts. Caroline dort chez sa meilleure amie. Café avalé, Éric part acheter un produit chez un droguiste toujours ouvert.

Ne laisse pas passer dimanche sans lui parler.

Crise à venir. Onze ans séparent de la dernière fois. Annonce facile, s'opposant à ses parents, il voulait trois enfants. Quand il revint, j'avais préparé un vrai petit déjeuner, j'allai dans l'atelier lui parler. Il rechigna : il voulait sans tarder se mettre au travail, mais me suivit dans la cuisine. Un moment gourmand avant la tempête. Sans trop attendre, je lui dis que j'avais quelque chose à dire, et le temps qu'il lève les yeux vers moi, que j'attendais un enfant.

– Un enfant ! Encore ! Comment est-ce possible ? Tu ne prends plus tes précautions ? Tu nous vois dans dix ans ! Encore un fil à la patte ! –Hors de question que tu le gardes !

- Hors de question que je le tue !

Sonnée par la violence de l'échange, les propos en rafale, je partis dans la forêt avec Mendy. Quand je rentrai, Éric était sorti.

Corrections… Lorsque je saturais en guise de diversion, repassage devant un film, assise devant la machine à repasser offerte par mes parents. La tâche accomplie debout fatiguait maman. Elle avait vu une publicité et mes parents en avaient acheté deux apitoyés par les piles de linge qui m'attendaient chaque semaine. Alléger les tâches avait un côté suspect pour Éric ; perfectionniste, il s'ingéniait à alourdir les siennes, reprenant ce qui n'allait pas. Ce qui n'entrait pas dans sa sphère d'activité ne le concernait pas.

Il n'était pas curieux des nouveautés d'art ménager. Il les trouvait inutiles, onéreuses. Le prix de la machine à repasser l'avait irrité. Comme chaque fois, la discussion avait tourné court :

– Tu ne l'as pas payé !

– Là n'est pas la question : l'argent sort, c'est tout.

Je ne comprenais pas son curieux rapport à l'argent.

Il revint avec Caroline, il était passé la chercher chez son amie. Les garçons venaient d'arriver. J'avais préparé de la pâte à crêpes, disposé sur la table confitures, sucre, miel et sirop d'érable. Cidre brut et doux. Quand et comment annoncer aux enfants qu'un nouveau-né arriverait au printemps. Ne pas perturber ce moment : ils adoraient ces soirées du dimanche soir auprès du feu, ces goûters tardifs tenant lieu de dîner. Parfois, c'était une soirée hot-dog arrosée de bière non alcoolisée. Pensées confuses, retour en arrière. J'avais voulu parler, Éric avait balayé d'un geste agacé ma tentative, comme tout ce qui le dérangeait. J'étais tendue. J'étais ici, j'étais ailleurs. Tout revenait. Les propos des enfants qui parfois le réclamaient, le quatrième. Ensemble ou séparément. Ou bien écartaient l'idée quand l'autre l'évoquait par jeu.

- Marre ! disait Jim, d'être le « petit dernier », exaspéré quand nous rencontrions de vieilles bigotes bouche fendue, sourire acidulé, qui caressaient sa tête blonde. Une autre fois, la tonalité était autre :

–Mais s'il arrivait, je ne serai plus le plus petit, alors ?

Caroline :-Arrête donc ! Ça n'arrivera pas : maman est trop vieille !

Attrape, ma vieille ! Tu as dû la contrarier !

Éric ne m'avait plus adressé la parole. Quand il rencontrait mon regard, je n'y lisais aucun encouragement, ni regret, ni excuse. Regard neutre, détachement. Que ressentait-il ? Attendre un peu encore ne changerait rien pour les enfants. La soirée continuerait tranquille. Parler avec Éric, plus tard ce soir. S'expliquer. Oui, c'était préférable. Les enfants dormiraient mieux sans l'excitation que s'ensuivrait. J'attendrai mercredi. L'annoncer ensemble avec Éric ? Habituelle ritournelle :

– Il est trop tard. On ne discute pas après onze heures, demain je bosse !

– Moi non ! dis-je ironiquement.

Quand je me réveillai vers trois heures, je m'en persuadais : qui ne dit mot, consent ! Insomnie. Les pensées se bousculent. Retour en arrière.

Chapitre 9

Ce fut un des premiers
vrais drames de ma vie.

ELISABETH !

Je pensais à la situation semblable vécue par une collègue professeur de musique au collège, tout me revenait soudain. Déjà maman de trois garçons dont le dernier avait dix ans, lorsque je l'avais rencontrée en ce début d'année scolaire, elle était enceinte. J'attendais mon premier bébé. Tout de suite cette petite femme souriante, menue et dynamique, à l'éternel chignon presque gris qui la faisait sans âge, s'était montrée attentionnée. Elle avait joué la grande sœur expérimentée et su calmer mes inquiétudes. Bien sûr, elle espérait une fille.

Pour fêter l'année nouvelle, le collège organisait un repas festif. Les conjoints étaient conviés. Tous avaient fini par se connaître. Comme l'un d'eux commentait leur courage, leur vitalité : un nouvel enfant, après trois déjà grands !

- Que veux-tu, est-ce ma faute si ma femme est une lapine ? s'était exclamé le mari sans finesse. Cette repartie m'avait choquée, peut-être aussi l'interlocuteur qui répliqua du tac au tac avec ironie :

- Toi, un sacré reproducteur !

Et, il lui tourna le dos.

Quelques semaines avant la naissance de Caroline, elle mit au monde une petite fille. Nous nous étions invitées avec nos bébés. Elle avait pris l'initiative. Je me rendis à quelques kilomètres, un de ces villages où fleurissaient autour d'un vieux clocher des domaines aux pavillons semblables. Son savoir-vivre était exquis, un peu suranné. Le service à thé dénotait avec la modernité du pavillon, mais à l'intérieur, les meubles étaient d'époque. Lorsqu'elle me dit plus tard son nom de jeune-fille, je compris un peu mieux l'élégance de ses manières et son mépris non affiché de l'apparence.

Les cours avaient repris. Routine des jours bien remplis. Moins de deux ans après, ce fut un des premiers vrais drames de ma vie. A la récréation de la matinée, guillerette, car mon cours s'était déroulé dans la meilleure des ambiances de classe, j'entrais dans la salle des professeurs. Contrairement à l'habituel et sympathique brouhaha des collègues autour des cafetières fumantes et des gâteaux secs, un silence morbide me glaça. Je palis, certaine qu'un drame s'était joué. Elle était morte. Depuis le matin. Sa fillette de dix-huit mois trottinait dans le séjour. J'allai aux obsèques, bouleversée d'entendre les sanglots du plus jeune de ses fils, inconsolable. Jamais je n'oublierai. Accident ? Suicide ? On n'en sut rien. Jamais. Puis les rumeurs se turent.

Un an plus tard, remarié, le reproducteur avait quitté la région. Jamais je n'oublierai.

Comment trouver le sommeil ? Tout s'entremêle. Je parlerai aux enfants mercredi. Avec ou sans Éric.

Tu sais bien, il ne dira rien…

C'est sa façon de fuir ce qui le dérange : le mutisme.

Chapitre 10

Le vieux marin s'était refermé,
hermétique comme une clovisse.

Ici bientôt, ce sera l'hiver. Là-bas, on entrait dans l'été. Comment trouver l'oubli de lui. Valparaiso s'engourdissait dans l'attente. Il faisait chaud cette année-là. Les jours passaient. Maria-Luisa, fébrile, inquiétait Manuel. Elle avait du mal à masquer l'impatience suscitée par les espoirs pourtant prudents de Raphaël. Je traquais les informations parvenant en France. Les proches de disparus ne baissaient pas la garde. Depuis vingt ans, ils menaient campagne pour que la vérité soit connue, les crimes reconnus, et peut-être un jour, la justice rendue. Savoir, surtout savoir où se trouvaient les corps de leurs proches car la tactique éprouvée était : pas de corps ; pas de délit ; pas de jugement. Depuis vingt ans les mouvements s'intensifiaient, chaque fois les requêtes butaient sur des mécanismes empêchant les recherches alors que le rapport Rettig, publié en 1990, annonçait 2800 personnes tuées ou disparues durant la dictature. Valparaiso poursuivait son naufrage. A Quintay, les hommes du petit port pratiquaient l'omerta : le travail était rare. Les morts sont vite oubliés quand les vivants survivent à peine.

Manuel m'avait écrit. Le vieux marin s'était refermé comme une clovisse hors de l'eau. Manifestement sous la pression de son fils qui ne voulait pas d'histoire. Bougon, il ne sortait plus que rarement de chez lui. Il évitait le bar où Raphaël l'avait piégé. Lui ne se montrait plus, il avait choisi de laisser reposer la pâte, d'attendre qu'elle fermente à nouveau. Il disait :

– Les bulles finiront bien par remonter.[*]

Comme on arrivait au terme des quatre années après lesquelles, selon la législation chilienne, conseil et maire de la commune devaient être renouvelés, Raphaël attendait cette période d'ébullition où les langues arrosées se délient aux palabres sans fins. Une toile s'était tissée autour du vieux grâce à Consuela que Manuel savait aussi habile qu'hermétique. Je téléphonais à Marie-Luisa régulièrement. Lorsqu'une fois Manuel avait décroché, tacitement, nous n'avions parlé que des derniers événements orchestrés par Raphaël. Je venais de recevoir la plus émouvante des lettres d'amour. Je la lisais et relisais le soir, culpabilisant après en parlant à sa tante qui ne connaitrait plus cet intense bonheur.

Cependant, on avançait. Les femmes de Quintay, compagnes de misère de Consuela, d'une maison à l'autre, d'une ruelle à l'autre avaient entendu les suppliques des mères des disparus, celle de Maria-Louisa en particulier. Elles agissaient, on pouvait compter en coulisse sur l'activisme de Raphaël. Dans tout le Chili, excédées par le régime de Pinochet qui avait rendu leur situation plus précaire encore, dépendantes, exclues, subissant des inégalités criantes, soumises aux tortures, aux viols, aux sévices en tous genres, les femmes n'avaient pas cédé ; jamais elles n'avaient autant participé aux mouvements contestataires contre la dictature.

Il fallut ruser longtemps pour amadouer le vieux à nouveau. Raphaël, discret, son réseau agissait : une bouteille par-ci, un repas chaud par-là, un coup de main, un rapiéçage, quelques sous… Il avait fini par causer un soir qu'il était un peu ivre et tapait le carton avec un vieux menuisier soudoyé par Consuela. Elle s'était empressée de rapporter. Alors Raphaël avait repris la main. On avait pu cerner un lieu plus précis : le vieil entrepôt d'une pêcherie ruinée où il allait chercher du bois pour se chauffer. Il fallait agir prudemment. Manuel n'avait rien dit à Maria. Quand il me posa des questions sur moi, je parlai de ma mère, de la chimio qui l'épuisait, de la solidité de mon père. Comme souvent, la communication avait été interrompue. Ce qui m'était apparu improbable, c'est qu'il puisse y en avoir, des communications ! Dans Valparaiso, les énormes nœuds des liaisons électriques et téléphoniques m'avaient laissé éberluée en les découvrant. Comment réparer si ce n'était à la façon du nœud gordien ? Les enchevêtrements d'innombrables fils au sommet de chaque poteau branlant, ou de poternes suspendues à l'angle des rues m'avaient fait craindre de voir surgir des étincelles. Procédé classique des pays sismiques, m'avait appris Maria. C'était pour moi impensable avant et incroyable, si ce n'était de voir de visu ce spectacle !

Chapitre 11

Je ne joue pas ;
ma vie n'est pas un roman.

J'avais attendu le soir du mercredi. Le retour d'Éric, le dîner, il plaisantait – cela présageait mal – évitant mon regard. Plaisanteries qui sonnaient faux. Alors, d'une voix déterminée :

– J'attends un bébé.

Stupeur, mais joie bruyante des enfants, regard oblique de Caroline. Muette, elle se lève et vient m'embrasser. Quand l'excitation fut calmée, leur père avait quitté la pièce. Nous ne l'avions pas remarqué. Je laissai les garçons devant la télé. Caroline resta dans la cuisine que j'avais entrepris de ranger. Comme à son habitude, elle fut directe :

– Tu ne peux plus quitter papa.

Et juste après :

– Est-ce que le bébé est de lui ?

Sidérée, je m'entends répondre :

– Mais oui, évidemment !

Jamais je n'en avais douté. La maturité de ma fille ? Ce n'était pas une découverte, elle s'était toujours montrée précoce, réaliste, responsable, mais ce soir-là, je fus abasourdie. Jamais je ne lui avais fait de confidences déplacées. Je pensais à la délicatesse de Manuel. Non, cet enfant n'était pas de lui. Je pensais au reproche d'Éric : – Tu ne prends plus tes précautions ? Ce bébé était en moi, de moi, je n'avais pas d'interrogations. Est-ce bien raisonnable ? NON. Je ne regrettais pas que Manuel n'en soit pas le père. Je n'aurais pas su mentir. Mais qui sait ?

Romanesque… dit la voix !

Je ne joue pas. Ma vie n'est pas un roman !

Ce que je savais, en revanche, c'est que je prenais pour moi la bonne décision. Sur ma lancée, je téléphonai la nouvelle à mes parents. S'ils furent inquiets, réprobateurs, je ne le perçus pas. J'entendis même Irène chantonner à Jean-Louis :

– Je te l'avais bien dit qu'il y aurait un quatrième !

Côte Est, la tonalité fut autre :

– Avec vous, il fallait s'attendre à tout.

Ma belle-mère avait maintenu la distance du vouvoiement. Tonalité bien différente du vouvoiement de Manuel, de Maria-Louisa lorsqu'ils me parlaient en français.

Je lui dis bonsoir ; je raccrochai. J'appellerai Maria-Luisa un autre soir.

Chapitre 12

Quand viendra l'oubli de vous ?

Pour les congés de la TOUSSAINT, les enfants, Mendy et moi étions partis à Ciboure. A l'aller, j'avais réservé une nuit d'hôtel et des entrées au Futuroscope ouvert depuis quatre ou cinq ans. Le parc connaissait un vif succès. Éric détestant la foule, les attractions foraines, n'avait jamais voulu s'y arrêter : les files d'attente lui étaient insupportables. Tom, maussade, sans que nous comprenions pourquoi avait compromis la fin de l'après-midi. Il avait voulu se coucher tôt sans attendre le spectacle son et lumière promis. Ce n'était pas nouveau. Muet, le regard sombre, celui de mon père parfois, des orages couvaient. Il était intuitif, il ressentait les choses. A l'arrivée, il se blottit dans les bras de sa grand-mère. Le jour, je m'occupais d'eux tous. Tard le soir, je corrigeais des copies, m'y reprenant à deux fois et puis enfin, je relisais sa lettre. Il me parlait de l'indéfinissable harmonie significative des rythmes et des corps quand nous avions dansé, de confiance et de sensibilité, de franchise et d'élégance…

En cette saison, pas de baignades. Promenades sur les plages et dans l'arrière-pays. Nous étions remontés à la Rhune, cette fois j'appréciai le petit train qui serpente jusqu'au sommet. Maman nous avait accompagnés. Essoufflée, elle se fatiguait vite et des quintes de toux parfois la déchiraient. Comme elle avait tendance à se confiner ; nous en avions été heureux. Nous avions déjeuné au sommet à la benta Etxea qui domine le panorama. Quelques tapas, paëlla, omelette au lomo. De la terrasse, la baie de Saint Jean de Luz dans le soleil d'automne adouci et oblique se colorait de rose mauve. Un autre jour, ce fut Saint-Sébastien, sa baie miniature de la Concha. Nous avions marché sur la promenade qui longe la plage d'Ondarreta, évité les restaurants renommés et hors de prix :

— Nous ne savons pas nous tenir ! On sait Maman ! On sait !

Nous nous étions rabattus sur des sardines au goût un peu fort, grillées sur le port. Retour en arrière. Absence, j'entendais la conversation avec Manuel. Comme hier, nous avions joué à énoncer les baies que nous connaissions au moins de nom : le Mont Saint-Michel, la Trinité, les trépassés, la Baule, la baie de Somme, la baie des anges. En rêve, le projet de visiter les plus belles : Porto, Girolata, Ha-long, Rio, Guanabara, les Saintes, la baie de tous les saints, et la baie de Naples, et aussi celle peut-être de San-Francisco. Inépuisable, joueur, Tom avait retrouvé le sourire, avec Manène, il se montrait d'une prévenance attendrissante. Sa mauvaise humeur revint au départ : le temps avait passé trop vite. Une surprise pourtant encore les attend. Détour par Arcachon. J'ai retenu un petit hôtel près de l'embarcadère du Mouleau. Le cap Ferret, ce sera une autre fois, promis. Le banc d'Arguin, la dune du Pyla. Enfin ! Il fait un temps magnifique, inattendu en ces jours de Toussaint. Je prends l'escalier en rondin pour gravir la dune, les enfants pieds nus font la course dans le sable blond. Au sommet, la vue éblouissante sur l'Atlantique, la clarté intense, les flots agités nous saisissent. Réminiscence. Quand viendra l'oubli de vous ? Je reste là, immobile, muette sans retenir mes larmes. La faute au vent ! Demi-tour, le regard plonge vers la forêt des Landes si verte, si dense, si proche. Contraste. Éric est intraitable. Pas de détours ! Il se prive de beaux spectacles. Mis à part les tous premiers jours, je ne me souvenais pas d'un trajet serein auprès de lui. Tout était problème. Tout devait être rapide : les biberons préparés, je les donnais dans la voiture : il fallait être arrivés avant le repas du soir. La départementale sinueuse rendait les derniers kilomètres avant Saint Laurent scabreux pour l'estomac de Caroline. Elle était souvent malade en voiture, mais il ne fallait pas s'arrêter. Jamais nous ne l'avions vu rire, jouer sur une aire d'autoroute avec les enfants pour les détendre. Jamais il ne proposait de visiter une ville ou un lieu remarquable, d'y passer une nuit, une soirée paisible. Je ne comprenais pas ce manque de curiosité. Manuel regrettait de si peu connaître le Chili, son pays. Nous avions rêvé aux grands glaciers de la Patagonie qu'il ne connaissait pas. C'était l'un de mes rêves aussi : voir un jour le Perrito Moreno. Nous aurions marché sur le glacier, vers l'amont, là où la neige se fond aux nuages, loin, très loin de son front, puis nous serions revenus pour voir s'abattre sur l'eau turquoise du fjord la muraille de glace bleutée dans un fracassant tonnerre wagnérien.

Encore cette schizophrénie entre le rêve et le réel.

La descente en roulades parait trop rapide aux garçons qui remontent à notre rencontre, se bousculent, tombent et remontent encore. Caroline me tient la main, nous rions de nos démarches de pingouins bringuebalant dans le sable profond. Se fabriquer des souvenirs.

Chapitre 13

Il lui faisait connaitre le bonheur d'espérer.

Nous avançons vers Noël. Au début de novembre, Éric part en mission. Soulagement. Au retour, il est muet. Il dort dans le bureau sur le canapé d'appoint. Interrogations des garçons… Réponse : « besoin de confort, je dors mal ». Caroline ne dit rien. La fatigue, présente comme jamais avant. Dix ans plus tôt, même en enchaînant Jim après Tom, je ne l'avais pas ressentie ainsi. Il fallait se rendre à l'évidence : en cause, mes quarante-trois ans ! Ma résistance faiblissait. Je fais couper mes cheveux, leur longueur accentue mes traits tirés. Difficile sacrifice. Un dimanche en décembre, je tombe comme s'effondre un mur. Aucun signe avant-coureur, sans bruit, je suis une poupée de son que ses jambes ne portent pas. Une gifle énergique d'Éric me ranime en une seconde.

Un peu plus tard :

— Pas raisonnable que tu conduises dans ces conditions : tu mets les enfants en danger. Je t'interdis d'aller à Ciboure à Noël.

— Tu m'interdis ! Mais je n'en ai pas l'intention. Tu m'as bien dit que vous iriez passer Noël chez tes parents.

Les fêtes, il n'en a pas été question encore. Je l'avais pris souvent en flagrant délit d'oubli. Il était polarisé sur ses fonctions. Sans préméditation, l'affirmation avait surgi. Je m'étonne encore de ma réaction, de ma voix assurée. Intox réussie ! Il n'a pas dit un mot. Se demande-t-il si nous en avions parlé, vraiment ? Le soir à table, il avertit les enfants, peu enthousiastes cette fois. Ils étaient si tristes ces Noëls à Saint-Laurent, une corvée que je m'imposais, ou une B.A. Mes beaux-parents ne se déplaçaient guère. On ne les avait plus vus à Versailles depuis le baptême de Jérémy dix ans plus tôt. Mes congés me permettaient de voir les miens. Les petits comprenaient. Leur affection pour les parents de leur papa allait de soi. Des cadeaux les attendaient. L'excitation du départ les motivait. Dans le sud, il faisait beau ; le froid, parfois vif, n'empêchait pas les sorties : vélo dans les ruelles alentours. Je les emmenais en ville admirer les décorations de Noël, les guirlandes que la maison n'arborait pas. Seule une crèche aux santons minuscules occupait parfois la cheminée où rarement brûlait un feu chaleureux. Très vite, on n'en alluma plus : trop salissant, trop d'effort… Il fait froid pourtant l'hiver non loin du Canigou.Ma belle-mère d'une propreté scrupuleuse passait sa vie à nettoyer une maison sans fantaisie. Syndrome compulsif. A l'extérieur, grand défoulement. À l'intérieur, discipline sans faille, pour que rien ne soit dérangé ou pire, cassé. Les photos de ces années montrent nos enfants sages et figés, visages fermés ou sourire convenu pour la photo, assis autour d'une table sans décors dressée à minima même un jour de Noël. Au dehors, le soleil d'hiver éblouissant était comme une insulte à la tristesse des lieux et de ses habitants.

Peut-être est-ce pour cela qu'aujourd'hui je n'aime ni le vent fouettant, ni le soleil incandescent d'Occitanie.

– *Non, cette année je ne ferai pas de B.A. !*

– *Bravo* ! applaudit la voix.

Un deuxième malaise dans la salle des professeurs me sauve. Le SAMU m'emmène à mon corps défendant. Je ne voulais pas, je me sentais honteuse de cette agitation, de déplacer pour moi des gens, de perturber l'horaire des cours, le collège, son équilibre, mes élèves. Autant je m'étais abandonnée à Maria-Louisa, à Valparaiso, autant je résistai cette fois. J'aurais voulu que personne ne sache, que personne ne voie, que personne n'entende ! Comment expliquer ? J'avais supplié pendant que de jeunes infirmiers n'emmenaient. Ils me consolaient ; rien n'y fit ! Pour la troisième fois en trois mois, je me retrouve aux urgences. Puis au service maternité de l'hôpital. Je reste hospitalisée deux jours, examinée, contrôlée, dorlotée. Je suis épuisée, n'ayant pas encore récupéré de l'hospitalisation précédente, des angoisses de l'été ; le bébé bien accroché se porte à merveille, mais absorbe mes dernières forces. Pour lui, je dois jusqu'à sa naissance, arrêter tout effort. Le médecin du service fit le nécessaire. Il exagéra un peu sans doute car quelques jours et un contrôle à la Sécu plus tard, j'obtins un congé thérapeutique précédant le congé de maternité.

Je me souviens des semaines suivantes, les plus paisibles de ma vie. Je somnole, je m'écoute, je commence à ressentir de discrets frôlements ; je sais les identifier alors que pour Caro, je m'étais longtemps interrogée au début. C'est ça ? Ce n'est pas ça ? Je ne sens rien. Est-ce qu'il est vivant ? Les débuts de la vie d'un bébé m'obsédaient : j'aurais dû avoir un frère, il n'avait jamais vu le jour. Irène en parlait peu. Elle l'avait beaucoup pleuré. Je savais qu'un vaccin administré avant le départ en Afrique était responsable. Un médecin militaire sûr de lui, avait affirmé son innocuité.

– D'ailleurs, ma femme l'a subi sans dommage. Aucun problème !

Irène s'étonna bien de son ventre qui ne grossissait plus, mais ne se sentant pas malade, elle attendit jusqu'à ce qu'un trajet en jeep entre Pontoise et Versailles où des pavés rendaient la route indestructible – elle l'est encore devant le château – ne déclenche de violentes contractions. Le bébé était mort depuis deux mois déjà. Un petit garçon. Tom et Jim rien de semblable : ils s'agitaient tellement que c'en était impressionnant. Tom surtout l'avait échappée belle en se faisant des nœuds coulants avec son cordon ombilical. J'écoute ces bulles de la vie qui murmurent en moi. Dans la maison, j'écoute vivre Caroline, Thomas et Jérémy. Brouhaha ou bourdonnements. Dans la cheminée, le feu crépite à leur retour. « La vie simple et tranquille » de Verlaine.

C'est bientôt Noël. Pour le 30 novembre, anniversaire de Tom, je fais en avance le plus beau sapin jamais vu, je mets des décorations très Kitsch partout. Mendy ne passe plus des heures solitaires à attendre. Avec lui, je sillonne les allées du parc Chauchard ou au-delà, l'avenue de Paris dont il connaît bien chaque chêne, petit Idéfix ! Au retour, il s'installe museau posé sur les pattes. Il comate des heures sur le vieux sofa, en poussant des profonds soupirs satisfaits. Mimiques. Dents apparentes, oreilles dormantes, lèvres écartées, babines relevées ; il sourit. J'en suis persuadée. Les chiens savent sourire. L'humeur sombre d'Éric me peine. Irène m'inquiète. Cela s'appelle le bonheur. Parfois, j'arrive à tenir éloignée de moi la pensée de Manuel, de Maria-Luisa. Parfois, je

m'abandonne. Je relis aussi sa dernière lettre, elle a pris le pli de
m'écrire souvent, en illustrant chaque enveloppe de jolis timbres.
Cette correspondance l'apaise, elle écarte l'angoisse de l'attente,
m'écrit-elle. J'ai appelé un soir, tard.

Elle sait pour le bébé que j'attends, Manuel aussi sait. Honnête,
direct et socratique, il m'a posé la question :

– Rien n'étant sûr, je ne le pense pas, mais pourrais-je être
le papa ?

Après ma réponse, il me dit :

– Moi aussi, je vais être papa.

Mon cœur a fait un bond.

Très vite j'ai pensé : Nina !

Je savais qu'il avait entrepris des démarches, c'était le vœu des
Purcell, les presbytériens. Celui de Nina, évidemment. Il avait
dû attendre que la fillette ait dix ans, qu'aucun parent ne se soit
manifesté, qu'elle soit déclarée abandonnée. Autres prétextes.
Marques de l'autorité d'un pouvoir arbitraire. Discours convenus,
légalité, intérêt de l'enfant ? On n'en avait cure. Mascarade. Le
trop populaire professeur Moana agaçait. Son action autour de la
disparition de ses cousins, son soutien sans faille aux familles des
disparus lui valait plus d'obstacles qu'à quiconque, davantage de
délais, plus de tracasseries. Manuel n'en n'avait pas fini avec l'administration. Mais il avançait. Il ne voulait pas donner à Nina de
fausses joies, elle saurait bientôt. Elle continuait avec lui son jeu
de séduction. Il comprenait tout de ce petit cœur féminin. Il lui
faisait connaître le bonheur d'espérer.

Chapitre 14

Je prends le temps que je
n'ai jamais eu. J'observe.

Je prends le temps que je n'ai jamais eu. J'observe. Les balades avec Mendy me font explorer ce voisinage jusqu'alors méconnu. Je détaille les maisonnettes ; l'une surtout. Quelques mois auparavant, j'avais remarqué une femme inconnue, elle arpentait à l'extérieur une grille toujours fermée. J'étais passée par là. Je ne sais pourquoi la promeneuse m'avait intriguée. Puis je n'avais plus pensé à elle. Au hasard des marches régulières de décembre, je la rencontrai à nouveau. La seconde fois, mon passage parut la gêner, elle fit semblant de s'en aller plus loin comme si elle passait sans but précis. Sa mise, son âge, sa gravité… Un air de Maria-Luisa lors de la rencontre à Santiago. Retour en arrière.

Quelques jours plus tard avant Noël, je la revis au même endroit, à la même heure, toujours dehors, devant la grille du même pavillon de l'avenue. Dans le domaine, les rues principales sont des avenues même si leur faible importance rend ce terme inapproprié. Comme un fer à cheval, cette rue cerne l'ancien pavillon de musique de la comtesse de Provence. Le terrain du 21, tout en longueur, est clôturé. Les grilles avaient dû être vertes autrefois. Derrière, une maison assez vaste signée Bachelin, l'architecte-star des années art-nouveau à Versailles, grosse maison bourgeoise en meulières ; au-dessus du seuil, une frise en carreaux de faïence décorés de fruits est l'unique élégance. J'avais fini par bien connaître les pavillons du quartier de Montreuil, ceux de l'avenue de la République leurs décors de guirlandes, de scènes mythologiques, ou de fleurs donnaient leur nom aux pavillons ; Marguerite, Iris. Prénom de la propriétaire peut-être ? La passante arpentait la grille, elle observait le jardin. J'avais fait de même un peu plus tard pour découvrir ce qu'elle cherchait dans ce lieu manifestement abandonné. Mais rien de spécial à l'évidence, ni arbre centenaire, ni massif arboré, ni étang pouvant susciter l'intérêt. Seuls dans une pelouse moussue, les arceaux d'un ancien jeu de criquet se voyaient encore, fichés en terre.

Plutôt grande, vêtue d'un pantalon-fuseau, d'une canadienne en tweed au col en fourrure, elle était à la mode des années soixante. Elle ne souriait pas derrière des lunettes à grands carreaux démesurés pour son visage émacié. Sans âge, elle paraissait avoir la soixantaine, plus peut-être. Qui était-elle ? Que faisait-elle, arpentant toujours vers la même heure les abords du pavillon clos ? Comment savoir ? Elle n'avait pas répondu à mon salut.

Chapitre 15

Une année inoubliable.

Alors commença la vie patchwork.

Noël. Les vacances. Ils sont tous partis. En échange, Irène et Louis m'ont rejoint.

« La vie simple et tranquille. » On se dorlote. Ils sont déten-dus. Éric absent, absente la tension qu'il génère, son antipathie qui le rend méchant et injuste. Tel Argus, il surveillait tout ce qu'ils faisaient. Il affichait lorsqu'ils étaient là, la mine renfrognée et réprobatrice de sa mère lors de nos séjours à Saint-Laurent. Toujours frigorifiée, Irène avait froid dans la chambre qu'ils oc-cupaient. Louis montait le rhéostat.

– Toujours au maximum…! disait Éric.

Il passait derrière eux pour le baisser, il avait fini par bloquer à moitié course avec une vis le mécanisme de sorte qu'on n'ob-tenait jamais plus de 17 degrés dans la chambre. Ambiance. Ses raisons, je les connaissais : économie. Que fera-t-il quand il sera vieux, lui, qu'il aura froid ? Les mesquineries me fatiguent. En décembre, j'ôte la vis !

Pas trop tôt !

Exit 1991.

Je relis, trouvé dans un journal, le récapitulatif d'une an-née particulière. La France a remporté la coupe Davis, face aux USA, celle de Roland Garros ira à l'américain Jim Courrier… Et à Monica Selles.

La palme d'or à Cannes est obtenue par les frères Cohen. On en reparlera.

L'oscar du meilleur acteur, j'ai déjà oublié son nom ! Itou pour la meilleure actrice. J'ai lu que le Goncourt va à un cer-tain Pierre Combescot pour « Les filles du calvaire ». Je vais es-sayer de le lire. Vœux pieux. C'est la fin de la guerre du golfe qui nous a bien occupés avec l'opération « Tempête du désert ».

Victoire de la coalition. 30 Juillet à Moscou, « premier sommet de l'Après-Guerre froide »

Gainsbourg est mort le 2 mars. Le 9 novembre ce sera Montand. Freddy Mercury, le chanteur du groupe rock Queen. Je regretterai Mort Schumann, l'américain au grand cœur, le géant qui chantait en français d'une voix si douce.

Je me suis promis de ne plus avoir la tête sous l'eau, de me tenir au courant des événements ! La veuve de Mao Tsé Toung se suicide par pendaison. Qui connaissait son nom : Jiang Qing ? Le matador français, El Mimeno, aussi se donne la mort. Est-ce par dégoût du sang et de lui-même ? Edith Cresson est nommée premier ministre, une première pour une femme ! On le lui fera payer. Miguel Indurain va remporter le tour de France.

Dans les Alpes autrichiennes, sur un glacier qui fond, un corps vieux de 5000 ans a été découvert. La glace l'a conservé à la manière d'une momie, on l'a baptisé OTZI. On a pris un peu plus conscience du réchauffement climatique… Un tout petit peu… Trop peu… Trop tard. ?

Les typhons portent de jolis prénoms : celui de l'année se prénomme Thelma, il fait 5000 morts. Aux Philippines, le volcan Pinatubo dont le monde retiendra le nom, n'en fait que 500. Le compositeur et trompettiste de jazz Miles Davis aussi est mort, cela n'aura pas échappé à Manuel.

Kevin Costner est sacré meilleur réalisateur pour « Danse avec les loups ». Je verrai trois fois le film.

L'Angleterre remporte le tournoi des cinq nations au rugby en réalisant le grand chelem. C'est l'année des indépendances, celle des pays baltes qui se libèrent du joug soviétique. L'Arménie aussi.

Recluse en Birmanie, Aung Dan Suu Kyi ne pourra aller à Stockholm chercher son prix Nobel de la paix. Le 25 décembre, Michaël Gorbatchev démissionne, l'URSS n'existe plus, cela ne lui sera pas pardonné. En Afrique du sud, c'est la fin de l'Apartheid. 1991. Des dates inoubliables. Des destins. Des chemins.

C'est une bonne année pour les Bourgogne ; meilleure encore pour les Champagne.

Non le défi ne peut être accompli. J'oublierai. Certaines sont de belles dates pourtant, de grandes dates. Trop de travaux « ennuyeux et faciles » emplissent les vies, elles s'écoulent ; le temps, les événements se bousculent.

Dans ce Maelstrom, le Chili, Manuel. La vie comme un patchwork.

En France, au retour la conception de Luisa. Les heures coulent comme du sable entre mes doigts, puis les jours, puis les mois.

Chapitre 16

Affaires classées.

1992. Que réserve l'année ?

J'attends une fille. Commentaire positif d'Éric :

— La parité sera respectée.

Irène aimait les années paires :

— Les choses vont mieux ces années-là.

Elle avait ses superstitions. C'était vrai, elle n'allait pas mal. Elle avait dit :

— La vérité ne me fait pas peur. Ne me prenez pas pour une niaise, Docteur !

Il avait choisi de la lui dire, elle posait des questions sur les traitements, elle était déterminée sous ses dehors fragiles. Sa personnalité discrète et attachante lui avait gagné l'estime du praticien, il se battait pour elle, à ses côtés ; pas si rationnel qu'on l'imaginait pour un scientifique, il l'avait orienté vers des soins parallèles qui contribuaient à diminuer les effets secondaires, peut-être à ralentir le mal. Elle allait à des séances de sophrologie, participait à un groupe de parole. Argument massue d'Irène :

— Je veux connaître ma petite-fille. Je ne veux pas d'une opération risquée. Elle en savait les conséquences. Elle avait décidé, personne n'essaya plus de la convaincre d'accepter cette option.

Au Chili, l'arrivée prochaine de Nina à la maison agissait aussi comme une thérapie contre l'attente.

— Le petit piano à queue doit être déménagé, écrivait Maria.

Elle voyait déjà la petite faire ses gammes ; elle l'entendait déjà chanter en s'accompagnant au piano. Elle allait de l'avant, la chambre de ses fils avait cessé d'être un sanctuaire. Repeinte, modernisée, Nina allait s'y installer.

A Quintay la ballenera, lieu où l'on dépeçait les cétacés avant, l'une des plus actives de la côte ouest, de tout le pacifique sud, avait fermé depuis des années. A 48 km au sud de Valparaiso, et jusqu'au moratoire de 1967 interdisant la chasse des grands cétacés, les bateaux équipés de harpons entraînés par un canon, tuaient jusqu'à vingt baleines par jour dans ces eaux propices à la pêche ; mille ouvriers avaient travaillé là. Aujourd'hui, un petit musée contenant des photos-choc rappelle ces moments et œuvre en faveur d'une exploitation raisonnée des ressources et du respect de la mer.

Les recherches se poursuivaient. Mais le vieil entrepôt du port de pêche tardait à livrer ses secrets. La petite équipe n'avait aucune aide. Les autorités acquises au régime ne facilitaient rien ; les autorisations n'arrivaient pas ou lorsqu'elles arrivaient, il manquait un cachet, une signature, ou bien une date était erronée. Raphaël pour une fois s'était heurté à l'ampleur de la tâche : déblayer les gravas accumulés, vingt ans étaient passés. Vingt ans de coups de mer, de vents, de tempêtes. Le toit effondré gisait au sol. Dans les débris, des poutres énormes qu'il fallait soulever.

Le vieux marin cette fois ne s'était pas dédit. Le jour, il ne savait plus bien. Un matin ?

Oui, vers 10 heures. Seize mois après le coup d'état du 11 septembre 1973. En janvier. C'était l'été. Ils étaient cinq. Deux jeunes hommes en tenue de plongée et trois autres qui les tenaient. Quintay, à l'époque des baleiniers, ce n'était pas un lieu touristique, mais un bel endroit abrité dans une anse de la côte avec des plages que Valparaiso n'offrait pas. Les garçons avaient appris à nager dans des flaques profondes tapissées de sable blanc, dans les creux d'eau tiédie. Plus âgés, ils s'étaient aventurés plus loin, là où les éponges dorées sont à portée de main. L'enfance... L'attrait pour l'océan. Après, ce fut l'appel des loutres de mer qu'ils voyaient s'amuser dans les couronnes de varech vert près des rochers là où la profondeur augmente. Très vite, ils avaient été attirés par ces fonds qu' un certain Jacques-Yves Cousteau avait rendus accessibles avec la mise au point du scaphandre autonome. Gosses de riches dans ce pays si pauvre. On n'allait pas les plaindre. Au port, dans la maison du capitaine, ils passaient tout l'été. Avant. Mais ce jour-là sur la plage, on n'avait rien retrouvé d'eux. Leur voiture, c'est tout. On avait effectué quelques recherches pour la forme. Puis très vite, les policiers avaient conclu à la noyade par imprudence.

Affaire classée.

Les fonds avaient gardé leur corps. Ils gisaient quelque part dans ce monde du silence où se reproduisent les poissons qui font du Chili le royaume des pêcheurs. Quelque part dans les grottes englouties aux reliefs déchirés, colonnes et ruelles marines qu'on savait être là, qu'ils exploreraient un jour, ils se l'étaient promis. Ils n'étaient pas remontés, voilà ! La mère, la femme du socialiste, l'ami d'Allende n'avait plus qu'à pleurer et se taire. Le régime de Pinochet, ordre, rigueur, loi. Eux, ils posaient des questions, ils s'agitaient. La mort imprévisible de leur père en 1972, l'explosion du bateau neuf… Tiago et Juan ne l'admettaient pas.

Un assassinat, ils le prouveraient.

Mais la junte militaire au pouvoir les condamnait ; tous, en vrac, les communistes, les révoltés, les activistes, les agitateurs, les contestataires. Cibles des dictatures : les professeurs, les artistes, les étudiants, les esprits libres. Ils en étaient.

Chapitre 17

Vingt poèmes d'amour.
Mon livre de chevet.

En avril tout s'accélère. Je dors mal.

Louisa s'agite beaucoup quand je suis allongée ; pendant mes promenades, bercée, elle dort. Comme une évidence, son prénom s'est imposé. Parce que j'aime les prénoms terminés par un A, que je pense à Maria-Louisa, que mes tentatives pour retrouver la première ainsi prénommée restent vaines. Parce que son grand-père s'appelle Jean-Louis, qu'on dit Louis presque toujours. Je suis tellement lourde. Je marche lentement : Mendy-Idéfix connaît tous les bons coins des avenues ; il prolonge les haltes au pied de chaque arbre, avec ma bénédiction. D'habitude, je le houspille pour qu'il avance. Il ne comprend plus.

J'ai fait de « Vingt poèmes d'amour et Chant général » mon livre de chevet. Le lire ne peut faire de mal à la petite. Tu es si loin ! J'attends. Maria-Luisa attend ce qu'elle sait depuis vingt ans. On recherche toujours les corps.

Les mots de Pablo semblent écrits pour ceux qui s'aiment même loin ou se sont aimés. Un chant d'amour pour enchanter la douleur. Qu'elle sache où, quand, comment et les ramène près de leur père.

Mai arrive enfin, puis défile. Premier mai : muguets, rites et rires. Deux, trois, quatre, cinq, dix, vingt brins ! 29 mai 1992.

Éric est parti. Au Japon cette fois. Louisa se fait attendre. Je vais à la clinique. Pour tromper l'angoisse, je revis les événements de la semaine. Lena moins impliquée me les avait racontés.

Chapitre 18

On était en avril, mais comme à Noël
on avait cuisiné des plats traditionnels.

Il y eut l'arrivée de Nina dans la maison des hauts, comme elle la nomme, car elle a grandi plus bas au presbytère de la rue Combel. J'imagine la scène lorsque Manuel lui a dit qu'il était son père maintenant. Il ne lui avait pas caché les démarches entreprises, mais il restait sur la réserve, soucieux de la préserver au cas où elles n'auraient pas abouti. Nina quasiment muette avant, entreprend une danse endiablée, l'entraîne dans les étages, dans tous les coins de la maison, les recoins du jardin, elle lui dit les mots jusqu'alors retenus, revient chercher Maria-Luisa pour qu'elle se joigne à la ronde. Fuego fatuo, un feu follet disait Léna. Une fête a marqué l'événement ; les Purcell, leurs amis, Raphaël et Lena, et ceux de l'hôpital. Des voisins aussi, quelques portenos comme on nomme les habitants des villes portuaires en Amérique du sud. Manuel est allé chercher Consuela à Quintay. Vanessa, enthousiaste, retrouve son père à l'aéroport, ravie d'avoir la petite sœur tant réclamée. On sait faire la fête encore ; son goût revient avec sinon l'oubli, du moins l'apaisement.

On est en avril mais comme pour un Noël, on a cuisiné des plats traditionnels. Les adultes, entraînés par Raphael s'ouvrent l'appétit avec son fantastique terremoto ; on sert des empanadas, des pastels de choclo et de poissons cuits ou crus en marinade, le charquican, le râgout de mouton, des pétoncles gratinés, des fruits de mer, des tapas à l'espagnole, de tout ! Maria-Luisa qui tient aux symboles a insisté : un enfant arrive, il faut comme à Noël du poulet cuit à la braise et des desserts aussi, et des biscuits comme savent les faire les grands-mères du Chili. On met des disques, on danse jusqu'à ce qu'on découvre Nina lovée dans un fauteuil club, roulée en boule. Épuisée, elle s'est endormie. Ce fut la trêve. On baisse la garde, on s'autorise insouciance, joie, bonheur. Alors la sanction tombe. Condition humaine. Le jour d'après, le téléphone résonne.

Raphaël à Manuel. Le lendemain de l'arrivée de Nina, bouleversé, il n'a pas voulu appeler Maria-Louisa. Tout arrive en même temps. La joie, la douleur. A la mi-journée, les derniers gravas enlevés ont découvert dans un coin du hangar une dalle bétonnée. Les coups du marteau-piqueur attaquent. Hésitation. Et s'il valait mieux ne pas savoir, jamais. Que tout s'endorme, que la lumière n'éclaire rien de pire. Manuel est dédoublé. Chez lui, il feint la joie pour Nina et Vanessa. Il se tait. Il est heureux, il est dévasté. Il se rend là-bas. La dalle masque un ancien puits assez profond. Echafaudages, descente à la torche. Vingt ans après. Au fond, les restes d'un corps humain. Un seul. Pas deux ! Manuel qui en a tant vu, tellement aguerri craque.

Qui est-ce ? Tiago ? Juan ? Un autre ?

Le corps avait été dépouillé de tout indice permettant de l'identifier. Il avait fallu activer le plan décidé si des corps étaient retrouvés là, faire des prélèvements, recueillir la dépouille, la transporter dans un lieu tenu secret pour éviter des interventions policières. Manuel et Raphaël avaient prévu les difficultés de l'identification. Ils avaient commandé à l'étranger de curieuses boites à envoyer à un laboratoire. On n'était encore qu'au début des recherches génétiques. Cependant, Manuel connaissait les travaux du généticien britannique Alec Jeffrey. On ne parlait pas encore de marqueurs, mais d'empreintes génétiques permettant de montrer les similitudes entre l'ADN de membres d'une même famille même décédés. Depuis 1984, tout s'était accéléré ; le laboratoire recevait des demandes du monde entier, partout où s'étaient installées des dictatures, où s'était propagé leur lot de crimes arbitraires, de disparitions inquiétantes. Ses contacts en Angleterre avaient été précieux. Manuel avait publié dans la revue médicale the Lancet. Les boites reçues étaient parties pour Oxford. Là encore, pour les recevoir comme pour les retourner, des précautions avaient été prises. Un ami sûr se rendant en Europe les avait emportées et postées depuis la France.

Malgré les efforts du président Patricio Aylwin pour rétablir une vraie démocratie au Chili, son acte de contrition resté célèbre au cours duquel il avait, au nom de l'Etat, demandé pardon aux victimes de la dictature, les obsèques officielles du président Allende assassiné, sur tous pesait encore la chape de plomb laissée par la présence encombrante de Pinochet, resté commandant en chef des armées. Comme d'autres avant et après lui, jamais condamnés pour leurs crimes. Après des années de dictatures, trop de démons empoisonnent l'esprit national pour que la confiance s'installe. Lena racontait bien ; mon oreille s'était faite à l'accent chilien. Je ressentais le sentiment étrange d'avoir une famille là-bas, si loin. Je partageais leurs émotions, ils partageaient les miennes. Ce lien tissé en si peu de temps tenait-il du miracle ou d'une universelle humanité ?

Attendre encore. Il faudrait attendre.

Chapitre 19

Je ne supporte pas les
pleurs d'un nourrisson.

Attendre, c'est justement ce que je ne peux plus faire. Mais l'enfant ne veut pas naître. Sent-il que ce monde est hostile ? Que son père n'est pas là pour l'accueillir ? Mon corps ne sait-il plus faire ? Je souffre ! Mais Louisa ne vient pas. Elle va mourir, je vais mourir si on attend davantage. On ne me donne pas le choix. Césarienne. Je la découvre au réveil à la tombée du jour. 29 mai 1992. Magnifique, rose et joufflue, copié-collé de Caroline seize ans auparavant. Bientôt, nous sommes autour d'elle. Sauf son père. C'est un curieux sentiment… Soulagement, tristesse ? Je n'ai plus rien à partager. Je me dis qu'il a choisi de s'exclure. Détachement. Dans cette chambre qui ressemble à celle d'un autre hôpital, loin là-bas au Chili, je pense à Maria-Louisa que j'ai appelée aussi vite que j'ai pu. Irène est près de moi. Elle se sont parlé. Le bébé fait vite ses nuits, ne pose aucun problème comme si elle avait senti qu'il fallait doigté, diplomatie, patience pour se faire accepter. C'est à peine si elle pleure lorsque le biberon se fait attendre. Elle passe de bras en bras. Lorsque revient son père, il feint l'indifférence, bricole, s'occupe de tout autre sujet, conseille, bourdonne autour des adolescents dont les études soudain le préoccupent. Le trimestre se termine, l'été est là. Caroline passe en première scientifique. Tom et Jim s'allongent. Vertige. Tom boude souvent ; son père et lui ne cessent de s'accrocher quand Éric est là. Il va mieux dès qu'il repart. Éric le fait avec de plus en plus d'empressement.

– Je ne supporte pas les pleurs d'un nourrisson !
C'est l'été 92.

Chapitre 20

Assurer les jours,
le quotidien qui cimente et équilibre.

Un an s'écoule très vite comme toutes les années. 1993 déjà. Au fond du puits, c'est Tiago, le plus jeune des deux frères. Le plus grand en taille. Le plus impétueux et téméraire aussi. Il était étudiant-journaliste à Santiago. Son ainé et lui s'impliquaient dans la recherche de preuves démontrant que la mort supposée accidentelle de leur père était bel et bien un assassinat. S'ils avaient voulu plonger ce jour-là à Quintay, c'était pour localiser l'épave du SANTA AMANDA. Avaient-ils parlé de leur intention ? Avaient-ils été trahis ? Questions sans réponses. Mais davantage d'interrogations encore, alors que leur famille croyait que tout allait finir.

La vie quotidienne se poursuit ici comme là-bas et nous sauve. Une chance pour moi : les préparations et la concentration me procurent des moments d'oubli. A la maison, je me consacre aux enfants. Je ne pense à rien d'autre qu'aux découvertes de ces vies d'écrivains toujours différentes, à ces écrits qui ont sauvé leurs auteurs de l'ennui, de la dépression, de la peur aussi. Pendant les cours, je me consacre à mes élèves. Lorsque je sors d'une journée de classe, je ressens l'étonnante sensation d'avoir été une autre : pas celle que je suis dans ma vie ; ma voix est différente, plus sonore, plus grave, plus théâtrale. Une autre personnalité, une autre vie. Copies à corriger. Combien de temps vais-je supporter ce pensum de plus en plus pesant. L'envie de les lancer à travers la pièce me prend parfois. Voici longtemps de cela, un professeur d'anglais, canadienne volcanique quoique sœur dominicaine nous avait ainsi envoyé par la figure nos devoirs ratés ! Suis-je honnête ? L'honnêteté serait-elle de renoncer à ce qui pèse ? Dois-je en parler ? A qui ? Certains sont hypocrites, d'autres lèche-botte. Et si l'on me dénigrait ou calomniait, ce qui est pire ; je fais mon métier du mieux que je le peux, comme je le ressens. Je suis appréciée, aimée. Heureusement, d'autres collègues sont sincères aussi, nous parlons des déceptions de la profession, des élèves si attachants, d'autres qu'il faut éduquer, voire rééduquer, des parents de moins en moins reconnaissants, de plus en plus exigeants, des congés qu'on nous reproche oubliant, des remises à niveau, des stages, des conseils de classe, de niveau, de matières, de discipline... Des ministres qui vont et s'en vont, faisant, défaisant, tricotant, détricotant la réforme justifiée ou pas du précédent ; des maths modernes ou démodées, de l'orthographe que ne régit plus le Bled de nos parents, de la grammaire toujours historique, des voyages de classe qui nous éloignent de nos familles, des heures de bénévolat que nous ne comptons pas, du statut de prof si mal reconnu et rémunéré en France, de notre vie personnelle au milieu des jours qui passent comme de l'eau courante, du feu sacré qui faiblit avec les années. Plaintes habituelles. Au milieu, une vie à vivre. Est-ce moi qui ai d'autres sujets d'intérêt ? Ennui grandissant, dans ces moments-là, je dois faire un effort d'intégrité ou mon esprit s'évade. J'avais admis que nos vies, celle de Manuel et la mienne seraient comme des parallèles. Elles ne se joindraient plus, sinon à l'infini.

Nous n'avions pas le temps de penser. Assurer les jours, le quotidien qui cimente et équilibre. De quoi me plaindrais-je ! Vies parallèles encore. Éric est aspiré par son métier. Qui donnerait la clef du blocage dont il souffre et fait souffrir ? Lui qui a toujours affirmé ne pas être carriériste, n'a pas eu le choix, il a dit « OUI ». Désormais, il est corvéable à merci, mais il n'en souffre pas, au contraire, il ne parle que de cela, ne s'impliquant pas dans les orientations des enfants : interrogation et solitude pour moi. Louisa faisait ses premiers pas. Ensuite ses premiers tours en trotteur, puis ce serait la trottinette. Irène et louis sont plus présents que jamais, « Joe- Louis le taxi ». Jalons. Séjours réguliers d'une semaine d'Éric qui repart avant que la petite ait le temps de le charmer. Elle s'y essaie, mais ne parait pas souffrir de l'indifférence de son père ; ses frères l'adorent, elle est leur princesse. Fascinés, ils n'ont plus envie d'aller traîner avec les copains, regrettant même parfois de partir à leur week-end de scoutisme. L'absence de leur père causait-elle ce resserrement autour d'elle et de moi ? Caroline s'efforce de la cadrer comme elle dit, nous reprochant d'être bien trop indulgents. « Vous allez la pourrir » ! Férue de proverbes anglais qu'elle apprend par cœur, elle dit : « Spare the rod… Spoil the child. » Notre « qui aime bien châtie bien !».

Il y eut la phase de la draisienne ; le jouet revenait doucement à la mode. Elle était si drôle, conduisant avec toute la force de ses petites jambes son véhicule à réaction ! Je promenais Louisa qui, elle, promenait son poupon dans son landau, Au détour d'une rue, apparut la dame en noir que je n'avais plus vue depuis quelques temps. Nous allions la croiser. En nous apercevant, elle se mit à maugréer, puis à crier, alors qu'auparavant aucun son n'avait franchi ses lèvres à mon approche. Je perçus des reproches, des insultes même. Je pensais à la méchante sœur de Cendrillon, le conte que je commençais à lire à Luisa, à l'âge des premières colères. Son visage d'ordinaire banal, sans charme ni défaut particulier, s'était durci, la colère qui l'emportait enflammait sa peau. Elle était agitée de tremblements comme si couvait en elle une lave brûlante qu'elle devait à tout prix déverser. J'avais craint qu'elle ne nous frappe. J'avais hâté le pas. La femme glapissait toujours bien après que nous nous fûmes éloignées, j'avais saisi le sens de son discours. « Femme, mauvaise, mauvaise, insensée ! Enfant, stupide, mauvaise. Souffrir, bébé, mourir ; mauvaise femme, mauvaise femme ! »

Louisa pleurait de peur. Je compris que la femme avait pris le poupon que Louisa promenait pour un vrai bébé. Je hâtais le pas, entraînant la petite fille en pleurs loin de la pauvre folle. Ses cris nous poursuivaient en un écho lointain. Qui était cette femme ? Pourquoi venait-elle ici ? Pourquoi nous avait-elle agressées alors qu'elle m'ignorait d'habitude ? Mais Louisa était avec moi. Louisa poussait le poupon dans son landau d'enfant.

Chapitre 21

L'imagination, la folle du logis
empêche toute paix.

Le temps passait. J'avais mis en sommeil mes interrogations professionnelles. D'autres occupations meublaient les jours. Aux vacances, nous allions au Pays basque. Quelques fois, Éric amenaient les enfants à Saint-Laurent, mais je n'avais pas souhaité y retourner ne pouvant pardonner les mots dévastateurs que j'avais entendus. Ses parents ne connaissaient pas Louisa. Ils n'avaient pas demandé à la connaître, nul message ne m'était parvenu après l'annonce de sa naissance. Après Noël, cette année-là, lors d'un appel diplomatique, ma belle-mère m'avait informée que son état de santé ne permettrait pas les perturbations occasionnées par un bébé. Plus aigrie que jamais, elle n'avait pu s'empêcher, faisant allusion à mon séjour chilien :

– Qui me dit qu'il s'agisse de l'enfant de mon fils, d'ailleurs !

Préparée à cette nouvelle méchanceté, j'avais rétorqué :

– Dans ce cas, il est peu probable que nous nous revoyions.

Peu de temps après cet échange, elle avait été frappée une nuit par un terrible AVC. Dormant dans une autre chambre, son mari ne s'était rendu compte de rien. Au matin, étonné de ne pas la voir, il l'avait trouvée inconsciente. Par malchance, son accident vasculaire avait eu lieu en mai lors du pont de l'Ascension. Le personnel hospitalier de l'hôpital le plus proche avait réagi tardivement. Quand enfin elle avait été transportée à Toulouse pour une opération, les séquelles étaient irréversibles : elle resterait paralysée d'un côté, ne parlerait que par monosyllabes, n'aurait qu'une perception limitée du présent. Un problème n'arrivant jamais seul, Arsène qui suivait l'ambulance avec sa voiture manqua un virage et bascula dans le fossé ; les ambulanciers ne se rendant compte de rien poursuivirent leur route. Alertés par le bruit, des voisins l'aidèrent, alors qu'étonnés de ne pas le voir arriver à l'hôpital, les infirmiers étaient revenus le chercher. Double choc pour le vieil homme. Éric dut s'impliquer. Il revint plus souvent auprès de ses parents. Il retrouva le village et les copains de son enfance. Louisa fêta son deuxième anniversaire sans avoir rencontré ses grands-parents. De ceux qui suivraient, sa grand-mère n'aurait pas conscience. A la différence de ses frères et sœur, elle ne connaîtrait pas les Noëls étriqués que nous avions vécus.

Compatissante comme toujours, généreuse, Irène avait appelé mon beau-père. Il n'avait su que répondre. Il n'eut pas la présence d'esprit de lui demander des nouvelles de sa santé à elle que pourtant il savait mauvaise. Elle ne s'en offusqua pas, compréhensive comme toujours, malgré les rebuffades qu'ils avaient subies avant. Quand Irène me rapporta cet appel, je pensais à leur comportement. Partant visiter la Camargue qu'ils ne connaissaient pas, après une nuit à Toulouse, mes parents avaient trouvé porte close malgré la précaution prise d'avertir par téléphone qu'ils passeraient saluer. Derrière la porte d'entrée, après le coup de sonnette, des bruits indiquaient une présence. Mais la porte était restée fermée. Lorsque j'avais écrit à Maria-Louisa, je lui avais raconté l'anecdote. Dans sa réponse, elle me dit que Berthe ne souffrirait plus, qu'elle avait dû beaucoup subir pour être ainsi aigrie. Nous ne savions pas ses blessures dont ne parlaient jamais mes beaux-parents. Mais nous avions compris qu'elle avait souffert dans son enfance du suicide par pendaison d'une sœur aînée, du décès d'une autre sœur, celui d'une belle-sœur qu'une anesthésie avait tuée, de celui d'un neveu qui avait mis fin à sa vie lui aussi. Des raisons de ces suicides, Éric n'avait jamais rien su : il avait peu connu ses grands-parents maternels ; des autres on ne parlait jamais…Des photos, Il n'en connaissait aucune. Leurs tombes au cimetière semblaient en déshérence.

Nos lettres s'échangeaient avec régularité. Elle suivait l'évolution de la maladie d'Irène. Nous savions qu'elle n'en guérirait pas. Les chimios se poursuivaient par phases lui permettant d'appréciables rémissions, mais non sans les conséquences des effets secondaires. Elle les supportait pour le moment ajoutant à sa vie des jours précieux qui laisseraient des souvenirs à Louisa. Elle avait refusé l'opération. Ces échanges m'étaient devenus essentiels, comme un fil sans lequel se serait dissous dans le temps les souvenirs. Elle connaissait ma vie, celle des enfants, nous échangions des photos. Je lui avais envoyées celles prises au Chili. Le temps passait. J'avais des nouvelles de Manuel. Je ne parvenais pas à l'oublier. La découverte du seul corps de Tiago avait été pour elle et lui une douleur supplémentaire. Une balle dans la tête l'avait tué, manifestement il n'avait pas souffert. Un soulagement ? Sans doute ! Mais l'imagination empêche toute paix. Et Juan ? Qu'était-il advenu de Juan ? Obsession des moments creux où revenait cette interrogation lancinante, écrivait-elle.

Un disparu est-il jamais tout à fait mort ? Raphaël et Manuel poursuivaient leurs investigations. Ils n'avaient pu obtenir des autorités que des plongeurs sous-marins explorent l'épave du bateau. Le vieux marin grincheux totalement acquis à leur cause désormais déployait aussi ses efforts, continuant à sonder les mémoires dans tous les troquets de la côte. Il y trouvait son compte, Raphaël ayant accordé à tort, un crédit illimité.

Un matin on l'avait découvert mort au pied d'une falaise sans qu'on puisse savoir s'il avait été poussé ou s'il en était tombé ayant trop bu.

Chapitre 22

Mes occupations me laissaient peu de temps, mais je ne perdais pas de vue l'énigme de la passante du parc. J'avais fini par connaître le voisinage, à force de banalités échangées au fil de rencontres, de conversations convenues. J'avais tissé des liens avec quelques voisins. La naissance de Louisa m'avait rendue sympathique au sein d'un petit microcosme d'abord distant. Un jour alors que je bavardais sur la rue, était apparue l'étrange promeneuse. J'avais interrogé ma voisine ; elle ignorait tout d'elle, mais me dirigea sur un habitant du domaine, un vieil homme, la mémoire des lieux, disait-elle. Je me rendis à l'adresse indiquée, je sonnai. J'allais partir quand la porte s'ouvrit sur une vieille dame voûtée au teint pâle, flétri comme parcheminé, ses pommettes discrètement poudrées, ses cheveux blancs soignés remontés en un chignon gonflé me ramenèrent aux gravures du XIXème. Ce fut comme si le siècle dernier surgissait devant mes yeux.

Elle avait dû être de grande taille pour l'époque, en dépit de sa voussure. A ma vue, son visage s'éclaira. Un sourire accueillant rajeunit ses traits. Ses yeux qui devaient être pervenche autrefois, avaient un peu fané, donnant à son regard une douceur émouvante. Une personne d'un autre temps, à qui le souci d'élégance conservait la beauté. Elle était à l'étage et descendait avec précaution, s'excusa-t-elle.

Lorsque j'exposai les raisons de ma visite, elle me dit que son mari me répondrait volontiers, qu'il serait ravi de me parler des lieux, un mauvais courant d'air lui faisait garder la chambre.

– Il est plus que nonagénaire, expliqua-t-elle. Je fais très attention à lui.

Avec un brin d'espièglerie, elle ajouta :

– Je suis de quatre ans sa cadette, comprenez-vous.

Quelques jours plus tard, j'appris l'histoire de la passante de l'avenue du Louvre.

Versailles, 17 avril 1994.
Chère Maria-Luisa,

Les deux semaines qui ont précédé ce courrier ont levé les interrogations dont je vous parlais. Votre dernière lettre posait la question ; cette fois je peux vous répondre. J'ai compris pourquoi ma passante du parc nous a agressées, Louisa et moi, comme je vous l'ai raconté.

Au téléphone l'autre soir, je vous ai dit brièvement l'accueil chaleureux de l'une des plus anciennes résidentes du domaine. Il n'est pas impossible que les amis de vos parents les aient connus. Son mari et elle m'attendaient. Cette fois, c'est lui qui m'a surprise dès l'instant où je l'ai vu car je n'ignorais pas son âge. Il était loin de paraître ses quatre-vingt-treize ans. A l'instant son regard franc a paru me comprendre. Je ressentais la même bienveillance que l'autre jour quand sa femme avait répondu à mon coup de sonnette

Le vieil homme avait de la prestance. Ses yeux bleu foncé éclairaient sa peau claire diaphane mouchetée de quelques taches brunes, sa chevelure blanche, qui avait dû être fournie dans sa jeunesse, paraissait régulièrement taillée. Rasé de près, il était aussi soigné dans sa mise que son épouse me l'était apparue quelques jours plus tôt à cela près qu'elle m'avait ouvert la porte par hasard ce jour-là, déjà parfaitement apprêtée. Manifestement pour elle et pour lui, le temps passé à la toilette était une discipline, une élégance rare à leur âge. Vêtu comme il l'était, il me semblait avoir devant mes yeux un ancien officier de marine. Un tricot de laine légère bleu nuit à col rond porté sur une chemise bleu pâle, un pantalon de toile, marine aussi, habillaient un léger embonpoint. Comme elle, il était grand, moyennement voûté ce qui me parut exceptionnel. Sa mise traduisait qu'il n'avait jamais dû faire aucune concession au laisser-aller sa vie durant. Je l'imaginais sur un court de tennis. Plus tard, il me dit avoir pratiqué ce sport et d'autres quand il en avait le loisir. Depuis sa jeunesse, il avait navigué un peu partout sur les côtes françaises. Il me le dit sans prétention. C'était normal pour les gens de son milieu. Il ajouta que la vie les avait gâtés, elle comme lui, et leur avait donné le privilège de vieillir ensemble, sans graves maladies.

J'ai pensé à vous qui n'avez pas eu cette chance. Ils ne se sont pas attardés sur leur vie. Vite, ils en vinrent à l'histoire de mon inconnue du parc Chauchard. Ils m'apprirent qu'elle était liée à la guerre d'Indochine que je connaissais un peu, mon père l'ayant vécue deux ans. Elle se prénommait Madeleine.

Après le désastre de Dien Biên Phu, les accords de Genève en 1954, le départ des troupes françaises et des administrateurs civils présents dans le pays s'accéléra.

Haut-fonctionnaire à l'administration coloniale, l'époux de Madeleine était arrivé avec sa jeune femme en 1946, trois de leurs quatre enfants étaient nés à Saïgon. Malgré la guerre au Nord, les difficultés vives au Sud, la vie était douce. Leur nounou annamite qui leur avait voué sa vie serait du voyage à leur retour en France.

Madeleine était rentrée en mai pour aménager durablement la maison acquise quelques années plus tôt qui servait aux vacances passées en métropole auprès des grands-parents. Tous suivraient une fois achevée l'année scolaire. Elle inscrivit les enfants dans leurs nouvelles écoles, les lycées où se poursuivrait leur scolarité. Leur vie se déroulerait en France puisque désormais les français étaient indésirables au Vietnam avec l'arrivée des américains. Gérald travaillerait à Paris au ministère des affaires étrangères.

L'année administrative achevée, Gérald, les enfants et leur nounou embarquèrent dans le Douglas des Transports Aériens Intercontinentaux qui assurait la liaison régulière Saïgon-Paris. Peu après avoir redécollé à l'escale de Karachi, l'avion s'écrasa sur une dune au sud du Caire. Il n'y eut aucun survivant.

En apprenant la mort des siens, Madeleine perdit la raison. Une encéphalite la frappa. Plongée dans un état d'hébétude alternant moments d'agitation et de panique lors desquels elle criait de douleur, tenant des propos incohérents, elle dut finalement être internée. Elle vivait depuis plus de trente ans dans une maison de santé sans avoir repris une vie normale, son cerveau durablement endommagé par les assauts de fièvre subis, récurrents surtout. Les années passaient, ses sœurs veillaient sur elle, la prenaient chez elles pour tenter de faire ressurgir un peu de conscience de la vie d'avant, mais la vue de ses neveux lui arrachait des cris de douleur. A la demande des psychiatres, on lui épargna cette souffrance. Aujourd'hui, ses neveux avaient grandi et quitté leurs parents. Un peu de calme était revenu dans sa conscience.

Mais longtemps elle avait fui la vie, préférant l'internement, l'inconscience à la vérité. Elle oscillait entre des moments où elle échangeait quelques mots avec les siens puis sombrait à nouveau dans le mutisme et ses pensées. Elle arpentait d'un pas agité les allées de la résidence de Garches où étaient accueillis malades et personnes âgées. Elle marchait longtemps refaisant sans fin le même parcours. Avec le temps, elle avait fini par s'adonner à des activités, elle peignait avec talent ayant suivi autrefois des études d'art. Ses tableaux d'abord incohérents avaient pris sens. On y reconnaissait des paysages indochinois à la façon d'estampes dans un flou volatil où naviguaient sampans et barques plates entre ciel et mer. Elle lisait sans qu'on sache vraiment si les mots s'imprimaient. Elle regardait des albums dont elle tournait inlassablement les pages. Placée sous tutelle, on n'avait pu vendre la villa qui avait été fermée. Les jours s'écoulaient entre hébétude et moments de lucidité auxquels elle semblait vouloir très vite échapper.

Voilà ce que me racontèrent les vieux amis de ses parents. Ils étaient restés proches des sœurs de Madeleine.

Des années après, elle avait voulu voir le pavillon qui ne serait vendu qu'à son décès. A sa demande, ses sœurs l'y ramenaient parfois la surveillant de loin. Elle s'approchait mais jamais elle n'avait passé la grille, se contentant de regarder depuis la rue l'extérieur du jardin. J'avais compris que je l'avais rencontrée lors de ces sorties. Puis, craignant une nouvelle crise, ce qui c'était produit, elles la ramenaient à la résidence comme une enfant perdue dont l'état nécessite soins et bienveillance. Elle ne supportait pas la vue d'enfants. L'encéphalite et ses récidives ayant nui à sa conscience, elle ne contrôlait pas son comportement lorsqu'une réalité l'agressait. Elle a vieilli ainsi à la manière d'une montre laissée dans un tiroir empoussiéré.

— Ainsi, vous savez tout ou presque, me dirent-ils. . Que sait-on du cerveau ? Parfois, il redémarre.

Je les avais sentis émus par cette évocation. Fatigués sans doute aussi.

Nous avons encore un peu parlé de leur vie, de leur rencontre sur une plage des Sables d'Olonne où ils s'étaient connus enfants. Leurs familles originaires de la Roche- sur- Yon y avaient des maisons de vacances, les premières de l'époque. C'était là aussi qu'ils avaient passé la guerre.

Je les quittai en promettant de revenir. Je le ferai. Comme je ferai mon possible pour revenir un jour à Valparaiso. J'aimerais que vous connaissiez Louisa.

Merci de m'avoir parlé des funérailles de Tiago le mois dernier, de ce tour du quartier, des mots de paix reçus, des amis tous présents, des fleurs colorées dont sa tombe est encore couverte. Je sais que cette évocation vous a coûté. Vous étiez entourée. Vanessa est venue, mais le chagrin se vit seul.

Vous m'écrivez que Nina a ému l'auditoire en jouant de l'orgue. Elle a témoigné avec émotion l'affection qu'elle vous porte à vous, à Manuel. Il était fier d'elle, de ses filles talentueuses. Nina vit avec vous, elle vous aime. Il a eu raison. L'amour est plus fort que la mort.

J'attends votre prochaine lettre. Avec toute ma tendresse.

Cécile

Chapitre 23

La vie en ruine.

Maria-Louisa m'avait répondu. Le drame vécu par Madeleine lui rappelait le sien, la mort de son mari, de ses parents en France, l'engrenage avec la disparition de ses fils après, les troubles du Chili, la certitude que les siens faisaient partie des victimes d'une succession infernale d'assassinats d'état. La vie en ruines. Elle me disait que sa tentative de suicide n'était pas différente de la petite mort dans laquelle s'était précipitée Madeleine. Pourquoi vivre quand le sens a disparu ? La douleur est trop forte quand le mot avenir ne signifie plus rien. Elle décrivait les jours passés, les interrogations, les espoirs, les doutes, le faire semblant, la simulation, le poids qui s'alourdit, le jour qui s'assombrit, les nuits sans sommeil, l'activité frénétique pour remplir le vide, l'épuisement… Puis dans un état second de la conscience, le geste qui libère.

Son récit et le drame de Madeleine me ramenaient à ce que je redoutais plus que tout : perdre un enfant. La vie continue, oui, mais le bonheur ?

On ne peut plus être heureux après. Quel que soit l'âge de l'enfant, l'après marqué par l'absence.

Je savais par une amie cette peine infinie. Elle avait perdu une enfant de dix-huit mois emportée par une méningite. Au cimetière, un imbécile lui avait dit en guise de consolation :

— Il vous en reste deux !

Je l'avais entraînée loin de ce maladroit :

— N'y pense plus. Il ne sait pas ce qu'il dit. Tu as trois enfants pour toujours.

J'avais revu mes vieux voisins. Ils étaient devenus des familiers pour Louisa et moi. J'espérais les garder le plus longtemps possible. Ils m'avaient parlé de la folie de Madeleine. Lors des visites qu'ils lui avaient rendues, elle avait eu une crise qu'ils n'oublieraient jamais. Elle avait soudain crié des mots confus. On entendait des sons où revenaient, hachés, les mots bé-bé, pa-pa, avion, dans un hoquet, le mot « feu » qu'elle avait crié en tendant ses bras devant elle, cherchant une invisible issue pour tenter de fuir le brasier, la chaleur. Moments d'angoisse pendant lesquels elle revivait sans doute le drame vécu par les siens. Montée d'une fièvre intense que les médecins arrêtaient en l'entourant de linges glacés.

Les psychiatres avaient réussi à lui faire écrire ses délires.

Avec le temps ils s'étaient espacés.

Je mesurais ma chance de voir grandir mes enfants. De me lever le matin en sachant qu'ils étaient tous là encore, que j'allais surveiller leur départ au collège, au lycée, que parfois je conduirais moi-même Louisa à l'école, que ma grande fille serait là le soir encore un peu avant sa vie d'étudiante qui passerait si vite. Son entrée dans l'enseignement supérieur avait été un choc. Déjà !

Bien sûr, l'idée de divorcer m'était venue mais je l'avais repoussée. Pourquoi déstabiliser l'équilibre qui convenait à tous. A moi la première, je ne me trouvais pas très courageuse. Comme je n'étais pas très fière de cette lâcheté, je fis d'autres pas.

Je renouai avec des amies qu'Éric appréciait peu, je comprenais pourquoi. L'une divorcée menait tambour battant une vie célibataire affranchie de tout principe « comme un homme ayant femme dans chaque port », du moins le disait Éric. Indépendante, trilingue elle avait déjà trois vies bien distinctes derrière elle. Orfèvre dans l'une, VRP dans une autre, elle vivait actuellement dans un ranch camarguais aux côtés d'un éleveur de taureaux dont elle avait une enfant de l'âge de Jim. Nous avions promis d'aller les voir. L'autre deux fois divorcée, quatre fils de deux maris successifs avait fait le choix réussi d'être le pilier d'une famille recomposée qui s'aimait.

Aucune ne plaisait à Éric, trop machiste du moins en apparence, pour être séduit par des femmes libérées.

Avant, il m'avait éloigné d'elles. Je les voyais parfois, trop peu. Nous retrouvions alors nos fous rire d'adolescentes. Elles m'avaient aidée à dépasser mes frustrations. Des déménagements aussi avaient éloigné cousins et voisins oubliés sur la route. J'écrivis, je reçus des appels. Les liens se renouaient. Éric n'avait rien dit : ni refus ni reproches, il s'était même montré aimable, racontant avec véhémence sa carrière, oubliant d'interroger les autres sur la leur.

Je n'avais eu aucune crainte en revoyant Marc, surprise seulement de la chaleur de son étreinte. Cécile, volubile et ravie monopolisait également la conversation, subjuguait les convives. Marc se taisait. Je confirmais ce que j'avais ressenti des années plus tôt en la rencontrant, j'en appris davantage. Ce couple, je ne le sentais toujours pas.

Jalouse, disait la voix.

Jalouse ? Non ! Intuitive, c'est tout !

Elle était gestionnaire dans un grand cabinet d'assurance. Bonne carrière. Très bien rémunérée. Pas vraiment belle, cheveux blonds soigneusement taillés, yeux verts, visage félin, de taille moyenne, menue, vive, elle savait s'habiller avec classe, mettre en avant ses atouts, masquer avec talent ses défauts physiques. Usant de son charme elle n'avait aucun mal à séduire par sa fantaisie, son intelligence. Je la sentais audacieuse, personnelle, égoïste.

C'est tout ? Tu lui trouves des qualités cependant ?

Oui ! Elle est brillante !

Marc s'en contenta ; ce fut assez vite cela

Quelles interrogations pouvait avoir Éric lorsqu'il revenait de ses missions lointaines. Lui plaisait-il de revoir les amis, les cousins ? Il ne le disait jamais. Je n'en étais plus affectée comme avant. Son indifférence me peinait davantage concernant la vie des enfants, elle s'était écoulée sans lui. A chaque retour, il les découvrait plus mûrs, plus indépendants, plus critiques aussi. Comme il ne supportait ni contradiction ni reproche, il était satisfait de repartir au plus vite.

Quelle était sa vie ailleurs ? Mystère.

La mienne se modifiait. Elle prenait des tournants nécessaires. Jean Louis et Irène s'étaient rapprochés de nous, louant un appartement dans une résidence non loin du parc Chauchard.

Le dossier de santé d'Irène avait été transmis à Saint-Cloud où elle était suivie et recevait les traitements les plus avancés. Sursis. De l'appartement à notre maison, il n'y avait qu'un pas. Les garçons et Louisa, quand elle alla à l'école, le franchissait pour aller goûter. Caroline prit vite son indépendance. Parfois, Éric amenait les enfants à Saint-Laurent privé d'âme, encore plus désert depuis le placement en maison d'invalidité de leur grand-mère. Mendy ne supportait plus la voiture. Je restais près d'Irène qui s'affaiblissait.

Alors commença la saison des départs.

Chapitre 24

> Je sentis son corps se relâcher ;
> c'en était fini de sa petite vie.

Mendy allait sur ses dix-sept ans, il devenait gâteux. Il dormait de plus en plus, mangeait de moins en moins même s'il en était à son troisième détartrage, subi sous anesthésie générale. Vu son grand âge, il n'y en aurait pas de quatrième, il avait aussi quelques problèmes cardiaques. Des pathologies de mammifères, comme nous. Quand il s'était fait renverser par une voiture en revenant de vacances, s'était ajouté à ces maux la perte d'un œil ce qui lui donnait l'allure d'un forban des mers du sud de dessins animés. Il avait continué malgré cela sa vie de labrit des Pyrénées civilisé. Mais dans le parc au château, les moutons le laissaient totalement indifférent maintenant. Dans l'arrière-pays, à Saint-Jean, voici longtemps qu'il ne courrait plus derrière les pottoks se contentant de courser des poules affolées, plus rapides que lui désormais. Mais là, il fallait bien parler de gâtisme qui se manifestait par des sautes d'humeur, des étourderies, des marques de plus en plus accentuées de désobéissance, il s'oubliait, lui qui avait été propre très vite. En vrai petit Alzheimer à quatre pattes, quand on le secouait un peu, il devenait agressif.

Berthe en maison de retraite, Arsène ressentait-il un peu de bonheur en voyant ses petits-enfants ? J'en doutais. Il avait des troubles comparables à ceux du chien. Le train-train rituel mis en place se trouvait-il perturbé au point qu'il s'en prenne aux enfants ? Eux s'ennuyaient maintenant qu'advenaient les envies d'adolescents. Au village, ils n'avaient d'autres distractions que les tours de vélo. J'essayais de ne pas penser aux dangers qu'ils courraient : le village était coupé par une départementale passante où roulaient vite les habitants des hameaux disséminés dans l'arrière-pays. Je n'avais pu obtenir qu'on creuse la piscine qui aurait maintenu les aventuriers dans l'enceinte protectrice du jardin.

Longtemps refusé, le placement de Berthe avait finalement donné une impulsion à la vie d'Arsène. Lui qui ne quittait plus village et potager, il avait repris sa voiture, se rendait chaque jour à la maison de retraite. Il y était accueilli avec plaisir car il savait se montrer aimable, un brin séducteur. Cela lui donnait un but et suscitait en outre des commentaires élogieux sur son comportement vis à vis de son épouse. Toute sa vie, il avait fait le vertueux. Il était sensible à ces éloges, sans se poser la question de l'honnêteté intellectuelle de sa démarche.

– La famille près de lui, ça le dérange, affirmait Caroline, lasse des obligations.

Berthe n'avait plus parlé, laissant seulement échapper des sons inaudibles, des cris parfois, devenue de plus en plus agressive, maugréant lorsqu'on la contrariait, et qu'elle voulait rentrer alors qu'on s'ingéniait à la promener sur l'avenue plantée de micocouliers centenaires.

Manger constituant son unique plaisir, devenue imposante, elle manifestait son impatience par crainte de rater l'heure du gouter ou du dîner servi à 18 heures.

– Quatre ans ! Elle peut vivre quatre ans après une telle atteinte, pas davantage , avait prédit un médecin statisticien du centre, auquel Éric avait parlé. Les fonctions vitales diminuèrent puis s'arrêtèrent telle une horloge qu'on a oublié de remonter.

Ce fut au début du printemps. Nous étions allés la voir au début des vacances puis avions regagné la montagne quand Éric appela : elle venait de mourir. Comme d'habitude il avait été présent, efficace, sans manifester d'extrême tristesse. Comme d'habitude, il n'avait ni verbalisé ni versé de larmes.

Mes vacances se passaient à Ciboure. Mais l'année de la mort de Mendy, je n'y étais pas, Jean-Louis était parti avec les garçons et Louisa. Irène de plus en plus fatiguée supportait mal de longs trajets. Un soir, ayant mal fermé la porte, le petit chien se glissa derrière moi comme je partais chercher du pain. J'entendis un hurlement, je ne l'avais pas vu… J'avais reculé, la lourde roue arrière de la voiture avait roulé sur lui. Pas de sang versé mais je vis tout de suite qu'à son âge les dégâts étaient sans solution. Par chance, la vétérinaire non loin de là n'avait pas quitté son officine. Je déposais le petit chien sur la table, il ne semblait pas souffrir. Je ne cessais de lui parler, de lui dire les mots d'amour qui me venaient en tête, que je le laissais partir, que nous nous retrouverions un jour car l'esprit ne meurt jamais. La véto aussi était émue, elle le soignait depuis si longtemps. Elle piqua dans la veine, je sentis se relâcher le petit corps ; c'en était fini de sa petite vie. Il avait partagé la nôtre dix-sept années. Je fis incinérer le corps et quelques mois après je creusais dans le jardin de Ciboure une petite fosse pour l'urne sur laquelle Louisa et moi lui avions dit un ultime Adieu.

La dernière année de la vie d'Irène, nous étions restées à Versailles aux petites vacances, Louisa et moi, tandis que les grands partirent à des camps d'été à l'étranger. Accompagnées parfois de Jean-Louis, nous avions découvert les jardins des environs. Avec le temps, ils se meublaient d'activités diverses et aux balançoires traditionnelles s'étaient ajoutées des toboggans, des murets d'escalade ainsi que des tourniquets. Je profitais enfin du temps qui passe n'ayant plus à participer aux travaux intérieurs des premières années. Les écoles, les lycées, la maison étaient proches, la présence de mes parents m'ôtait toute angoisse lors des maladies ou des retards, chance enviée par mes collègues. Je gagnais en patience et ne me lassais pas de suivre les progrès de Louisa.

Un après-midi de liberté, je suivis pendant une heure ses jeux sur les balançoires poussée par un jeune papa qui se trouvait là avec son petit garçon et qui, sans lassitude, propulsait les deux enfants de la main droite et de la gauche se tenant entre les deux balançoires. Le jeu avait duré : les enfants réclamant toujours plus. Nostalgique, je pensais que Louisa ne vivrait jamais cela avec Éric. Ses aînés eux avaient eu droit à de rares après-midi foot lors des anniversaires ou des tours à vélo dans les bois, tours qui ne duraient guère, leur père toujours trop occupé pour s'autoriser longtemps une perte de temps si essentielle pourtant. Pourquoi fallait-il que le mot plaisir soit tabou, exclu ? Les activités quand elles étaient, se couvraient d'un dessein pédagogique :

inculquer le sens de l'effort. Toujours absent, le fameux mot :
plaisir, prendre du plaisir ! Qui me donnerait la clef de ce blocage dont il souffrait et faisait souffrir ? Question. Répétition !
Peine perdue lorsque à mes risques et périls j'entamai des discussions sur le sujet, il se fermait.

Là-bas, au Chili on cherchait toujours à connaître le destin
de Juan. Maria-Louisa souffrait en silence. Ici, Irène s'en allait
doucement.

Chapitre 25

L'avers et l'envers de la pièce.

Après la routine des jours, mes nuits me laissaient le temps de penser à Manuel. Il possédait ce que j'appréciais surtout chez un homme : l'intelligence humble. Ce que je haïssais plus que tout, c'était l'arrogance, les certitudes qui ne me rassuraient en rien. Comme beaucoup de femmes, j'aurais aimé être protégée, écoutée avec bienveillance et disponibilité.

Mais réveille-toi. Même pas en rêve ! Pense aux africaines, aux colombiennes, aux malgaches…

Je n'avais jamais senti Éric bienveillant à mon égard, ou bien si peu de temps, quelques semaines à peine. Ma capacité à m'exprimer face à lui en avait pâti. La confusion, le charabia, prenaient le dessus et les mots – un mot suffit – maladroits, blessants, étaient arrivés pour cristalliser la souffrance que je ressentais. On ne pouvait s'expliquer avec lui, il avait raison toujours et sur tout. J'en avais pris mon parti, il voulait gérer sa maison, ses enfants comme il gérait les affaires qu'il avait en main. Finalement peu présent, je connaissais le bonheur d'agir à ma guise, de guider les pas des enfants, de sortir avec eux. Que demander de plus ?

Plus, justement ! Ce n'est pas l'idée que je me fais d'un couple.

Ma profession et mes amis me donnaient le loisir d'exercer mon intelligence que d'autres appréciaient.

Je me réfugiais la nuit en pensant à Manuel, à l'existence de Manuel, même loin, inaccessible. Il venait quelquefois en Europe.

« Je vous parlais si souvent. Je revivais les heures passées auprès de vous, j'aurais aimé que la force de la pensée suffise, que vous entendiez les mots criés vers vous. » Pablo Neruda

Le soir, pour revenir vers lui, il suffisait de regarder ma cicatrice. Comment oublier ? Toujours visible, devenue blanche avec le temps, elle avait rosi, blanchi ; il n'en restait plus aujourd'hui qu'une fine trace nacrée presque invisible. Il avait la réputation

d'exécuter les plus fines cicatrices , soucieux de l'effet psychologique qu'elle aurait sur ses patients. On disait de lui qu'il exécutait les plus belles qui soient. Il recevait le compliment avec
simplicité ajoutant seulement qu'il était difficile d'accepter son
corps modifié ; un corps qui plus jamais ne serait le même, c'était
vrai, surtout pour les brûlés toujours nombreux dans les favelas
de Valparaiso. Il ne cessait pour eux d'affiner ses connaissances
et sa pratique.

J'avais revu Marc par hasard alors qu'il se rendait à un rendez-vous concernant la scolarité d'un des enfants. Cécile était
partie avec un riche américain qui lui avait acheté des tableaux.
Il en avait été meurtri puis soulagé au fond car ses enfants à elle,
déjà presque adultes, avaient décidé de rester en France. Avec
eux, il avait tissé une belle relation. La conversation s'étant vite
reportée sur les jours d'avant, lorsque nous étions voisins, je lui
avais dit mon malaise, le curieux attachement que je lui portais.

– J'étais amoureux de vous, avait-il dit simplement. Mais vous
étiez inaccessible.

– Je m'imposais des règles… Un mari, des enfants, un emploi, mes parents… Un équilibre.

Il était resté un homme blessé que la mort de sa première
femme avait brisé bien avant cela. Cécile partie, les enfants poursuivant leur vie, il vivait seul. Sportif, il avait compensé la solitude par la discipline. Il jouait au bridge, faisait des tournois.
Parfois, nous allions ensemble au restaurant. Je ressentais pour
lui une vraie affection. Marc vivait à Feucherolles, presque voisin du mari de ma collège décédée, mais ne connaissait pas la famille. Je lui parlais d'elle, de l'amie bienveillante qu'elle était, la
maman attentive, la maîtresse de maison disponible. Je ne l'idéa-
lisais pas, je lui trouvais des perfections que je ne me reconnais-
sais pas. Nous avions été invités chez eux, sa mort ne m'avait pas
permis de rendre la pareille. Malgré les années, je n'avais cessé de penser à elle, hantée par des propos qu'elle m'avait tenus…
Il était question de doutes, de retards, d'absences. Qu'avait-elle
appris ? Qu'avait-elle voulu me confier ? Qu'avais-je manqué ?
Je n'avais pas compris, elle s'était tue au milieu d'une phrase

ambiguë. Quelles souffrances avait-elle gardées en elle ? Lui, re-marié un an après sa mort ? Avait-elle su ? Forcément, il aimait ailleurs… Pourquoi était-elle restée ? Aliénation consentie, les enfants ? Les principes ? Souffrances. Nous parlions de nos professions surtout. Je le regrette aujourd'hui.

Mon métier ne m'avait pas comblée idéalement, pas si impliquée que j'aurais dû sans doute. Était-ce la lassitude normale après des années d'enseignement ? J'avais vingt-et-un an en débutant, ayant réussi le concours à la première tentative. Je l'accomplissais très correctement maintenant, mais sans la passion d'avant. Usures, contrariétés, frustration aussi. Celles de l'oubli quasi général des élèves après les vacances. Il y avait aussi le souvenir de ceux qu'on n'avait pu aider à mieux grandir et qui trop absolus, trop idéalistes avaient choisi de disparaitre. Ces drames entament, durablement. Enseigner les lettres n'est pas anodin… Quelle part de responsabilité avions-nous eue ?

Elisabeth, pianiste talentueuse, animait aussi la chorale de son quartier, elle pensait à une formation de chef de chœur. Elle voulait quitter l'enseignement. Elle a juste quitté la vie !

Marc qui pourtant ne lui ressemblait pas, me faisait penser à Manuel ; elle, à moi si différente physiquement.

Schizophrénie encore.

Il me dit ses difficultés lorsqu'à la mort de son épouse, il avait dû faire face, tout assumer, son travail et trois jeunes enfants. Vite mis sur la touche par l'entreprise américaine qui lui reprochait son manque de totale implication !

Poussé dehors, il avait affronté des mois de chômage. Éric n'avait pas répondu aux messages qu'il adressait partout pour trouver des appuis, déposer des C.V.

D'autres, oui. Grâce à eux, il avait retrouvé un emploi malgré la période difficile. Nous avions parlé alors du manque de réactivité d'Éric, de son indifférence aux autres, de son absence d'empathie. Apparence ou réalité ? Éric disait que j'avais tort de m'encombrer l'esprit avec des gens que nous ne voyions que de loin en loin.

– Il faut savoir tourner la page !

Lui, il avait la mémoire courte. Chance ou malchance, moi, je l'avais longue. Nous avions au tout début comparé nos expériences scolaires :

Les mots de vocabulaire appris, je les savais à vie. Lui, non. Le temps de l'examen passé, il oubliait. Moi, je n'oubliais rien. Pour lui, ce qui n'était plus actuel, ne comptait plus. Moi, les propos, les lieux, l'humeur du temps, des gens, tout s'inscrivait en moi et m'empoisonnait aussi, il faut bien l'avouer : « souvenirs attention danger ! » chantait Serge Lama en 1980.

C'était ainsi. J'emmagasinais tout.

Surtout, j'essayais toujours de le comprendre, m'étonnant de comportements si éloignés de ce que j'observais chez d'autres.

Ainsi, refusait-il de regarder les photos d'avant. Il n'en prenait d'ailleurs plus, ou le faisait à la demande, vite sans s'appliquer, sans joie… Faites sans amour, ses photos décevaient leurs modèles jamais mis en valeur.

Il supportait moins encore de se voir en photo ou de visionner celles du passé. Je formulais des hypothèses.

Narcissisme ? N'avait-il au fond jamais été amoureux que de lui-même ? Certes, il supportait mal de voir l'âge dégrader son image, mais ce n'était pas ça, je balayais cette hypothèse. Je ne comprenais pas. Pourquoi s'adressait-il aux gens avec brusquerie. Pourquoi leurs histoires l'agaçaient-il ? Pourquoi ne laissait-il pas les gens s'exprimer ? Pourquoi était-il intarissable pour raconter ses occupations ?

Il fallut du temps pour comprendre. Il lui fallut du temps pour se trouver.

Moi, je me trompais : son comportement était la conséquence de son malaise. Les hommes qui veulent quitter leur femme disent qu'elle est cyclothymique, paranoïaque, bipolaire. L'inverse est vrai. Je m'efforçais de ne pas arriver à cette conclusion. C'était plus simple que cela. Ce que l'on est ; ce que l'on donne à voir. L'avers et l'envers de la pièce de monnaie.

Marc et moi, parfois nous déjeunions ensemble. De fil en aiguille, peu à peu, les conversations sincères avec lui et d'autres, m'avaient ouvert les yeux. Éric était mal. Personne n'avait compris.

Personne n'avait su lire en lui. Personne n'aurait admis. Et lui, toute sa vie ou presque, il avait joué le jeu normal, il avait eu une ou deux petites amies. Ça n'avait pas marché. A cause d'elles, disait-il. Puis il s'est marié. Pour faire plaisir à maman ? Pour suivre les règles de la société ? Il avait eu des enfants. Sauf Louisa, il les avait voulus.

L'amour entre eux, elle en était persuadée, était mort très vite, mais ils s'étaient entêtés, tous les deux.

Je suis aussi responsable : le courage, je n'en ai pas eu non plus.

J'ai refusé de voir les choses en face.

J'ai rejeté l'idée d'un divorce, ressassant des prétextes évidents pour préserver la famille.

Cela l'aurait-il aidé que je l'ai, moi, ce courage ?

A quoi sert de s'interroger après ?

C'est long le chemin.

Je comprenais que son comportement passé n'avait qu'un but : m'amener à le quitter. M'amener à prendre la décision, car moralement, il manquait de courage, compensant par le courage physique.

Il y avait toujours eu ces interrogations en lui, ces images, ces envies.

Les séjours à l'étranger, la libéralisation des mœurs, la révélation. Un homme lui avait souri ; il avait été reconnu, compris. Il avait eu deux compagnons sur son chemin.

Il avait fini par me faire cette confidence, plus tard après la mort de ses parents. Libéré d'un poids. De leur poids.

L'hypothèse s'étant insinuée en moi, je ne fus pas surprise. Je lui dis juste qu'il aurait dû parler, voir en moi une amie. Là encore, la réponse évasive :

– Ce n'était pas facile à dire.

Familles, conventions, éducation : des souffrances. Il n'est pas sûr qu'elles soient évitables.

Chapitre 26

> Avec ce compagnon, ils formaient
> un couple sincère et discret.

Emmanuel, l'ami d'enfance était resté au village. Tout de suite, il m'avait accueilli comme une sœur.

Il avait repris l'atelier de son père, le forgeron. Il ne s'était jamais marié. Compte tenu de la chaleur des étés, il fallait le saisir vers sept heures du matin, quand il quittait la forge où il avait travaillé au petit jour, dès quatre heures. Je me souvenais de sa silhouette puissante, voûtée sur l'enclume, des gestes précis qu'il enchaînait, de son bras puissant et agile, passant du feu à l'enclume, de l'enclume à l'eau ; je me rappelais le bruit du marteau sur l'objet ; je me souvenais de son torse nu vêtu de duvet blond que dévoilait un tablier de cuir bruni par les années de forge. Je revoyais ses cheveux légèrement bouclés, cuivrés par la lueur des flammes. J'entendais les coups sonores frappés à la juste cadence.

Il était aussi devenu le maréchal-ferrant du lieu et s'occupait des chevaux qu'élevaient les paysans des alentours perpétuant la tradition équine du Roussillon. Il aimait particulièrement les solides lusitaniens à qui il ne cessait de parler pendant qu'il les chaussait. L'essentiel de ses revenus était là, mais avec le temps, il avait laissé s'exprimer sa sensibilité d'artiste. Il forgeait des objets divers, tables, porte-manteaux et chandeliers proposés aux touristes dans une petite échoppe que tenait sa sœur, l'été à Collioure. Un lieu magique qui tenait de la caverne d'Ali Baba. Nous y étions allés un jour et avions acheté l'un de ces petits fourneaux miniatures en alu et en cuivre, très complet avec ses louches et ses tisonniers qui occupaient une étagère entière. Il les fabriquait pour s'amuser en hiver le soir, car ses mains agiles, fébriles n'arrêtaient jamais de créer.

Éric allait bien, il s'était inscrit au cercle d'échecs, à un groupe de théâtre amateur. Avec ce compagnon, ils formaient un couple sincère et discret. Emmanuel, Dieu avec lui, en hébreu. Dieu est avec eux.

La famille se reconstituait en de trop rares occasions. Les grands faisaient leurs études. La vie s'écoulait. Les grands-parents s'en allaient.

Ma vie de femme de loin en loin. Manuel, avec le désir de Manuel au creux de moi.

Deux ans après la naissance de Louisa, je l'avais revu lors d'un voyage en Europe. Il restait peu : deux jours, parfois trois. Il voyait sa fille Vanessa, une belle personne qui œuvrait sans se ménager à France Transplant. Il assistait à des colloques. Qu'il parvienne à penser à moi, à me consacrer un peu de temps, me suffisait. Un témoignage d'amour. Nous retrouvions notre étonnante entente. Je sentais mon cœur battre et se contracter à l'intérieur de moi, je guettais sa respiration, je puisais sa chaleur réunie à la mienne. Alors je revivais, quelques heures. Je m'efforçais de ne penser qu'à ces moments, à m'en imprégner pour qu'ils m'habitent longtemps après son départ, que les mois ne me « semblent plus que quelques semaines à s'attendre. » chantait Alain Barrière en 1975.

Je me fabriquais des souvenirs, comme cette fois-là, où épuisé par le voyage, il s'était endormi presque aussitôt dans la chambre d'hôtel près des Invalides où il se faisait déposer à la descente de l'avion venant de Santiago.

Longtemps, je l'avais regardé dormir, j'avais écouté son souffle, avant de me glisser dans le creux de son bras. Puis il repartait. J'entendais les mots de Manuel : vous reviendrez parce que je le veux .

La promesse faite à Maria-Louisa :

— Je reviendrai à Valparaiso.

Elle vieillissait, s'affaiblissait aussi.

J'avais peur de m'éloigner d'Irène ; nous le savions, elle ne résisterait pas bien longtemps.

Chapitre 27

Frères et sœurs n'ont pas la même enfance.

Saint-Laurent, juillet 1997.

Éric avait changé.

Il passait ses congés dans sa maison familiale, la Fleuride. Il projetait de s'y installer, la retraite venue. Déjà, il s'employait en pensée à la moderniser, à la sortir d'années d'immobilisme. Il s'était mis au dessin industriel, il faisait des plans. Côté réalisation, ce n'était pas simple de rénover une maison ancienne.

Le monde bouge, les villages se modernisent. Belges, anglais et hollandais achètent celles désertées des villages. Une donation ayant été signée après le décès de sa mère, la maison dont son père a la jouissance appartient à Éric.

Mais quand il a parlé d'y faire des travaux pour la rendre plus confortable et actuelle, son père s'y est violemment opposé, disant que lui « vivant rien ne bougerait ! »

Depuis toujours, nous pensions à ces rénovations. Mais les grands-parents n'envisageaient pas de modifications. Le cadre devait être immuable, rester celui de leur jeunesse.

Plus tard, je comprendrai. Ils avaient connu deux guerres, perdu des êtres chers dans la force de leur âge ; frères pour l'une, père pour l'autre dont les noms figuraient sur la stèle du monument aux morts du village. C'était sans doute leur manière de conserver intacte une fragile stabilité. Les objections ne manquaient pas au vieil homme. Il était fatigué, se disait incapable de surveiller des travaux et des comportements étranges qu'on ne vit pas d'emblée commençaient à perturber ses attitudes. Il fallut parlementer, argumenter. Devant l'insistance d'Éric, il céda. Alors, peu à peu des changements arrivèrent, doucement d'abord pour ne pas bousculer son quotidien.

Il s'ennuyait aussi depuis que des ennuis de santé l'avaient privé d'activités. Il s'intéressa puis finit par trouver une raison d'exister encore en donnant des avis aux entrepreneurs contactés. La plupart étaient fils ou neveux de camarades d'école, il n'était pas peu fier de se donner le rôle du « Monsieur je sais tout ». Mouche du coche, il agaçait bien un peu ; on l'écoutait ou on faisait semblant, puis chacun faisait son travail.

Éric pouvait compter sur Emmanuel, présent au village à l'année.

On avait abattu des cloisons, dégagé des espaces, ouvert des baies vitrées, créé une véranda. On l'appela la Fleuride neuve.

Un projet toujours abandonné redevint d'actualité. Evoquée, dessinée, redessinée, une piscine creusée en partie dans le rocher donna la note bleue.

Ce fut l'événement de l'année !

Les piscines privées surgissaient un peu partout, même à proximité de la mer. Celle-ci n'était pas la première au village.

Les aînés avaient eu une piscine gonflable, vite crevée par la vigueur des garçons qui s'y lançaient de toutes leurs forces. Les grands-parents et Éric étant sévères, elle ne fut pas remplacée. Ils durent se contenter d'une bassine avec laquelle ils s'arrosaient pour fuir la chaleur des étés quand ils n'allaient pas à la rivière. Ils préféraient Ciboure, Saint-Jean, et le cachaient de moins en moins à mesure que les années leur donnaient de l'assurance. Les échanges verbaux se faisaient plus vifs. L'un des plus violents avait opposé Caroline à son grand-père.

Elle n'avait jamais admis les mots blessants de Berthe à mon égard. Sa mort n'avait pas apaisé son ressentiment. La lâcheté de son aïeul qui savait manipuler son épouse, attiser sans agir lui-même, avait fait germer en elle une amertume ressemblant à du mépris. J'avais conduit pour des vacances mes deux filles séparées par seize années, mais qui se ressemblaient tant au même âge qu'à Saint-Laurent, les voisins ne manquaient jamais de souligner l'impression de retour en arrière. Comme toujours, un détail anodin, un sous-entendu injuste de son grand-père, avait mis le feu aux poudres. Comme souvent, Caroline avait surréagi. Je ne pus empêcher le flux de paroles qui suivirent :

« Vous êtes bêtes, monstrueusement bêtes, stupides, aigris, méchants. Je sais ce que vous allez dire : je suis une ingrate, une mal-élevée qui a eu bien de la chance, alors que vous avez vécu le pire. Si vous avez souffert, il fallait dire de quoi et en parler ! C'est trop tard pour Berthe maintenant. Ma petite sœur est bien votre petite-fille, vous vous êtes privé d'elle parce que vous êtes trop étriqués pour le bonheur. Je vous déteste ! »

Vidée, consciente de son manque de respect, elle s'excusa, monta dans sa chambre et prit un train pour la Belgique le lendemain sans le revoir. Une météorite se serait abattue sur la maison, ça n'aurait pas été pire, j'avais presque eu pitié d'Arsène. Mais avec lâcheté, je repartis très vite également !

Au retour, je reçus de Caroline une lettre affectueuse mais affirmée, où elle me disait qu'elle n'irait plus dans le midi. Ses études étant sa priorité, elle n'en avait plus ni le temps, ni l'envie. Elle n'avait que faire des conventions sociales ; elle avait conscience qu'elle pouvait peiner son père qui le méritait bien, lui aussi ! Il n'avait qu'à réagir avant ! Elle avait un côté redresseur de torts ! Louis devait parfois rectifier l'impétuosité de Caroline, ou de ses frères ! Les autres grands-parents n'avaient jamais su être autre chose qu'allusifs, parfois perfides et mesquins. Jean-Louis était direct. Caroline devait en avoir hérité quelques gènes ! Une claque ou deux avaient volé, mais il expliquait ensuite, jamais sans bienveillance. Et il y avait Irène. Irène, experte à consoler, à câliner, à confectionner corsaires, shorts et chemisettes. Irène regrettant de ne pas coudre assez de « robettes » comme elle disait avec un brin d'accent gascon, parce que Caroline montée en graine dans ses jeans délavés n'en avait plus porté. Irène cuisinant ses gâteaux journaliers avec sa fantaisie, sa joie, ses chansons. Louisa connaîtrait peu ces moments-là. Frères et sœurs n'ont pas la même enfance.

Chapitre 28

Sa conscience s'en allait ;
elle dormait longtemps.

Un soir, en novembre, ce n'était pas son habitude, Papa m'appela : Irène ne se sentait pas bien. Depuis la dernière chimio qui datait déjà, elle n'avait pas repris de poids. Elle se rapetissait et s'étiolait comme si elle fondait. Je n'en avais pris conscience qu'en regardant la photo tirée sur papier quelques jours après l'anniversaire des vingt ans de Caroline.

Elle entourait affectueusement de ses bras sa fragile grand-mère qui disparaissait littéralement entre ses bras.

J'arrivais en même temps que le Samu, elle venait de perdre connaissance. Mais cette fois-là ne devait pas ressembler à ce que nous avions vécu quelques années auparavant. Irène mourait, ce n'était qu'une question de jours, d'heures peut-être, mais le déni toujours plus fort que tout me forçait à ne pas l'admettre. Elle, si ! Elle avait depuis longtemps – je le sus après – conclu un pacte avec son médecin. Le moment venu, alléger la souffrance « je ne suis pas une héroïne… » Abréger la vie en France n'est pas d'actualité. L'habituelle hypocrisie de nos lois autorise sans le clamer, l'augmentation des doses de morphine. Son agonie dura huit jours, elle nous reconnaissait, elle remerciait avec sa douceur habituelle les soignantes qui prenaient soin de son confort, en la massant souvent. Elle nous parlait de moins en moins, de plus en plus faiblement, puis plus du tout, seul son regard disait combien elle nous aimait. Sa conscience s'en allait. Elle dormait longtemps, puis vint le coma. Je regardais les diagrammes, mais je ne compris qu'après ce que signifiait l'absence de chiffres présents avant.

Comme à Bayonne six ans plus tôt, Louis avait obtenu du service de l'hôpital un lit de camp. Comme avant, il fut près d'elle, lui parlant, lui tenant la main. Mais elle partit seule car, vaincu par la fatigue, s'étant allongé un moment, il s'était endormi. Elle aussi. Un coup de téléphone m'éveilla vers trois heures du matin. La voix connue de l'infirmière de nuit.

– Votre maman est décédée, votre père dort.

– Ne le réveillez pas, j'arrive.

J'embrassai Maman, une fois encore, ses mains, ses joues encore chaudes. Mais son souffle fugitif s'était définitivement arrêté. Quand Papa me vit penché sur lui, il comprit. Tous les deux, nous avions pleuré longtemps, puis le personnel nous avait poussé doucement hors de la chambre. C'était le 22 Novembre, le jour de son anniversaire.

Louis et Irène avaient tout décidé avant, ensemble. A neuf heures, nous étions aux pompes funèbres. Professionnels, ils sortirent le dossier. Après tout s'enchaîna.

Coquette, elle s'en alla, maquillée repoudrée, dans son tailleur Chanel beige des grandes occasions, chemisier blanc fermé au cou par le camée opalescent. On l'avait chaussée de ses fins escarpins à bride qu'elle aimait tant porter avant. C'est ainsi que la virent ses petits-enfants, gardant d'elle une belle image. Louisa pensa à la belle au bois dormant. Ses frères pleuraient, Caroline lut un texte émouvant.

Il y eut une messe, là même où elle et Louis s'étaient unis autrefois. Elle avait souhaité reposer dans le caveau familial auprès des siens, au pied du Rey où il la rejoindrait un jour. Ce jour-là, sur les Pyrénées, tombèrent les premières neiges de l'hiver.

Chapitre 29

On n'est jamais au bout
de la complexité d'un être.

Ses grands-mères décédées, malgré l'absence régulière de son père, bientôt le vide laissé par les adolescents en études, Louisa eut plus de chance à Saint-Laurent. Elle étrenna la piscine un jour de Pâques un peu frais, entourée de ses frères accourus pour l'inauguration.

Éric avait remodelé l'espace. Il avait conçu avec art la création du jardin jusque-là sans attrait où le potager avait tenu plus de place que le jardin d'agrément, rigueur des temps oblige.

Le terrain se trouvait adossé au rocher de la colline. Il épousait la courbe de la roche, puis s'allongeait en pente douce jusqu'à la vaste maison qui fermait l'entrée des lieux donnant presque sur la rue si ce n'était sa façade précédée d'un jardinet de quelques mètres où deux vases d'Anduze imposants se laissaient admirer au travers de grilles en fer forgé ouvragé. Au fond du jardin invisible et privé, la roche avait été creusée, puis polie, sur plus de quatre mètres. Un bassin avait été creusé, il se terminait par une petite plage de bois sur laquelle on pouvait s'allonger près de l'eau sur des transats. Des phœnix de belle taille agrémentaient cet espace abrité de la tramontane et d'un côté, pour donner plus de relief, trois autres avaient été plantés sur un tertre artificiel retenu par un muret de pierres sèches mordorées habilement disposées. La pierre blonde des lieux créait la soudure entre le terrain privé et les collines s'échappant au-dessus du jardin et qu'on imaginait au-delà sans limites.

La journée se passa en plongeons et « bombes » explosives, ponctuées par les cris des garçons hurlant de rire dans des éclaboussures de geyser. Cela ne manqua pas d'irriter leur grand-père habitué à économiser l'eau. Il ne put s'empêcher de jouer au père fouettard. Bougon, fatigué par les cris, il regagna sa chambre, irrité de ne plus être le patriarche inconditionnellement soutenu par son fils. Éric apprenait l'indulgence en découvrant Louisa.

A cinq ans, elle montrait une vive intelligence, une curiosité insatiable, l'envie de tout connaître, de goûter à tous les mets, de s'emplir de toutes les odeurs, les saveurs, les senteurs. Jolie fillette aux yeux sombres, sa frimousse lumineuse attirait les passants. Plus apaisée qu'avec les aînés, elle était pour moi un feu-follet qui me suivait partout où j'allais, agitant sa frange nettement coupée, ses cheveux lisses que je veillais à lui garder juste à la bonne longueur, ils encadraient son minois éveillé, ses yeux interrogatifs, son ravissant petit nez qu'elle fronçait parfois, en un tic attachant. Sur son visage, quelques minuscules points la rattachaient à une fratrie dont les taches de rousseur étaient la signature ; Caroline avait les mêmes, mais de tous, c'était Tom qui en avait le plus. Les garçons avaient un mélange de cheveux blonds cendrés, roux même pour Tom, tandis que les filles étaient brunes auburn au teint laiteux.

Louisa devenue d'emblée la petite princesse d'Emmanuel devint celle de son père, mais il fallut plus de temps. En lui, l'amour naquit de la jalousie. Emmanuel s'était attaché aussitôt à la petite. Il m'avait dit, un jour qu'il jouait avec les garçons, qu'il n'aurait pas d'enfants, qu'il le regrettait. Etourdie, je lui avais dit alors qu'avec son physique, les jeunes filles devaient le courtiser. Aujourd'hui, je repense au regard qui avait été son unique réponse.

Éric, très souvent à l'étranger depuis la naissance de Louisa, s'était muré dans une attitude indifférente. Il ne la repoussait pas, il ne la recherchait pas. Jamais il ne l'avait emmenée seule à St Laurent. Quand je l'y conduisais, il nous accueillait sans rien montrer et Louisa entourée d'autres attentions ne semblait pas le remarquer. Mais les grands s'éloignaient. Caroline déjà n'était plus là. Elle finirait par souffrir de cette indifférence qu'elle vivrait seule. Emmanuel la lui avait reprochée. Éric l'avait mal pris, refusant comme toujours une franche explication. Mis en cause, il quittait les lieux. Même en mieux, l'homme d'avant ne disparaitrait pas totalement. Je savais comment son humeur pouvait passer en un éclair de l'excitation joyeuse à la froideur lorsqu'il était contrarié. Alors, ses yeux s'assombrissaient, son regard se givrait, ses lèvres se serraient au point de ne plus dessiner qu'une ligne presque invisible.

Louisa jouait avec Emmanuel comme avec un enfant de son âge, il était son ami, son partenaire, son souffre-douleur aussi. Quels que soient les jeux, tous deux faisaient des parties animées. Boules, criquet, cartes, tout était bon pour tyranniser Emmanuel. Lui, riait aux éclats quand la petite, mauvaise joueuse criait et sautait sur lui, lui malaxait la tête, lui tirait les chevaux, lui tordait le cou, lorsqu'elle perdait. Elle l'adorait, et délaissait son père qui aurait peut-être aimé au fond de lui, être sollicité.

Il souffrait de l'éloignement, mais affirmait haut et fort qu'il s'en moquait.

Homme de paradoxe, orgueil ? On n'est jamais au bout de la complexité d'un être.

Après avoir essayé d'en discuter, je ne me donnais plus tant de peine pour le comprendre et l'aider, habitée par la contemplation de ma fille. Je ne quittai pas mon appareil photo. D'eux tous, je fixais sur images les moments essentiels, les fêtes, les anniversaires. Les albums s'accumulaient. Un jour, ce serait le seul moyen de retrouver le temps perdu, de mettre en ordre cette vie patchwork, de la revivre de manière apaisée, de transmettre.

Après.

Extravertie, Louisa manifestait sa joie de les revoir. Elle se précipitait sur Emmanuel quand il se trouvait là. Elle l'appelait Tonton. Elle l'entraînait dans une valse folle. Elle me faisait penser à Nina. Éric en prit ombrage. En congé avant, il n'aimait pas les balades en famille et jamais il n'avait pris l'initiative de conduire les enfants dans un parc de loisirs, à une séance de cinéma… L'été suivant, pour l'écarter d'Emmanuel, presque aussitôt il décida d'aller avec elle à la réserve africaine de Sigean. L'amour paternel était-ce ce qu'Éric redécouvrit ce jour-là ?

L'acceptation de sa véritable identité amenait-elle en lui ce changement ? La découverte autrement de l'amitié qui l'avait uni à Emmanuel dès leur enfance le modifiait -il ?

Seul avec Louisa, il la découvrit sienne, enfin. Il apprit la patience, subjugué par le charme de la petite fille. Il avait vieilli et découvert l'essentiel. Décidée comme un défi, dans un sentiment de revanche, de jalousie, Éric revint de cette journée émerveillé d'aimer. Il n'avait jamais su. Ou bien longtemps avant, quand Caroline nous éclipsait tous. Étonnée, j'observais cette transformation. Volubile, il racontait la route sous le soleil, le vent léger de ce jour-là, les senteurs embaumées du printemps. Elle, lovée entre ses bras, intervenait chaque fois qu'il n'insistait pas assez sur un détail ou que les explications données manquaient de précisions, d'intensité à ses yeux. Elle parlait comme un livre. Il lui avait fait admirer les animaux de la savane africaine reconstituée dans le parc, le lion alangui sur son tertre, auprès de ses trois femelles, les girafes dont l'une avait enfanté peu de temps auparavant permettant la contemplation d'un délicieux girafon, les perroquets chamarrés et leurs congénères du parc des oiseaux. Il ne se lassait pas de la voir courir

d'un enclos à l'autre éblouie par les ramages des perroquets, la finesse des aigrettes de l'étang, le dandysme des ibis au bec courbé. Cela dura mille ans.

Elle était infatigable. Elle allait sur six ans, deux solides petites jambes.

Il faisait beau. Les nuances rosées de l'eau salée peu profonde dans laquelle évoluaient dédaigneusement les flamants se tintaient de mauve. Il avait fallu les photographier sous tous leurs aspects. Louisa s'émerveillait de leur équilibre, de la finesse de leurs pattes qu'ils étiraient nonchalamment alternativement reposant sur un unique appui.

Éric découvrait le plaisir de lui faire observer leurs attitudes. Il commentait, il racontait ce que lui-même n'avait jamais vu. Le goût du bonheur. Louisa, ce jour-là, comprit qu'il était son père. Jusque-là, il n'avait été qu'un voyageur de passage. Il arrivait, puis il repartait, pressé. Au retour de ses congés, il négocierait avec son entreprise, ne voyagerait plus autant.

Chapitre 30

Ne laisse jamais personne
t'éloigner de tes rêves.

Les aînés vivaient leur vie de jeunes gens, entamaient leur vie d'adulte. Un peu chaotique mais sans gros drames. Les garçons étaient motards, j'avais constamment peur pour eux. Tom avait parfois la conduite à risque des ados mal dans leur peau, deux accidents à son actif. L'un aurait pu être tragique… Sa moto percutée par une automobiliste fautive, il s'était relevé et avait traversé la chaussée d'autoroute pour récupérer la montre offerte par sa petite amie !

Caroline était plus âgée lorsqu'est arrivé entre son père et moi, le moment de non-retour, mais elle avait subi elle aussi les conséquences de notre mésentente. Elle, toujours si déterminée, à la fin du secondaire a hésité, elle veut comprendre. Elle est en filière scientifique, mais choisit de faire un bac littéraire, pour la philo, parce qu'elle a un an d'avance. Elle se trompe, mais je la laisse faire. Elle comprend que ce n'est pas sa voix. Avec courage, pour remonter son niveau en math, elle refait un bac scientifique. Elle a en tête cette phrase jamais oubliée qu'Irène lui a glissée peu avant sa mort :« Ne laisse jamais personne t'éloigner de tes rêves. »

Prépa en vue du concours de l'école vétérinaire. Elle rate une fois, deux fois le concours.

– Je n'imagine pas être autre chose, me dit-elle en larmes.

Elle réussit celui de Liège. Elle part en Belgique poursuivre ses études. Destinée ? Elle y côtoie un étudiant qui deviendra un compagnon. Un grand gars, athlétique, pas mal de sa personne, une légère déformation faciale tord le bas de son visage vers la gauche. Ce qui ne serait rien s'il savait être aimable.

Mais il est distant et fermé. L'ayant rencontré, je ne comprends pas pourquoi d'emblée, il s'est montré désagréable, grossier même, fuyant en Andorre alors qu'il passait trois jours à Saint-Laurent.

Partis en Martinique pour des vacances, ils projettent de s'y installer leurs études achevées. Nouvelles interrogations. Je comprends vite qu'elle reviendra sans lui. Tant pis ou bien tant mieux. Caroline survivra aux séismes. De nouvelles ou d'anciennes amours plus constructives l'attendent.

Je me sentais entre deux eaux, entre deux vies, prise entre des nécessités comme dans une nasse après une descente en eau vive dans un kayak, ou glissant au fond d'une goulotte sans avoir la technique, avant de ressurgir par miracle.

Un Avant, un Après… Mais c'est long le chemin !

La vie m'échappe, elle coule comme un torrent de montagne. Le temps va de plus en plus vite à mesure que les situations des uns et des autres deviennent plus complexes.

Jeremy comme toujours surfe avec aisance sur la vie. Il grandit sans souci, imperméable aux arcanes de la psychologie. Il est aimé, entouré, il réussit. Très vite, il rencontre dans son école d'ingénieur la femme de sa vie. Brunette brillante, Julie est solide, carrée, équilibrée, regard franc, des yeux foncés qui sondent. Elle ne parle pas beaucoup, elle pense, elle réfléchit, elle sait ce qu'elle veut. Ce qu'elle veut, c'est Jim, un travail, un appartement, plus tard deux enfants. Elle les aura, plus même !

Elle prend en main mon rêveur – pourquoi n'a-t-il pas choisi d'être astrophysicien ? – il ne verra plus qu'elle désormais. Ils se fiancent, puis diplôme en poche, se marient. Sortie d'église solennelle sous le pont des épées de coreligionnaires en grand uniforme. Je suis tranquille. Elle a pris le relais.

Pour Tom, j'ai plus d'angoisses. Il a souffert de ce que nous vivions. Idéaliste, il ne pardonnera pas. Ou alors ce sera longtemps après. Sensible, intuitif, il a ressenti avant de le comprendre le malaise de son père. Comment analyser quand on a huit ans ? On perçoit. Les réactions sont brutales, instinctives. Plus facile de cogner, d'enfoncer des portes, de vivre dangereusement. Les crises entre eux croissaient à mesure que Tom grandissait. Il fuyait. Plus jeune, le chat d'alors ayant donné l'exemple, il était monté sur le grand chêne, petit baron perché, si haut que nous ne l'avions pas vu immédiatement. Il n'en n'avait pas parlé, mais qu'avait-il compris, ce jour où l'ayant accompagné au centre commercial, il avait été dévisagé par un mâle inconnu qui lui avait fait un clin d'œil. J'avais été choquée, pas lui. Les enfants des années 80 en savaient plus que ceux du baby – boom…

Il réussit dans ses études. Lui n'a pas hésité : science. Mais sa vie sentimentale est une succession d'échecs. Trop absolu, trop jeune, pressé de construire un foyer avec des enfants. Deux de ses compagnes l'ont quitté pour cet empressement.

Bacheliers précoces, premier amour intense excessif, prématuré.

Trop jeunes, trop égocentriques, l'histoire de Bérénice et de Tom s'acheva vite. Lui, trop pressé de construire une famille plus réussie que la nôtre. Elle voulant vivre la vie libérée des années 80, ne supporta pas longtemps la pression qu'il mettait. Elle saisit une proposition, partit poursuivre ses études et ses amours en Angleterre. Perfide Albion ! Premier chagrin violent, intense. Blessure d'orgueil aussi. Je me découvrais impuissante à calmer ses peines, si maladroite. Malheureusement cela avait coïncidé avec la mort de sa grand-mère. Il était dévasté. Il arriva de Bordeaux où il terminait une spécialisation, décomposé, amaigri lui qui avait tant grossi les derniers temps parce qu'il ne savait pas gérer ses émotions, il entama un régime draconien assorti de vélo intensif : excessif, il additionnait les kilomètres.

Barcelone la bouillonnante était devenue un rite d'initiation. Fidèlement, il y revenait. Aujourd'hui encore il y est parti avec sa nouvelle copine, comme ils disent : elle ne connaît pas la ville. J'avais fini par lui dire que cela ne lui portait pas chance ! Mais à chaque fois, il y croyait. Parfois j'y vais aussi. Cette église est mon symbole. La Sagrada Familia depuis les débuts de sa construction en 1882 gagne en finitions qui n'en finissent pas. Barcelone, La Rambla, depuis Saint- Laurent, un trajet rapide et simple.

Toute petite, je l'ai fait connaître à Louisa. Je prends le temps de la lui expliquer. Un livre d'images en sculptures de pierre. Nous admirons ses tours baroques élancées vers le ciel, les détails divers de ses trois façades qui s'oublient et se redécouvrent. Les échafaudages impressionnants des tours en construction. L'Eglise de Gaudi, même si jamais elle n'est terminée, permet la surprise de nouvelles découvertes. De nouvelles tours surgissent, de nouvelles dentelles naissent sous les couteaux des sculpteurs inconnus poursuivant l'œuvre inachevée, comme l'ont fait bien avant ceux des Cathédrales, toujours en devenir. La même et cependant une autre, un peu différente, un peu plus achevée. Un Être vivant que l'on retrouve des mois après ni tout à fait le même ni tout à fait un autre, selon le vœu de son créateur disparu. Infinitude, incomplétude. Comme la Création, elle ne doit pas être achevée.

La première fois, j'y étais venue avec Tom et sa petite amie. Longue, l'éducation sentimentale, quand elle se fait ! Ils n'étaient encore que de très jeunes gens fréquentant la même prépa. Pour la connaître, la rassurer, j'avais invité la maman de Bérénice, elle avait donné son accord. Nous avions pris la route, Louisa et son Doudou, Tom, Bérénice et son polochon. Je ne l' avais jamais revue, comme d'autres.

– Tom ! Ne désespère pas ! La vie est faite de rencontres, d'amitiés, d'amours avortées avant qu'elles s'épanouissent. De deuils aussi. Ne désespère pas, Tom ! A force de croire en quelque chose, cela finit par arriver.

Chapitre 31

J'avais fini par bien connaitre le quartier des Invalides où je retrouvais Manuel à chacun de ses voyages. Vanessa nous y avait rejoints un jour, nous avions déjeuné ensemble.

De taille moyenne, dynamique et déterminée, elle avait hérité des yeux foncés de son père qui semblaient plus profonds encore, encadrés qu'ils étaient par des cheveux souples, mi-longs, cuivrés, métissage de Manuel et de sa mère, Camille. Sa chevelure naturellement veinée de mèches plus blondes me fit penser aux caramels au lait dont Louisa raffolait.

Elle avait terminé ses études de médecine, sa vocation n'ayant fait l'objet d'aucune interrogation, elle n'avait pas souhaité cependant devenir chirurgien comme père et grand-père.

Prolongeant son cursus par des spécialisations, des stages dans divers services, elle avait rejoint un temps les urgentistes. Militant activement pour les dons d'organes, elle travaillait, quand je l'avais rencontrée, à l'hôpital Henri Mondor à Créteil dans une unité chargée des greffes cardiaques. Son rôle à elle consistait à foncer sur les lieux où un donneur venait de décéder, de récupérer le greffon prélevé, de l'acheminer vers l'hôpital où se trouvait le receveur compatible. La mort au service de la vie. Pour ce faire, toujours en jeans sous ses vêtements médicaux aseptisés, elle sautait d'un hélicoptère sanitaire à une ambulance, portant sur l'épaule une courroie où une lourde valise chirurgicale détenait l'espérance de vie du malade élu. Coïncidence, l'année de son mariage décéda Christian Barnard, précurseur des greffes cardiaques, aujourd'hui fréquentes. Au cours d'une de ses missions, elle avait rencontré celui qui allait prochainement devenir son mari, un urgentiste également.

Le mariage eut lieu à Saint-Philippe du Roule, la réception au Pré Catalan. Vanessa laissa à sa mère le soin de tout organiser, ce qu'elle fit avec l'entregent des personnes nées du bon côté de la Seine. Il y eut certes du beau monde, également toute une équipe d'ex-carabins bruyants, ravis de secouer un peu la condescendance des invités de Belle-maman, les Neuilly, Auteuil Passy, et autres beaux arrondissements, tous habitués des Premières, des vernissages de peintres à la mode, amis ou concurrents de Beau-papa qui se targuait d'être un artiste depuis qu'il avait cessé d'être chef d'entreprise. De fait, il avait une côte, vendait bien ses toiles aux bobos parisiens, en offrait rarement. Il jouait au golf, ce qui ne l'avait pas empêché de ressembler à Bibendum, bonhomme Michelin.

Près de Biarritz dans un quartier huppé non loin du golf de Chiberta, ils possédaient une propriété qu'ils rejoignaient le week-end en avion dès la belle saison. D'ordinaire, ils habitaient Paris, avenue de Wagram. Camille menait la vie dont elle avait toujours rêvé. Elle avait reçu à sa table, un ministre présidentiable.

Pour Vanessa, l'essentiel n'était pas là. Sans céder aux pressions maternelles, elle alla choisir sa robe de mariée accompagnée seulement de sa meilleure amie. Mini-scandale, me raconta Maria-Louisa. Trop fatiguée, elle ne fit pas le voyage qui m'aurait permis de la revoir. Vanessa passa sa dernière nuit de célibataire chez cette amie avec Nina. Arrivée la veille pour le mariage civil célébré à Créteil. Nina venait d'avoir vingt-ans. Sœur et amie habillèrent et coiffèrent la mariée ce matin-là, elles n'eurent aucun mal à le faire, tant étaient souples et naturellement ondulés ses cheveux miel. Nina la brune, les lui enviait. Elles arrivèrent à Saint-Philippe dans la vieille coccinelle du couple, astiquée et enrubannée pour l'occasion, en repartirent de même ayant refusé la limousine qu'aurait préféré Belle-maman.

Manuel resta une semaine à Paris cette année-là.

Dix ans avaient passé, c'était notre septième rencontre.

Les derniers jours de juin 2001 furent doux. Le ciel d'Ile de France, celui décrit par les poètes : alliance de nuages immaculés, sculptés en rondeurs de crème Chantilly se détachant sur un bleu azur californien. Nous avions déjeuné sur les bateaux-mouches ;

façon rapide de faire découvrir Paris à Nina qui repartait le lendemain. Louisa aussi adorait cette mini- croisière plus encore que le bus à impériale que nous pratiquions chaque fois qu'un correspondant des enfants séjournait avec nous. Elle était à l'école, dernière année du primaire. Le mercredi après les cours, nous avions tous les trois déjeuné à la Petite Venise, au charme belle-époque, puis canoté sur le Grand Canal à Versailles. Cette semaine-là, je la vécus comme un voyage de noces.

Juin 2001. Souvenirs. Il aimait la sculpture et la peinture. Orsay offre les deux. A chaque voyage, son musée.

Jaquemart-André dont j'aimais l'ambiance passéiste, l'intimité avec les œuvres exposées dans ce bel hôtel particulier au décor Empire préservé. Le Musée Marmottan pour la diversité de ses collections, surtout les œuvre de Claude Monet, de Berthe Morisot. Cette année-là, une exposition temporaire était consacrée à Camille Claudel, enfin reconnue. Nous avions déjeuné dans l'atmosphère intime du salon-restaurant, au plus près des œuvres reproduites aux murs. Une autre fois encore, (Musée récurrent) Jaquemart-André, pour ses collections de peintures italiennes, hollandaises, son mobilier, ses objets d'art.

Nous poursuivions nos amours intermittentes.

– Nous irons en Italie, à Florence, disait-il.

Quand il venait, je réservais une exposition au Grand ou au Petit-Palais s'il s'en trouvait une qui nous plaisait à tous deux. La Nuit Espagnole, en 2008, Edward Hopper en 2012. Le musée Rodin, tout près de là.

De son hôtel au quartier des Invalides, nous longions la Seine, traversions par les ponts, pont Alexandre III, celui des Invalides ou celui d'Iéna, nous gagnions les jardins du Trocadéro. Le musée Jacques-Chirac, quai Branly, permettait les voyages que nous ne ferions pas.

2001 resta gravée plus que toute autre année. Elle fut marquée par bien d'autres évènements historiques que j'essayais de suivre. Fidèle à la décision prise de ne plus passer à côté de l'histoire, je m'étais abonnée au Nouvel Obs, au Figaro, pour me procurer une relative objectivité ; je n'avais pas le temps d'en lire le tiers !

Au collège, un professeur d'art plastique, collègue anticonformiste que j'aimais bien, soucieux de secouer nos apathies politiques, nous apportait régulièrement le Canard enchaîné. Avec le temps, il avait fini par ressembler à Zarathoustra. Des gros titres seulement, je retins les plus marquants et ceux qui touchaient davantage Manuel.

Un premier touriste dans l'espace. Le bilan décevant du sommet du G8, la disparition du pianiste de jazz, John Lewis, l'arrestation du Serbe Milosevic à Belgrade, acteur de la purification ethnique en ex-Yougoslavie, un des Bouchers des Balkans. Les assassinats politiques étaient intolérables.

D'autres évènements l'inquiétaient comme les clonages d'embryon humains, le bioterrorisme dans le monde à la suite du décès à cause d'un anthrax pulmonaire d'une victime. Cela se passa en Floride. En 1995 déjà, une attaque au gaz sarin avait eu lieu dans le métro, à Tokyo.

Les troubles politiques en Argentine… De nombreux tremblements de terre, au Salvador, en Inde où peut-être cent mille personnes perdirent la vie. Bilan indénombrable dans un pays où les humains n'ont pas toujours d'existence légale.

Je retenais ceux qui me touchaient aussi.

Des artistes que nous aimions avant, avaient tiré leur révérence cette année-là : Anthony Quinn, Philippe Léotard, Jean Richard, Balthus, le violoniste Isaac Stern. Il y eut la mort du compositeur guitariste Georges Harrison des Beatles, de Gilbert Bécaud, de Charles Trenet, notre fou chantant national. Celle du poète sénégalais Léopold Sédar Senghor.

En Afghanistan, en 2001un attentat suicide avait ôté la vie au Général Massoud, prémonitoire d'autres évènements calamiteux.

Je suivais le sport comme avec Louis dans mon enfance. Cette année-là, Lance Armstrong inscrivit un troisième succès suspect au Tour de France. Quatre autres suivirent ! Dopé, on lui retira ces titres en 2012.

En 2001 encore, ce fut la mort à Innsbruck de la skieuse et championne du monde française, Régine Cavagnoud, percutant en plein entrainement, un entraîneur allemand. L'explosion de l'usine AZF. Des chemins qui s'achèvent.

Vie pot-pourri.

Parmi tous les désastres annuels, traités, évènements sportifs, décès de célébrités vite oubliées, aucun de nous ne s'attendait au choc que le monde entier vécut le 11 Septembre 2001.Comme je rentrais à la maison, heureuse, d'avoir récupéré Louisa à l'école primaire voisine, de retrouver Jim faisant à Versailles sa Prépa, agité, il surgit hors de la maison où j'entendais la télé allumée.

– Maman, Maman, viens ! Viens vite voir ! Les tours jumelles du World Trade Center sont en feu ; des avions de ligne détournés par des terroristes les ont percutées.

Sidérés, nous avions suivi les informations en provenance de Manhattan qui se poursuivirent plusieurs jours durant. Glaçantes images, bilan glaçant : trois mille victimes, toutes pas retrouvées. Leurs assassins évidemment, les pilotes de ces attentats suicides ; plus tard le commanditaire et des victimes collatérales, enfants qui n'avaient rien demandé, pas même de naître au monde. Mais une nouvelle épidémie de peste pour l'humanité.

Les années fuient. Chacune enterre l'autre et leur lot d'accidents, d'évènements, de fléaux s'oublie.

Je me demandais parfois comment font les humains pour rester optimistes et féconds… A moins qu'ils n'adoptent tous la « démarche mozartienne » de Jean- François Ruffin dont j'appréciais les livres, « aussi peu sérieux qu'on peut l'être quand on est convaincu que la vie est une tragédie ». Ou bien faut-il la multitude pour qu'émergent quelques génies dont a besoin l'humanité ?

– Manuel, qu'en penses-tu ?

– Toute peine se lisse. Chante ! Cécile ! Vis !

Quand j'avais pu cesser mes activités professionnelles, j'avais repris des cours de piano. Je chantais dans deux chorales. Le chef de chœur de l'une d'elle ressemblait un peu à Manuel, grand, fin, cheveux noirs ondulés, naturellement élégant. Je n'étais pas insensible à son charme, sa sensibilité, mais être la groupie du pianiste, malgré ma solitude, ce n'était pas un rôle pour moi.

Dix ans après la découverte du corps de Tiago, la disparition de Juan resterait une énigme, leurs assassins impunis. Ce serait seulement la péripétie d'une insignifiante histoire familiale.

Seuls demeureront un temps, les noms des Présidents.

Chapitre 32

Il avait toujours redouté cette mort.

Le 12 avril 2014, depuis les collines boisées qui dominent la ville, le feu se répandit dans les zones habitées des quartiers hauts de Valparaiso. Accident ? Incendie volontaire ?

Questions résolues aujourd'hui sans doute, questions inutiles pour moi.

Ce fut l'un des plus terribles incendies que connut la ville.

Les journaux du monde entier relayèrent les efforts des pompiers, des volontaires et des soldats. Ils permirent à plus de dix mille personnes d'être évacuées des habitations souvent en bois, habitées par les habitants des quartiers pauvres aux ruelles escarpées. Deux mille maisons furent détruites.

Après plusieurs jours de lutte, on déplora quinze victimes. Mais il faudra plus de temps aux pompiers, aidés d'avions et d'hélicoptères, pour maîtriser les foyers de l'incendie dont les fumées et les cendres avaient recouvert la ville.

Le port, le quartier historique, celui autour du palais du congrès chilien ne furent pas touchés.

Epargnée aussi la maison des hauts de la calle Esmeralda.

A la mi-temps de ces jours de lutte, Manuel fut avec l'homme qu'il secourait une des dernières victimes.

Il avait toujours redouté cette mort, dans les Cerros les incendies étaient fréquents. Quand il le pouvait, il se portait volontaire, même si c'était après surtout qu'il agissait, réparant du mieux possible les corps meurtris des brûlés.

Dans mes cauchemars, je vois du feu, des flammes, j'entends un cri. Au sien se mêlent ceux des hommes frappés par les fléaux. Les morts de Pompéi, les sacrifiés de Londres au temps du Blitz auquel Louis survécut. Je me réveille en sueur.

Il avait été assommé tandis qu'il perfusait un blessé dans les gravats d'une maison. Tous deux furent retrouvés intacts, asphyxiés par les fumées de l'incendie encore mal éteint. Heureusement, Maria-Louisa était partie avant. Trois ans plus tôt, un matin de févier 2011, inquiet de ne pas la voir s'activer en cuisine, Manuel était monté dans sa chambre.

Elle était morte dans la nuit, sans bruit, dans son sommeil.

Nina vit le week-end avec Léna et Rafael. Soliste, elle poursuit aussi des études de chant et de musique à Santiago, rêve de les continuer en Europe, cela se fera bientôt grâce à Vanessa.

Je vous parle si souvent.

J'aimerais que vous répondiez. Nous ne marcherons pas sur les glaciers de la Patagonie.

Nous n'irons pas en Italie. Je ne reviendrai jamais à Valparaiso.

Nous ne serons jamais les passants de Saint-Jean.

On ne peut pas toujours tenir ses promesses. C'est cela sans doute le deuil : le monde continue alors qu'un être indispensable vous a été enlevé. Je vis parfois à la surface des choses. Parfois en moi, je me sens comme morte, mais les papillons reviennent en pensant à lui.

Louisa a grandi. Elle est là encore un peu, inscrite à l'école d'horticulture à Versailles, elle suit parallèlement un cours de peinture décorative et de trompe-l'œil. Des quatre enfants, elle seule est vraiment artiste. Elle écrit aussi. C'est si vite passé une enfance, mais après, quand à son tour, elle s'en ira ?

Je comprenais enfin la remarque d'Arsène à propos de l'enfance d'Éric « je croyais que cela allait durer ainsi, toujours » ? J'apprenais à pardonner.

Mes pensées allaient toujours vers Manuel, ma vie lointaine avec l'espérance d'un Après ; quelques mois, quelques années à s'attendre, à rêver aux possibles.

Plus rien. Plus jamais. J'ai « peur du vide, et de l'absence. »

Vivre pourtant, continuer, mais s'arrêter au milieu d'une phrase. Voler vers lui comme le cerf-volant de Pablo lorsqu'il m'était apparu. Ou bien alors est-il comme Irène auprès de moi pour toujours ? Plus présent que jamais avant.

– Mamie ! On joue au Jokari ?

– A quoi penses-tu, Cécile ? demandent Éric ou Emmanuel.

– A quoi tu penses, Maman ?

Alors, je reviens. La vie, le monde, la famille, continuent. Les années passent. Je deviens une errante.

La montagne encore parfois pour y skier, mais plus de longues randonnées. Les glaciers des Pyrénées ne seront bientôt plus qu'un lointain souvenir. J'ai vu fondre l'Oussoue du Vignemale encore un peu vivant, celui de la Brèche de Roland disparu déjà.

Je suis sur la route, entre Versailles et Ciboure où je m'installerai sans doute.

Cette année, Marc est venu y passer quelques jours. Un grand apaisement m'habite. Lui aussi, je crois. Il ne connait pas le Béarn, ni le Pays basque. Ensemble, par les chemins, nous sommes montés à la Rhune.

A l'automne, pendant les vacances de Toussaint, quand Louisa avait rejoint son père, il m'arrivait de rouler pour le plaisir, entre autoroute et montagne, sur la Nationale 134 que j'appelais toujours ainsi comme avant, bien qu'elle ait été déclassée. Je quittais l'A64 à Orthez et roulais sur les départementales vers la vallée d'Ossau. Parfois, je passais par Ogeu, le village des limonades à Sangria. Dans les champs où paressaient les blondes d'Aquitaine parmi les terres du piémont pyrénéen, les maïs roussis des sécheresses de l'été, les vignobles vendangés du jurançonnais, la route défilait. Oloron, Buzi et Buziet, le petit Buzy, Arudy où je restais sur la rive gauche du gave pour revoir Izeste et sa domenjadure qu'enfant je rêvais d'habiter, on dit plus prosaïquement le Château, de nos jours.

Toujours majestueux faisant face au Rey, il est bien restauré de pierres marbrières, ces grises d'Arudy, bleutées ou polychromes qu'on trouve de Poitiers à Tokyo, qui ne prennent pas le gel ; carrières où travaillèrent certains des miens aussi.

Enfin Louvie où Maman dormait, rive droite, mais côté cœur.

Comme dans mon enfance, je ne l'appelais plus que « Maman » depuis qu'elle était partie, alors que Jean-Louis restait Louis. Il avait décidé lui aussi de sa vie, encore montré la voie peut-être ? Il m'avait définitivement laissé la maison de Ciboure, retrouvé une amie d'enfance, veuve depuis longtemps, n'ayant jamais quitté sa Bretagne.

Ensemble dans son village, non loin de celui qui l'avait vu naître, ils coulaient des jours que j'espérais paisibles. Je les rejoignais parfois. Séquences.

Nos vies nous séparent, même si une exceptionnelle affection nous a unis. Puis, ils avaient été gagnés par la mélancolie des anciens avant qu'ils ne s'effacent.

Comme les glaciers, fondent les familles et les générations.

Quand des accès de tristesse surviennent, que le départ inéluctable des enfants me rend nostalgique, seules me sauvent la route, la musique et la lecture de grands auteurs.

Je repense à cette phrase de Jean d'Ormesson : « Il y a quelque chose plus fort que la mort, c'est la présence des absents dans la mémoire des vivants. »

ÉPILOGUE

A la fin du printemps Emmanuel et Éric viendront au Pays basque
La baie scintillera aux couleurs du couchant
Nous marcherons sur la jetée embrunie de la rade
Les vagues un peu fortes m'impressionneront

Alors ils me prendront le bras
Nous avancerons comme trois étudiants
Nous irons boire une sangria au Bar basque
J'entends déjà tintinnabuler les glaçons dans mon verre ballon
Déjà je rêve à la tranche d'orange sur le verre serti de sucre coloré
Je ressens le frisson délicieux des fruits mûrs citronnés
Le vin vermeil nous rend joyeux

Il fera bon comme jamais avant
Je reviendrai à Saint Laurent.

L'auteure

Née à Dakar au Sénégal, Danielle Marguerite
Chanteux a vécu dans les Pyrénées, en Région
parisienne et en Occitanie.
Après des études littéraires, elle a enseigné trente-
cinq ans tout en élevant ses trois enfants.
Retraite venue, elle vit entre Versailles et le village
natal de son mari, dans l'Hérault.
Aimant la nature, les découvertes et les contacts
humains, elle voyage également quand c'est
possible. Elle aime jardiner, jouer du piano, écrire ;
activités lui permettant de cultiver optimisme et
dynamisme. Elle a également cinq petits-enfants
éparpillés dans l'hexagone.